BLT
Mit der Welt
auf Buchfühlung

1943 im Ural geboren, wuchs Ljudmila Ulitzkaja in Moskau auf. Seit Anfang der achtziger Jahre arbeitet die studierte Biologin als freischaffende Autorin und Publizistin.

Ihre Erzählungen und Romane (»Medea und ihre Kinder«, »Ein fröhliches Begräbnis«) wurden in zahlreiche Sprachen übersetzt und mit Preisen geehrt.

So erhielt sie für »Sonetschka« 1996 in Frankreich den renommierten »Prix Médicis«. Ljudmila Ulitzkaja lebt in Moskau.

»Was für eine Erzählerin!« Eva Demski/Die Woche

Ljudmila Ulitzkaja

Olgas Haus

Erzählungen

Aus dem Russischen von
Ganna-Maria Braungardt

BLT

BLT
Band 92 063

1. Auflage: Dezember 2000
2. Auflage: August 2003

Vollständige Taschenbuchausgabe

BLT ist ein Imprint der Verlagsgruppe Lübbe

Lizenzausgabe: Verlagsgruppe Lübbe GmbH & Co. KG,
Bergisch Gladbach
Einbandgestaltung: Gisela Kullowatz unter Verwendung eines Gemäldes
von Pierre Bonnard, »La Femme a l'aigrette«, (Frau mit Reiherfeder), 1913,
Privatbesitz Schweiz, © AKG Berlin
Autorenfoto: © L. Sasonow
Satz: hanseatenSatz-bremen, Bremen
Druck und Verarbeitung: Elsnerdruck, Berlin
Printed in Germany
ISBN 3-404-92063-5

Sie finden uns im Internet unter
www.luebbe.de

Der Preis dieses Bandes versteht sich einschließlich
der gesetzlichen Mehrwertsteuer.

INHALT

Olgas Haus

Olga Alexandrowna hatte ein sonniges Gemüt. Sie war schön und heiter, verlangte nicht viel vom Leben, ließ sich aber auch nichts entgehen, wenn es ihr von selbst zufiel. Sie kam mit allen gut aus: mit ihrem Mann Michail Michailowitsch, einem früh gealterten, schwammigen, farblosen Professor; mit ihrem Sohn Goscha, der in die neunte Klasse ging; mit ihren sehr verschiedenen, mitunter äußerst gehässigen Kolleginnen am Institut und mit ihren Liebhabern – sie hatte immer einen, mitunter sogar zwei gleichzeitig.

Nur das Verhältnis zu ihrer Tochter Lena war kompliziert. Das Mädchen kam nach dem Vater, war ebenso schwammig, hatte ein feistes, fades Gesicht, einen plumpen Unterkörper und eine unproportional kleine Brust. Im Grunde ihrer Seele empfand Olga das dürftige Äußere ihrer Tochter, ihr apathisches Wesen und ihr schlaffes, blasses Haar als beleidigend. Von Zeit zu Zeit fiel sie über die Tochter her, verlangte von ihr, sich um ihr Aussehen zu kümmern, nötigte sie, sich gut anzuziehen, Gott sei Dank war ja genug Anständiges da. Doch die Tochter reagierte darauf nur gereizt und runzelte verächtlich die Stirn. Sie konnte die Mutter nicht recht leiden und nahm ihr insgeheim übel, daß diese nicht ihr, sondern ihrem Bruder die leuchtend blauen Augen, die feingezeichneten Brauen und die strahlend weißen Zähne vererbt hatte.

Zudem waren Gerüchte über die schillernden Abenteuer ihrer Mutter auch bis zu ihr gelangt, denn die jetzt Zweiundzwanzigjährige hatte am selben Institut studiert, an dem ihr Vater einen Lehrstuhl leitete und ihre Mutter französische Literatur unterrichtete. Auch auf ihren geliebten Vater war sie mitunter wütend und ärgerte sich über seine prinzipienlose Toleranz: Wie, warum konnte er sich nur abfinden mit Olgas Gekicher am Telefon, ihrer häufigen Abwesenheit, ihren Schwindeleien und ihrer schamlosen Koketterie gegenüber jedem männlichen Wesen, Verkehrspolizisten und Nachbars Kater eingeschlossen.

Außerdem fand Lena, ihre Mutter sei längst jenseits des Alters, in dem Flirts, Romanzen und dieser ganze Unsinn verzeihlich sind.

Olga aber hatte eine subtile Ehetheorie, derzufolge Seitensprünge die Ehe nur festigen, indem sie in den Eheleuten Schuldgefühle erzeugen, die jeden Riß in der Beziehung zärtlich kitten. Tragödien duldete Olga nicht, sie war nie mit Frauen befreundet, die zu Liebesleid und romantischem Pathos neigten, und die Praxis gab ihr recht. Ihr eigenes Eheglück wurde durch außereheliches Glück vermehrt. Neben einer guten, harmonischen Familie hatte sie herbstliche Rendezvous auf Parkbänken, flüchtige Kniekontakte bei Lehrstuhlsitzungen, hastige Küsse im Flur und feurige Feste doppelten Verrats: an ihrem Mann und an ihrer Freundin, mit deren Mann sie sich hastig und berauschend an einem zufälligen Ort glücklich vereinigte.

Olga verdroß die Feindseligkeit ihrer Tochter. Sie wünschte, die Tochter würde sich einen Liebhaber zulegen und menschlicher werden. Doch das kluge Mädchen behandelte die Mutter herablassend sarkastisch und erklärte ihrer engsten Freundin:

»Verstehst du, das sind die abgeschmackten Standards ihrer Jugend. In ihren Intellektuellenkreisen an der Uni realisierte sich das Bedürfnis nach Freiheit vor allem in Lasterhaftigkeit. Ja, ja«, behauptete das häßliche Mädchen steif und fest, »in ihren unvergeßlichen sechziger Jahren waren sie alle entweder Dissidenten oder Lüstlinge. Oder beides.«

Lena verdrehte die Augen und sagte:

»Ich könnte eine Dissertation schreiben zum Thema: ›Die psychologischen Besonderheiten der Generation der Sechziger‹.«

Aber ihre Promotion befaßte sich mit etwas ganz anderem.

Mit einer solchen wandelnden Bombe lebte Olga also zusammen. Kein Wunder, daß der Umgang mit ihrem Sohn sie wesentlich mehr erfreute. Äußerlich der Mutter sehr ähnlich, hatte er vom Vater den pedantischen und wißbegierigen Verstand geerbt, einen Hang zum Dogmatismus und eine gesunde Portion männlichen Ehrgeiz. Am meisten aber verband Mutter und Sohn die seltene Gottes- (oder Teufels-?) Gabe, Sympathie zu erwecken. Schon als er ein kleiner Junge war, wetteiferten seine Altersgefährten darum, neben ihm stehen oder sitzen zu dürfen, seine Schultasche zu tragen oder beim Fußball von ihm den Ball zugespielt zu bekommen. Darum war das Haus des Professors immer voller Menschen. Nachbarn, ehemalige Studenten und Freundinnen von Olga aus allen Lebensabschnitten und allen sozialen Schichten, von der Kosmetikerin bis zur Ministerin; Klassenkameraden von Goscha, Jungs vom Hof und ein Haufen zufälligen Volks, wer weiß wo aufgegabelt.

Zwei große Teekessel standen ständig auf dem Herd.

Lebensmittel wurden billig und in großen Mengen eingekauft. Der Professor, der die meiste Zeit in seinem Arbeitszimmer im hintersten Winkel der Wohnung verbrachte, von wo das schwache, unregelmäßige Klappern seiner Schreibmaschine drang, kam mehrmals am Tag in die Küche, trank mit einem vagen Lächeln schwachen Tee, aß ein Brot mit Räucherkäse, hörte eine Weile mit Vergnügen den nicht uninteressanten Gesprächen zu und entfernte sich wieder in sein Zimmer. Er schätzte das Stimmengewirr in der warmen Küche, seine schöne, jugendliche Frau und die ständige Feiertagsatmosphäre, noch mehr aber schätzte er es, die Tür hinter sich zu schließen und sich in die langweiligen Stücke von Tirso de Molina zu vertiefen, die niemanden interessierten und die er sein Leben lang mit schwerfälligem, ungesundem Starrsinn übersetzte.

Eines Tages tauchte in der Küche des Professors eine neue Person auf, ein schöner orientalischer Jüngling mit Namen Kasijew, ein neuer Klassenkamerad von Goscha. Seine Familie hatte durch Tausch oder irgendeine Manipulation des Wohnungsamtes eine freigewordene Wohnung im dritten Stock ihres Hauses bezogen, die genau halb so groß war wie die des Professors. Die Wohnungstür auf der Haupttreppe gehörte zur abgeteilten anderen Hälfte; die neuen Mieter hatten einen separaten Eingang von der Hintertreppe.

Die Familie erregte die Aufmerksamkeit der anderen Bewohner. In dieser Altmoskauer Gasse, seit eh und je beliebt bei Schauspielern, von denen die meisten ihre klangvollen Namen bereits auf Gedenktafeln an den umliegenden Häusern verewigt hatten, wußte man Extravagantes zu schätzen. Die Zugezogenen waren vom Zirkus. Das

Familienoberhaupt, der berühmte Zauberkünstler Kasijew, ein brutal aussehender Orientale, war nur nominell Mieter, denn kaum hatte er seine Familie in der neuen Wohnung untergebracht, war er zu seiner Lebensgefährtin gezogen, einem Ballettmädchen; Maman, wie der junge Kasijew seine Mutter nannte, war Assistentin ihres bezaubernden Zauberkünstler-Gatten, und wenn sie das goldfarbene Kleid auszog und sich den Lippenstift abwischte, mit dem sie ihren schmalen Mund großzügig anmalte, verwandelte sie sich in eine griesgrämige, nervöse Blondine mit bösen, unglücklichen Augen.

Doch der Junge war eine Pracht. Sein Haar war nicht so kohlrabenschwarz wie das seines Vaters, sondern von sanftem Brünett, und seine dunkle, mattschimmernde Haut saß an Stirn und Wangen so straff, als sei sie ihm zu eng. Er hatte bereits volle Mannesgröße erreicht, doch seine Knochen waren noch nicht grob und seine langfingrigen Hände von wahrhaft königlicher Rasse, so daß jeder, der sie sah, die eigenen Hände unverzüglich in der Hosentasche verstecken wollte.

In der Schule brachte er die gesamte festgefügte Hierarchie zum Einstürzen. Die Mädchen ließen ihre verführerischen Blicke nicht mehr in alle Richtungen schweifen, sondern verliebten sich allesamt in den Neuen, und die Jungen rissen sich ein Bein aus, um den Neuen auf den ihm gebührenden Platz zu verweisen. Doch er siegte, ohne den Kampf überhaupt aufzunehmen. Es stellte sich heraus, daß auch er, genau wie seine Eltern, beim Zirkus war. Das hieß, im Unterschied zu normalen Schülern arbeitete er bereits, und zwar schon seit Jahren, ging hin und wieder auf Gastspielreisen, beherrschte schon vieles vom geheimnisvollen Zirkusberuf und besuchte nur ab und zu die

Schule. An die Zirkusschule ging er nur deshalb nicht, weil er unbedingt ans Theaterinstitut wollte, und zwar ausgerechnet in den Studiengang für Zirkusregisseure, für den nur alle drei Jahre Bewerber genommen wurden.

Auf diese Weise war er von Anfang an außer Konkurrenz, und da er zudem keinen Wert auf die Favoritenrolle in der Klasse legte, war es nur natürlich, daß ihm diese kampflos zufiel.

Der einzige Vorteil, von dem er Gebrauch machte, war der, daß er sich einen Freund aussuchen konnte. Er wählte Goscha, und fortan wohnte er praktisch in dessen Küche.

Stundenlang saßen sie auch in Goschas winzigem Zimmer, das einst als Dienstmädchenkammer gedacht war, lasen und redeten. Kasijew las. Goscha redete.

Goscha, mit den Bücherbergen einer Dynastie von Geisteswissenschaftlern aufgewachsen, hatte sich eine bizarre Weltanschauung zugelegt – vielleicht unter dem Einfluß einer zufälligen Sternenkonstellation oder der Bücher, die ihn umgaben. Er bezeichnete sich als christlichen Sozialisten, studierte Marx und den heiligen Augustinus, und aus dieser absonderlichen Kombination erwuchs ein snobistischer Hochmut.

Er empfand sich als Geweihter seines selbstgeschaffenen Ordens und war von Kopf bis Fuß durchdrungen von der Bedeutsamkeit dieser Selbstweihe.

Goschas offenes Haus zog viele seiner Klassenkameraden an, doch er hatte weder Anhänger noch Schüler gewonnen.

Kasijew, der Neue, hörte sich die verworrene, begeisterte Lektion über den wissenschaftlichen Sozialismus mit undurchdringlicher Miene, aber sehr aufmerksam an. Als Goscha fertig war, sagte Kasijew:

»Interessant. Obwohl, ehrlich gesagt, mich interessiert das Geistige nicht, mich interessiert das Körperliche. Das Geistige, das geht ja noch, aber das ganze Soziale, Gesellschaftliche, damit kann man mir gestohlen bleiben, verstehst du?«

Dann zog er seine Schuhe aus, stellte sich in den engen Durchgang zwischen dem Sofa und einem alten Schrank und machte einen doppelten Salto.

Kasijews Worte und die überraschende Courbette ließen keinen Raum für Goschas intellektuelle Großtaten. Mit einem Schlag war alles Schutt und Asche.

»Verstehst du, ich arbeite seit meiner Kindheit an meinem Körper«, erklärte Kasijew. »Ich konnte früher zum Beispiel meine Beine nicht weit genug grätschen. Ich habe dran gearbeitet, bis ich einen chinesischen Spagat konnte. Mit meinem Körper kann ich alles machen.« Er strich sich über die Brust. »Und was kann man mit deinen Theorien anfangen? Auf den Zaren schießen? Revolution machen? Nein, das interessiert mich nicht. Mich wollen sie in vier Nummern haben, Äquilibristen, Kunstreiter und zwei Trapezgruppen. Das interessiert mich auch nicht. Yoga hab' ich mir mal angesehn. Nein, das ist nicht das Wahre. Mein Körper will etwas anderes. Was die Chinesen machen, das ist nicht schlecht. Da ist was dran.« Und mit unvermittelter Emphase: »Ich glaube, wenn man's richtig anpackt, kann man sogar fliegen. Das muß genauso leicht sein, wie mit einer Frau schlafen«, sagte er und fügte wehmütig hinzu: »Man müßte nur wissen, womit.«

Goscha stockte der Atem. Furier und der heilige Augustinus verblaßten. Das war allzu überraschend. Zudem versetzte die beiläufige Erwähnung von Frauen Goscha insgeheim einen Stich, denn es belastete ihn seit langem, daß er auf diesem Gebiet zwar theoretisch bestens gerüstet, aber ohne die geringste praktische Erfahrung war. Er spürte plötzlich deutlich, daß auch seine wissenschaftliche Suche ohne eine gewisse Lebendigkeit war, die irgendwie mit Frauen zu tun hatte, damit, sie einfach und ohne Scheu in Besitz zu nehmen.

Doch ihre Freundschaft wurde dadurch nur gefestigt. Kasijew empfand einen unerklärlichen Respekt vor Goschas intellektueller Kraft, die er für wertvoll, wenn auch völlig sinnlos hielt. Außerdem fühlte Kasijew sich angezogen vom Haus des Professors, weil es eine unterschwellige Ähnlichkeit hatte mit der Kehrseite des Zirkus: In diesem unordentlichen Haushalt war ständig von Dingen die Rede, die mit dem Leben hinter den Kulissen zu tun hatten. So manche, die hier ein- und ausgingen, sahen sich Fernsehsendungen nicht nur an, sondern machten selber welche und sprachen von allen Ereignissen so, als wüßten sie um deren wahren, verborgenen Sinn und um die geheimen Steuermechanismen der Dinge. Er hatte den Eindruck, daß auf den höchsten Ebenen genau wie im Zirkus alles von einem winzigen Kopfnicken, einem überraschenden Händedruck, einer subtilen Bestechung oder den Launen einer Favoritin abhing. Der junge Kasijew sah darin hocherfreut die Bestätigung dafür, daß seine genaue Kenntnis einer kleinen Sphäre des Lebens sich ohne Einschränkungen auf alle übrigen übertragen ließ.

Schon bald gehörte er zur Familie. Er brachte Brot mit, wenn gerade keins mehr da war, und Milch just dann, wenn Lena Halsschmerzen hatte, in den Kühlschrank sah, die Tür krachend zuwarf und beleidigt sagte: »Milch ist natürlich keine da.«

Da kam er von der Hintertreppe in die Küche, in der Hand zwei blau-weiße Tüten.

Und die Familie gewöhnte sich an ihn. Er hatte sogar seinen Stammplatz in der Küche, auf der breiten Holzbank unter dem fiktiven Fenster. Früher war es ein richtiges Fenster, aber vor langer Zeit, noch zu Lebzeiten des Großvaters von Michail Michailowitsch, des Begründers der Professorendynastie und ersten Hausherrn der Wohnung, hatte das Haus einen eingeschossigen Anbau bekommen, weshalb das Küchenfenster zugemauert wurde. Seitdem gab es in der Küche nur das staubige Licht aus einem hochgelegenen Fenster zum Treppenhaus und die elektrische Beleuchtung, die nie ausgeschaltet wurde.

Im elektrischen Licht wirkte das Gesicht Kasijews – der sehr bald von allen Kasja genannt wurde, seinen Vornamen kannte niemand – gelber und die Augen dunkler, und der Rahmen des einstigen Fensters, von den gleichgültigen Hausherren nicht entfernt, bildete die ideale Einfassung für seine buddhahaft reglose Gestalt.

»Einfach verblüffend«, staunte Olga, leicht mit ihren exakt gezeichneten Augenbrauen zuckend, »ein Turner und Akrobat, ständig in Bewegung, müßte man meinen, aber wenn er sitzt – wie in Stein gehauen!«

So war es. Seine Reglosigkeit war entspannt und vollkommen.

Eines Morgens sagte Goscha, bevor er zur Schule aufbrach, zu seiner Mutter:

»Kasja ist krank. Er ist allein, seine Mutter ist auf Gastspiel. Vielleicht gehst du nachher mal zu ihm rauf? Jetzt schläft er natürlich noch.«

Olga nickte. Sie hatte frei. Ihr Stundenplan war sehr günstig, sie hatte ihn selbst zusammengestellt. Drei Tage in der

Woche frei. Als Goscha weg war, nahm sie ein heißes Bad, rieb sich das erhitzte Gesicht dick mit nach Zitrone duftender Creme ein, räumte in der Küche ein bißchen auf, telefonierte mit zwei, drei Freundinnen und kochte frischen Tee. Dann machte sie zwei dicke Käsebrote, stellte eine Tasse süßen Tee und den Teller mit den Broten auf ein schon etwas angerostetes Metalltablett, warf sich einen abgewetzten Fuchspelz über den alten Seidenkittel und ging, Pantoffeln an den nackten Füßen, auf die Hintertreppe, um dem kranken Kasijew das schlichte Mahl zu bringen. Sie stieg von ihrer früher respektablen Beletage die ausgetretenen Stufen in den obersten, dritten Stock hinauf und verzog das Gesicht, denn in dem verkommenen Treppenhaus des einst anständigen Hauses roch es nach Unrat. Ohne anzuklopfen, stieß sie gegen Kasijews Tür, die, wie sie vermutet hatte, offen war.

»Kasja!« rief sie auf der Schwelle und sah in die Wohnung, um festzustellen, wie die Wände versetzt worden waren – die Küche der Kasijews war klein, beim Umbau war das Bad der Nachbarwohnung zugefallen, so daß ein Stück von der Küche für ein neues Bad abgeteilt werden mußte. Dafür gab es hier ein Küchenfenster. Olga dachte bedauernd an ihr zugemauertes Fenster und seufzte.

Sie öffnete die Tür zum Zimmer neben der Küche, in dem sie Kasijew vermutete. So war es auch. Auf einer schmalen Liege, den Kopf auf dem flachen Kissen leicht nach hinten geneigt, lag Kasijew.

Olga, das Tablett in der Hand, im Pelzmantel, der von einer Schulter heruntergleitt, trat zu ihm und sah, daß er nicht schlief. Seine Augen waren halb offen, sein Gesicht glänzte feucht.

Sie stellte das Tablett auf den Schreibtisch, legte Kasijew eine Hand auf die Stirn und beugte sich über ihn.

»Bist du heiß! Du bist ja ganz krank, Kasja!«

Er lag unter einem dünnen grellgelben Laken, bis zum Hals zugedeckt, und glich aufs Haar einer Pharaonenmumie. Besonders betont wurde diese Ähnlichkeit durch seine Füße, deren Spitzen nicht entspannt nach vorn gerichtet waren, wie normalerweise bei einem Liegenden, sondern starr nach oben wiesen.

»Kasja, Kasja«, sprach Olga ihn an. Langsam und ohne bestimmte Absicht streifte sie das Laken nach unten und entblößte den ägyptisch muskulösen Brustkorb und den schmalen Bauch, dessen gesamte Mitte, einschließlich Nabel, von einem dunklen Glied eingenommen wurde. Unwillkürlich griff ihre Hand danach, und es reckte sich ihr entgegen.

Kasjas Augen unter den halbgeschlossenen Lidern glänzten.

»Nimm ihn!« forderte er heiser.

Die arme Olga spürte, wie ihre gesamte Körpermitte vom Magen abwärts ein so heftiger Krampf durchzuckte, daß sie, ohne zu wissen, was sie tat, den Pelz, die Pantoffeln und was sonst noch überflüssig war abwarf und sich im nächsten Augenblick mit hocherhobenen Armen in solchem Entzücken wand, wie sie, die doch unermüdlich auf der Jagd war nach diesem flüchtigen Wild, es im ganzen Leben noch nicht empfunden hatte.

In der frühen Abenddämmerung des kurzen Tages kam Goscha aus der Schule, dann Lenotschka. Olga machte ihnen irgend etwas zu essen. Gegen neun kam Michail Michailowitsch, müde und wie immer mit den Gedanken abwesend. Sie stellte noch einmal etwas zu essen auf den Tisch und wusch das Geschirr ab.

Etwas später ging Goscha zu Kasijew nach oben, blieb

eine Weile dort, und als er wiederkam, stellte er das Tablett mit dem unberührten Tee und den vertrockneten Broten auf den Tisch und sagte zu seiner Mutter:

»Unser Kasja ist doch in allem ein Original. Er sagt: Wenn ich krank bin, esse und trinke ich nichts, ich liege drei Tage im Dunkeln, und am vierten Tag stehe ich auf und bin wieder gesund. Hast du so was schon mal gehört?«

Olga zuckte die Achseln. Seit Stunden, seit sie von Kasijew zurückgekommen war, empfand sie ein solches Brennen, einen ständig wachsenden Durst, als werde jede Zelle ihres Körpers von einem glühendheißen Wind versengt, der nur mit einer einzigen Flüssigkeit zu löschen war.

Alle gingen in ihre Zimmer, nur Olga saß in der Küche und wurde vor Ungeduld beinah ohnmächtig. Sie wartete, daß alle schlafen gingen. Doch sie waren eine Familie von Nachtschwärmern: Michail Michailowitsch hämmerte auf seiner Schreibmaschine, Lena wollte eine Freundin in einer anderen Stadt anrufen, kam nicht durch und wählte immer wieder deren Nummer, Goscha saß in seinem Verschlag und las. Als Olga es vor Ungeduld nicht mehr aushielt, zog sie sich an und ging zu ihrem Mann.

»Mischa, ich hab' ganz vergessen, heute bei Praskowja vorbeizugehen. Sie wartet auf mich.«

»So spät noch, Olga? Soll ich dich vielleicht begleiten?« wandte ihr Mann schwach ein. Doch er mochte das Haus nicht verlassen und ließ sie widerstrebend gehen. »Du kennst keine Ruhe, Olga.«

Praskowja Petrowna, die schon seit langem gebrechliche Kinderfrau von Olga und deren Kindern, wohnte ganz in der Nähe in einer Gemeinschaftswohnung, und

Olga besuchte sie oft. Allerdings nicht so oft, wie sie zu Hause vorgab. Praskowja, ihrem einstigen Schützling mit der ganzen Leidenschaft der geborenen Dienerin ergeben, war ein sicherer Schutz für Olgas Abenteuer.

Olga trat aus der Vordertür, ging um das Haus herum und stieg in den dritten Stock. Die Tür der Kasijews war noch immer angelehnt. Sie stieß sie auf und ging hinein.

Kasijew lag genauso da wie am Morgen, unter dem Laken, aber jetzt, im Dunkeln, war nicht zu erkennen, daß das Laken gelb war. Seine Augen waren wieder halb offen. Auch sonst war alles genauso wie am Morgen. Er sagte kein Wort, rührte sich nicht von der Stelle; nur einmal streckte er die Hände aus und berührte ihre üppigen Brüste, die über der Taille baumelten.

Ich bin verrückt geworden, total verrückt! sagte sich Olga die ganze Nacht, während sie sich neben ihrem Mann im Bett hin und her wälzte, die Decke abwechselnd von sich warf oder bis zum Hals hochzog, sich ausstreckte und versuchte, die Fußspitzen nach oben zu recken wie Kasijew.

Kurz nach fünf, als alle noch schliefen, stieg sie erneut die übelriechende Treppe hoch, und alles spielte sich genauso ab.

Nach drei Tagen war Kasijew wirklich wieder gesund. Olgas Leben lief nun vollkommen aberwitzig: Frühmorgens, zu nachtschlafender Zeit, glitt sie aus dem Bett und ging zu ihm nach oben. Und auch spätabends, wenn alle Gäste gegangen waren und Ruhe einzog. Und wenn irgend etwas sie daran hinderte, zu dieser Stunde hochzulaufen, schlief sie in Erwartung des morgendlichen Rendezvous die ganze Nacht nicht. Kasijew war schweigsam und immer bereit, und Olga fand, sie brauchten auch keine

Worte – so erschöpfend und brennendheiß war ihre Verständigung.

Kasijews Mutter reiste noch auf Gastspielen herum, und Olga verdrängte den Gedanken, daß eines Tages alles vorbei sein würde. Das war eine so finstere, unentrinnbar tödliche Wolke, das Ende von allem, daß Olga jeden Augenblick und jede Berührung genoß, als wäre es das letztemal, und sich nur auf eins konzentrierte: noch einmal das Ufer zu erreichen, wo der mächtige Knabe sie von ihrem verhaßten, gealterten, langweiligen »Ich« erlöste; noch einmal durch dieses im Grunde mechanische Mittel das grelle Aufflammen zu erreichen, das sie ihre Seele und ihren Körper vergessen ließ.

Olga, die sonst immer zwei, drei Freundinnen in ihre Romanzen einweihte und das sehr reizvoll fand, erzählte diesmal niemandem ein Sterbenswort. Sie hatte Angst.

Sie ging zur Arbeit, redete routiniert über Flaubert und Maupassant, kaufte Lebensmittel im Keller eines Geschäfts, dessen Direktorin sie kannte, kochte Essen, lächelte ihre Gäste an und wartete auf den Augenblick, da sie, die so zögernd hereinbrechende Dunkelheit verfluchend, aus dem Haus schlüpfen konnte, zur Hintertreppe. »Zum letztenmal! Zum letztenmal!«

Sie verabschiedete die abendlichen Besucher, warf die enge, züchtige Kleidung ab und zog den alten Seidenkittel an, einen spinnwebgrauen echten japanischen Kimono mit zitronengelbem Futter. Auf der Treppe zwang sie sich, langsamer zu gehen. Nicht nach oben zu rennen, wenigstens eine Minute lang das in ihr tobende fieberhafte Rasen anzuhalten, das Kochen der Blutbläschen in ihren Adern – das war alles, was sie tun konnte, um nicht endgültig alle sicheren, vernünftigen Grenzen zu zerstören, in denen sich ihr Leben so gut und stabil hielt. Während sie die Treppe hochstieg, war sie gleichsam eingekreist von einem zitternden, dreistimmigen Gesang: Die führende Stimme flötete in vier Takten: »Zum letz-ten-mal! Zum letz-ten-mal!«, die zweite, begleitende, war der dreistufige Trommelwirbel ihres Herzschlags, Systole-Diastole-Pause, und die dritte Stimme, kindlich und aufdringlich, zählte unwillkürlich die Stufen: sechsundsechzig, in sechs Absätzen.

Sie lief, schluckte Speichel, blieb ab und zu stehen, um ruhiger zu atmen, und dachte, das sei nun die Strafe für die ganze Leichtigkeit ihrer sorglosen Lieben, für ihre hochmütige Verachtung von Liebesleid, und zwar vor allem dieser seiner Spielart – der gierigen weiblichen Unersättlichkeit der Sinne.

Die Tür war wie stets unverschlossen, und Musik dröhnte. Die laute, grobe und primitive Musik der jungen Leute. Solche Musik hatte Olga bei Kasijew noch nie gehört. Sie stutzte, doch außer der Musik war alles wie immer: die dunkle Küche, das Geräusch von tropfendem Wasser und der schmale Lichtstreifen aus dem kleinen Zimmer. Olga öffnete die Tür und sah etwas, das sie nicht sofort erfaßte. Auf jeden Fall machte sie noch ein paar Schritte, bevor alle nötigen Nervenimpulse in Gang gesetzt waren und die Synapsen durchliefen, vom Auge zum Gehirn und zum Herzen, und einen brennenden Schmerz im tiefsten Innern auslösten. Direkt vor ihr hob und senkte sich mit trägen, langsamen Bewegungen der blasse Rükken ihrer Tochter Lena, und ihr feuchtes Haar, zu einem kläglichen Pferdeschwanz gebunden, schlug leicht auf ihre sommersprossigen Schultern. Kasijews Gesicht konnte sie ebenso wenig sehen wie er die Hereingekommene, aber sie wußte genau, was für ein undurchdringliches, wunderschönes dunkelhäutiges Gesicht auf dem flachen Kissen lag.

Olga ging rückwärts zur Tür und verließ das Zimmer, die Wohnung.

Die Kinder fanden sie am nächsten Morgen in der Küche, in einem alten Korbsessel, den gefühllosen blauen Blick starr auf das zugemauerte Fenster gerichtet. Sie sprachen sie an, doch sie reagierte nicht.

Lena rief den Notarzt. Die auf Infarkt und Schlaganfall getrimmten Ärzte waren ratlos. Das war nicht ihre Patientin, sie schlugen vor, Psychiater zu holen. Auch die kamen. Olga saß still in ihrem Sessel und gab auf keine Frage eine Antwort. Die Ärzte befühlten ihre weichen, warmen Hände und fuchtelten mit albernen Metallinstrumenten vor ihrem Gesicht herum. Sie streckte folgsam die Arme vor, um sie dann jedoch unsicher, aber durchaus zielgerichtet wieder auf die Sessellehnen zu legen.

Die Ärzte wechselten ein paar Worte in unverständlichem Latein und waren verwirrt. Sie schlugen Lena vor, ihre Mutter unverzüglich stationär einzuweisen. Lena weigerte sich. Das ließen sich die Ärzte von ihr schriftlich bestätigen. Lena und Goscha versuchten, ihre Mutter ins Bett zu bringen, doch sie schüttelte nur den Kopf und starrte unverwandt auf das zugemauerte Fenster.

Lena rief den Vater an. Der kam aus Kiew geflogen, wo er eine Konferenz leitete. Olga ließ sich von ihrem Mann ins Schlafzimmer bringen und legte sich zum erstenmal seit zwei Tagen ins Bett. Sie konsultierten die besten Psychiater. Alle waren ratlos, vermuteten Unterschiedliches, waren sich aber in einem einig: eine akute Form von Autismus.

Sie schlugen Spezialkliniken vor, verschiedene medikamentöse Behandlungsmethoden, sogar von Schocktherapie war die Rede. Als Michail Michailowitsch, ein vernünftiger und besonnener Mann, das hörte, verzichtete er auf jegliche ärztliche Hilfe und sagte zu seiner Tochter:

»Komm, Lenotschka, wir schaffen das schon selber.«

So verging Tag um Tag. Die arme Olga befand sich in einem Zustand äußerster, qualvoller Verwirrung. Sie nahm sich selbst durchaus bewußt wahr, aber alles schien irgendwie in Stücke zerbrochen und durcheinander. Manchmal glaubte sie, sie müsse sich nur ein bißchen anstrengen, und die Welt würde sich wieder zu einem richtigen Bild zusammensetzen, wie in einem Kinderbuch. Doch diese Anstrengung bewältigte sie nicht.

Das zugemauerte Fenster fesselte sie außerordentlich. Als glaubte sie zu wissen, daß in den Ziegelritzen, in dem schlichten, regelmäßigen Reihenmuster die rettende Ordnung lag, nach der das zerstörte Bild ihres Lebens sich wieder zusammenfügen ließ. Oder vielleicht zog der Zement, der die einzelnen Ziegel zusammenhielt, Olgas Blick so magisch an. Der Zement, der Einzelteile zu einem Ganzen verband.

Außerdem beunruhigte Olga, daß sie etwas Hochwichtiges vergessen hatte, und sie starrte auf das zugemauerte Fenster, als erwarte sie von dort Hilfe. Abends wurde sie ins Bett gebracht, doch sie schlich sich starrsinnig immer wieder in die Küche und setzte sich in den sanft knarrenden alten Korbsessel.

Die Wohnung war nun leer wie der Strand bei Ebbe. Nur die unangemessene Menge Tassen und Gläser erinnerte daran, wie viele Menschen sich noch vor einigen Wochen hier gedrängt hatten.

Eines Nachts, als Olga in ihrem knarrenden Sessel saß, verblaßten die Ziegel plötzlich und lösten sich auf, und vor einem Hintergrund aus graubraunem, nicht von der Sonne stammendem Licht sah sie das Gesicht Kasijews, der den Kopf in den Nacken gelegt hatte. Seine Augen blitzten unter den zarten, in den Augenwinkeln leicht schräg nach oben gezogenen Lidern hervor, und Olga sah dieses Gesicht von oben. Dann entfernte sich das Gesicht allmählich, und sie begriff, daß der Junge flog, steif auf dem Rücken ausgestreckt, die Arme leicht vom Körper abgewinkelt, wobei er die übertrieben großen Hände sanft auf und ab bewegte. Er entfernte sich, so daß Olga bald nur noch seine nackten Füße sah und sein wehendes dunkles Haar, das sich in zwei ungleiche Flügel geteilt hatte.

Das zugemauerte Fenster verwandelte sich in einen leuchtenden, immer heller werdenden Bildschirm, und das Licht wurde weniger braun, lebendiger, war bald von warmem Gold erfüllt, und Olga hatte das Gefühl, sich mitten in diesem Licht zu befinden, obwohl sie noch eine Zeitlang die glatten, abgewetzten Sessellehnen unter ihren Händen spürte.

Ihre nackten Füße versanken bis zu den Knöcheln in warmem Sand. Sie sah sich um: Sie befand sich in einer trockenen Wüste, die aber nicht tot war, sondern von unzähligen Pflanzen besiedelt, die von der Sonne so ausgedörrt waren, daß sie nahezu durchsichtig schienen. Duftende Rutenbüschel verzweigter Ephedra, kindlich kleine Salzsteppensträucher, deren kaum erkennbare schuppenförmige Blätter dicht am knorrigen Stamm saßen, biegsames, behaartes Schleierkraut mit wirr ineinander verfitzten Rispen und noch eine Art Steppengras, gefiedert, luftig und tanzend. Ein feiner, kaum hörbarer Ton lag in der Luft, und sie erriet, daß einsam fliegende Sandkörnchen, die gegen verdorrte Grashalme stießen, diese winzige Musik erzeugten. Lebende, langsam, aber wahrnehmbar wandernde Hügel aus hellem, feinkörnigem Sand machten den Horizont uneben, höckerig. Im Westen lag wie eine Honigmelone die dunkelgolden und purpurrot schillernde Sonne, deren unterer Rand aussah, als hätten die riesigen Kiefer der Hügel ihn angenagt. Die Sonne wurde kleiner, versank im hügeligen Sand, und als von ihr nur noch der gezackte Kranz der letzten schrägen Strahlen übrig war, sah Olga, daß sich um jeden Grashalm, um jede leblose Faser eine lebendige, feine Farbhülle bildete, ein zarter, schillernder Regenbogen, und der feine Ton wurde noch heller, als stießen die Sandkörner nun nicht mehr gegen die Halme, sondern gegen dieses farbige Leuchten. In diesem Augenblick spürte Olga Seine Gegenwart.

»Mein Gott!« flüsterte sie und senkte ihr Gesicht in einen runden Ephedrastrauch, der noch von dem verlöschenden Regenbogen umfangen war.

Als Lena am nächsten Morgen verschlafen und mit verquollenem Gesicht in die Küche kam, war dort alles sauber und ordentlich. Selbst der lange nicht geputzte Herd blitzte, und die beiden Teekessel summten einträchtig auf den hinteren Flammen. Die Mutter stand mit dem Rücken zu ihr, ihr rechter Ellbogen folgte in rhythmischer Bewegung einem Stück Käse, das sie auf einer großen Metallreibe raspelte.

Olga drehte sich zu ihrer Tochter um, lächelte schuldbewußt und sagte, als sei nichts geschehen, womit sie auf einen Schlag den stundenlangen Streit der Ärzte über die neurologische oder psychologische Natur ihrer Schwäche entschied:

»Käsetoast, ja?«

Alles war fast wie früher: Mutter machte Frühstück, das Teewasser kochte. Lena setzte sich in den Korbsessel und weinte. Dabei sah sie, daß auch das Gesicht der Mutter voller Tränen war. Es waren keine gewöhnlichen Tränen – nie, nie mehr versiegten sie fortan bei Olga.

Seitdem sind viele Jahre vergangen, aber die Tränen rinnen noch immer aus den Augen der schreckhaften, hageren Alten, zu der die fröhliche, lach- und liebeslustige Olga geworden ist. Sie ist Invalidenrentnerin. Die Ärzte haben ihr lateinische Worte aufgeschrieben, die sie von der Notwendigkeit entbinden, Französische Literatur zu unterrichten, die sie einst so sehr liebte.

Ihr Mann, Michail Michailowitsch, verhält sich ihr gegenüber wie früher. Er geht mit ihr auf dem Twerskoi-Boulevard spazieren und erzählt ihr dabei von den Vorgängen am Lehrstuhl. Allerdings ist er der einzige, der ihre Geistesschwäche nicht wahrnimmt. Michail Michailowitsch wurde vor kurzem in die Akademie gewählt, allerdings nicht in die der Wissenschaften, sondern nur in die Pädagogische.

Lena hat ihre Dissertation verteidigt, aber nicht geheiratet, und ob sie Männer hat, weiß niemand.

Goscha hat eine große Karriere gemacht, obwohl er umgeschwenkt ist: Er predigt nun weder christliche noch sozialutopische Ideen. Er ist durch und durch Ökonom, Experte für zweigübergreifende Kapitaldiffusion bei ... Hier fehlen der Autorin die Worte. Kurzum, er ist ein Fachmann.

Der junge Kasijew hat im Unterschied zu Goscha keine Karriere gemacht. Es gab irgendeinen Bruch in seinem Leben. Er fiel durch die Aufnahmeprüfung für das Regiestudium, kam zur Armee, leistete anderthalb Jahre Dienst in einem grausamen asiatischen Krieg und kehrte vollkommen verändert von dort zurück. Er ging bei einem Fleischer in die Lehre, eignete sich schnell die simple Fleischerweisheit an, brachte es bis zum Verkäufer und arbeitet bis heute in einem nach abgestandenem Blut riechenden Keller. Er ist noch immer schön, aber stark in die Breite gegangen, hat kräftige Knochen bekommen und eine grobe Liebe zum Geld entwickelt. Mit Goscha trifft er sich nie, obwohl sie nach wie vor im selben Haus wohnen.

Olga verrichtet leichte Arbeiten im Haushalt, läuft etwas unsicher durch die Küche, vergießt helle, schwache Tränen und empfindet unaufhörliches, quälendes Mitgefühl für alles Lebendige und Nichtlebendige, das in ihr Blickfeld gerät: für den alten, zerbeulten Topf, für den weißlichen Kaktus, die einzige Pflanze, die sich mit der Dunkelheit in ihrer Küche abgefunden hat, für die dick gewordene, ständig gereizte Lena, für die braune Schabe, die sich im Labyrinth schmutzigen Geschirrs verirrt hat, und selbst für die abgestandene, verbrauchte Luft, die von der Hintertreppe in die Küche dringt. In Gedanken streichelt sie alles zärtlich und sagt immer wieder: Armes Mädchen, armer Topf, arme Treppe. Sie schämt sich ein wenig für ihren Zustand, kann aber nichts dagegen tun.

Ihre psychische Krankheit ist so selten und ungewöhnlich, daß auch die besten Professoren keinen Namen dafür haben.

Die Pikdame

Für Natascha

Der Altersunterschied zwischen Murr und Anna war eine rapide abnehmende Größe. Schwer zu sagen, warum – vielleicht waren die Rädchen im großen Uhrwerk der Welt verschlissen, vielleicht griffen die Zähne nicht mehr ineinander –, jedenfalls lief die Zeit immer schneller und verfiel mitunter in flackernde Arrhythmie, und so kam es, daß im Verlauf dieser beschädigten Zeit die dreißig Jahre, die zwischen sechzig und neunzig lagen, kaum noch von Belang waren. Anna stellte nur fest, daß einfache Verrichtungen ihr immer langsamer von der Hand gingen und sie mit immer weniger Schlaf auskam.

Sie erwachte sehr früh, beinah mitten in der Nacht, es war noch nicht einmal vier, von einem bösen Traum. Ein erwachsener Mann, auf die Größe einer Puppe geschrumpft, lag im Schubfach ihres Schreibtisches und klagte: »Mama, mir geht es hier so schlecht.«

Es war ihr Sohn, und ihr Herz krampfte sich vor Kummer zusammen, denn sie konnte ihm nicht helfen. In Wirklichkeit hatte sie gar keinen Sohn, sondern eine Tochter, und sie war entsetzt, daß der Traum stärker war als die Realität; im ersten Moment nach dem Erwachen war sie überzeugt, einen Sohn zu haben, den sie aber völlig vergessen hatte. Dann machte sie Licht, die Sinnestäuschung verging, und ihr fiel ein, daß sie am Abend zuvor lange in den

Schreibtischfächern wühlen mußte, um einige verlorengegangene Papiere zu finden, und diese Suche hatte wohl den dummen Traum ausgelöst.

Anna blieb noch eine Weile liegen, beschloß dann aber aufzustehen, zumal sie das Gesuchte gestern nicht gefunden hatte.

Jetzt fand sie es sofort. Es war ein Gutachten zu einer Dissertation, das sie vor zehn Jahren geschrieben hatte und nun plötzlich brauchte.

Das ganze Haus schlief noch, und das war ein Segen, ob nun geschenkt oder gestohlen. Niemand verlangte etwas von ihr, unverhofft verfügte sie über zwei private Stunden, und nun überlegte sie, was sie damit anfangen sollte: das Buch lesen, das ihr ein Patient, ein berühmter Philosoph oder Philologe, geschenkt hatte, oder einen Brief an ihre Busenfreundin in Israel schreiben.

Sie kämmte sich das sperlingsgraue Haar und zog eine alte Strickjacke über ihren Hauskittel. Hauskleidung hatte ihr nie gestanden, im Kittel sah sie aus wie eine Datscha-Besitzerin aus der Vorstadt. Alle sagten, am besten kleideten sie Kostüme, und die trug sie seit ihrer Studentenzeit. Jetzt wirkte sie im Kostüm, egal ob blau oder grau, wie eine Professorin, was voll und ganz den Tatsachen entsprach.

Anna kochte sich einen Kaffee, schlug das literaturwissenschaftliche Buch ihres berühmten Patienten auf, legte ein Blatt Papier für den Brief bereit und stellte daneben eine blaue Schale mit Konfekt, das sie sich normalerweise versagte. Mit Genuß sog sie den Kaffeeduft ein, kam aber nicht mehr dazu, einen Schluck zu nehmen: Die Küche betrat, den Rücken gerade wie ein Lineal, Murr, begleitet vom Quietschen der Räder ihrer Gehhilfe.

Anna kontrollierte nervös, ob die Knöpfe ihrer Strickjacke alle richtig geknöpft waren. Ahnen, was sie gerade falsch gemacht hatte, konnte sie sowieso nie. Wenn die Jakke richtig geknöpft war, dann hatte sie gräßliche Strümpfe an oder war unmöglich frisiert. Was Unsinn war, da sie doch ihr ganzes Leben lang immer einen Zopf trug, im Nacken zu einem Knoten gedreht. Im übrigen konnte die morgendliche Kritik alles mögliche betreffen, zum Beispiel, daß die Vorhänge schmutzig seien oder die Kaffeesorte widerlich röche, nach saurem Hund. Erstaunlich war nur, wie lebhaft Anna darauf reagierte, sich entschuldigte oder rechtfertigte. Manchmal versuchte sie sogar, die Kritik zu widerlegen, tadelte sich aber jedesmal hinterher, denn das ging nie gut. Murr zog dann ihre schon von Natur aus hochliegenden Augenbrauen noch höher, so daß sie unter ihrem rotblonden Pony verschwanden, bewegte langsam ihre langen Lider, die ihre Augäpfel straff umschlossen, und sah Anna mißbilligend an. Ihre Augen wirkten wie ein leerer Spiegel.

Diesmal sagte Murr, in der Mitte der Küche angekommen, gar nichts. Ihr schwarzer Kimono hing in leeren Falten an ihr herab, als sei gar kein Körper darunter. Nur knochige gelbliche Hände voller nicht mehr abzustreifender Ringe und ein langer Hals mit einem kleinen Kopf sahen wie bei einer Marionette daraus hervor.

Seit Anna denken konnte, wappnete sie sich im voraus für jede Begegnung mit ihrer Mutter. Als Kind war sie vor deren Tür immer erstarrt wie ein Schwimmer vor dem Sprung ins Wasser. Seit sie erwachsen war, stellte sie sich, wie ein Boxer vor dem Kampf mit einem starken Gegner, nicht auf einen Sieg ein, sondern auf eine ehrenvolle Niederlage. Heute wurde sie in dieser vormorgendlichen

Stunde von ihrer Mutter überrumpelt und sah sie nun, völlig unvorbereitet auf diese Begegnung, zum erstenmal mit einem gewissen Abstand, wie mit fremden Augen: Vor ihr stand ein Engel, ein greiser Engel, geschlechts- und alterslos und beinah fleischlos. Sie lebte vom Geist allein. Doch welcher Art dieser Geist war, das wußte Anna nur allzugut. Der Geist hielt ein neues Buch in der Hand und sagte:

»In diesen Erinnerungen steht lauter Unsinn! Wer hat mir denn die angeschleppt? Neunzehnhundertsechzehn haben Vater und ich in Paris gelebt. Ich war noch ein Kind. Das Diadem hat mir Kaspari zweiundzwanzig geschenkt, da war ich mit ihm verheiratet, und verspielt habe ich es vierundzwanzig in Tiflis. Da gab es längst keinen Kaspari mehr, da war ich schon mit Michail zusammen. Er war ein großartiger Musiker«, sie kicherte vielsagend, und ihre Tochter kroch in sich zusammen, denn was dann folgte, war übelster Straßenjargon, und die Mutter genoß es, daß ihre Tochter zusammenzuckte.

»Aber einen richtig durchf..., das hat er nicht gebracht.« Murr lachte zärtlich. »Mit seinem Schwanz war nichts los. Dort in Tiflis hab' ich dieses Diadem beim Kartenspiel verloren; das auf dem Bild von Bakst, das ist ein ganz anderes Diadem, wertlos, eine Theaterrequisite.«

Das war die schönste Seite ihrer Erinnerungen: ihre berühmten Liebhaber. Ihr Name war Legion. Unmengen von Papier waren mit den gewandtesten Federn vollgeschrieben worden, um ihre blassen Locken zu preisen und die unergründlichen Geheimnisse ihrer Seele, und anhand ihrer Porträts, die in den besten Museen und Privatsammlungen hingen, könnte man die verschiedenen Strömungen in der Kunst zu Beginn des Jahrhunderts studieren.

Irgendein Geheimnis mußte sie wohl haben, denn nicht

nur ihre Liebhaber verloren ihretwegen den Verstand. Für Anna, Murrs einzige Tochter, Kind einer seltenen Anwandlung von Großmut, war das immer ein Rätsel geblieben. Warum besaß Murr Macht über ihre jüngeren Schwestern, über Annas Vater, über Männer und Frauen und selbst über jene undefinierbaren Wesen, die in dem engen, qualvollen Raum zwischen den Geschlechtern wandelten? Neben normalen Männern mit den naivsten Absichten verliebten sich in sie ständig feminine Homosexuelle und vom langweiligen weiblichen Pfad abgewichene entschiedene Lesben. Eine Antwort auf diese Frage fand Anna nicht, sie war aber immer bemüht, von einer geheimnisvollen Kraft getrieben, auf jede neue Laune von Murr einzugehen. Und Murr wollte wie eine Schwangere stets etwas schwer zu Fassendes, Ausgefallenes, kurz gesagt: Geh, ich weiß nicht wohin, und bring mir, ich weiß nicht was.

Jeder, der ihrer übermenschlichen Ausstrahlung nur das geringste entgegensetzte, verschwand einfach aus ihrem Umkreis: Annas längst vergessener Ehemann, der Mann der Enkelin Katja und die gesamte Sippe von Murrs letztem Ehemann. Als hätte es sie nie gegeben.

»Du trinkst Kaffee«, sagte Murr, die feine Nase gerümpft.

Es roch gut, aber sie wollte wie immer etwas anderes.

»Ich würde ein Täßchen Schokolade trinken.«

»Kakao?« Anna stand bereitwillig auf, noch bevor sie Zeit gehabt hatte zu bedauern, daß aus ihrem kleinen Fest nichts wurde.

»Warum Kakao? Das ist doch abscheulich, euer Kakao. Kann ich denn nicht einfach ein Täßchen Schokolade bekommen?«

»Ich glaube, es ist keine Schokolade da.«

Es war keine Schokolade im Haus. Das heißt, außer den Bergen von Pralinenschachteln, die ihr die Patienten immer schenkten. Aber weder Schokoladenpulver noch -tafeln.

»Schick Katja oder Lenotschka. Wo gibt's denn so was, im ganzen Haus keine Schokolade«, sagte Murr empört.

»Es ist vier Uhr früh«, versuchte Anna sich zu verteidigen. Doch dann schlug sie die Hände zusammen. »Es ist doch welche da, mein Gott!«

Sie holte eine noch ungeöffnete Schachtel Konfekt aus dem Büfett, schnitt hastig das knisternde Zellophan auf, schüttete eine Handvoll Konfekt aus und trennte mit einem Messer den dicken Boden der Pralinen von der nutzlosen Füllung. Murrs Kampfstimmung erlosch angesichts dieser Findigkeit sofort.

»Bring sie mir in mein Zimmer.«

Die Hand sicherheitshalber mit einem dicken Topflappen umwickelt, machte Anna in einem kleinen Krug Milch heiß. Ihre Hände hütete sie wie eine Sängerin ihre Stimme. Sie waren es durchaus wert, die schmalen Hände mit den kräftigen langen Fingern und den kurzgeschnittenen Nägeln, die von einem Jodrand umrahmt waren. Jeden Tag drangen diese groben Finger direkt ins Innere eines Auges vor, umgingen vorsichtig die Fasern der Sehmuskeln, die kleinen Gefäße, den Zinn-Hallerschen Gefäßkranz, den gefährlichen Schlemmschen Kanal, bis sie durch mehrere Hüllen zur zehnschichtigen Netzhaut gelangten, um das filigranste aller Weltwunder zu flicken, zu stopfen und zu kleben.

Sie schöpfte gerade mit dem vergoldeten Löffel ihrer Mutter die dünne Haut von der zähflüssigen Schokolade, als das Glöckchen läutete: Murr rief sie zu sich. Anna stellte eine rosa Tasse auf ein Tablett und ging zu ihrer Mutter. Die saß bereits in der Pose der Absinthtrinkerin an einem kleinen Spieltisch. Das bronzene Glöckchen stand vor ihr, ein umgestülpter Blütenkelch auf ausgeblichenem Tuch.

»Gib mir bitte einfach nur Milch, ohne deine Schokolade.«

Eins, zwei, drei, vier ... zehn, zählte Anna gewohnheitsmäßig.

»Weißt du, Murr, die letzte Milch habe ich für diese Schokolade verbraucht.«

»Schick Katja oder Lenotschka welche holen.«

Eins, zwei, drei, vier ... zehn.

»Es ist halb fünf. Der Laden hat noch zu.«

Murr seufzte zufrieden. Ihre schmalen Brauen zitterten. Anna war gewärtig, die Tasse auffangen zu müssen. Die welke Lippe mit der tiefen Kerbe, von der zahllose kleine Runzeln ausgingen, verzog sich zu einem spöttischen Lächeln.

»Kann ich in diesem Haus wenigstens ein Glas einfaches Wasser bekommen?«

»Natürlich, natürlich«, versicherte Anna hastig.

Der morgendliche Krach war offenbar ausgeblieben. Oder verschoben.

Sie wird alt, die Ärmste, stellte Anna fest.

Es war Mittwoch. Die Sprechstunde in der Poliklinik begann um zwölf. Katja konnte heute mal ausschlafen. Die Enkel versorgten sich mittwochs selbst: Die siebzehnjährige Lenotschka brachte, bevor sie ins Institut ging, den kleinen Grischa zum Gymnasium. Abholen würde ihn Katja, aber spätestens um halb sechs mußte Anna wieder zu Hause sein, denn ab sechs unterrichtete Katja Englisch in der Abendschule. Das Essen war fertig. Bevor Anna ging, mußte sie noch Milch holen. Das Glöckchen ertönte.

Eins, zwei, drei, vier ... zehn.

»Ja, Murr.«

Die schmale Hand hielt eine Metallbrille elegant in der Luft, wie eine Lorgnette.

»Ich wollte noch sagen, hier im Fernsehen, die Firma L'Oréal. Ein sehr schönes Mädchen hat eine Creme für trockene Haut empfohlen. Von L'Oréal. Ich glaube, das ist eine alte Firma. Ja, ja. Liletschka hat dieses Parfüm in Paris bestellt. Sie wollte eine Literflasche, aber ihr armer Liebhaber hat ihr nur einen kleinen Flakon geschickt, einen großen konnte er sich nicht leisten. Aber der Krach war groß. Mir hat Majetzki eine Literflasche mitgebracht. Ach, was sage ich, das war L'Origan Coty, nicht L'Oréal.«

Das war eine neue Plage: Murr war ungeheuer anfällig für Werbung. Sie mußte alles haben: jede neue Creme, Zahnbürste, jeden Supertopf.

»Setz dich, setz dich.« Murr zeigte großmütig auf einen runden Klavierhocker.

Anna setzte sich. Sie kannte alle Kreise, Achten und Schleifen, auf denen wie bei Grischas Eisenbahn die Lokomotiven der alten Gedanken entlangglitten, um an wohlbekannten Stationen von Murrs großer Biographie zu verweilen und zu rangieren. Jetzt war sie bei Parfüms eingestiegen. Weiter ging es mit ihrer Freundin und Rivalin Liletschka. Majetzki, den sie Liletschka weggeschnappt hatte. Ein namhafter Regisseur. Die Filmaufnahme, die sie berühmt machte. Die Scheidung. Das Fallschirmspringen – keiner konnte sich vorstellen, daß sie dazu fähig wäre.

Dann der Flieger, Testpilot, ein schöner Mann. Er stürzte nach einem halben Jahr ab und hinterließ die schönsten Erinnerungen. Dann der Architekt, ein ganz berühmter, sie fuhren nach Berlin, erregten Aufsehen. Nein, weder bei der Tscheka noch beim NKWD, Unsinn, sie hat nie irgendwo gedient; geschlafen, das ja. Und mit Lust! Dort gab es echte Männer, o ja! Aber Katja und du, ihr seid Blaustrümpfe und zickige Kratzärsche.

Vor vierzig Jahren wollte Anna mit dem Stuhl auf ihre Mutter einschlagen, vor dreißig Jahren sich in ihrem Haar festkrallen. Nun ließ sie zutiefst angeekelt und widerwillig die prahlerischen Monologe an ihren Ohren vorbeirauschen und dachte wehmütig, daß der so vielversprechende Morgen nun verloren war.

Das Telefon klingelte.

Wahrscheinlich jemand aus ihrer Abteilung. Bestimmt war etwas passiert, sonst würden sie nicht so früh anrufen. Sie nahm rasch ab.

»Ja! Ja! Ich bin's! Ich verstehe nicht. Aus Johannesburg?«

Daß sie die Stimme nicht gleich erkannt hatte, ziemlich hoch, aber nicht weibisch, mit dem weichen »R« und den langen Pausen zwischen den Wörtern, wie oft bei geheilten Stotterern. Er suchte nach Worten. Dreißig Jahre.

Erst stieg ihr das Blut in den Kopf, ihr wurde heiß, in der nächsten Sekunde strömte es zurück, ihr brach der Schweiß aus, und eine ungeheure Schwäche erfaßte sie.

»Ja, ja, ich habe dich erkannt.«

Die unsinnige Frage »Wie geht es dir?« nach so vielen Jahren.

»Ja, kannst du. Nein, ich habe nichts dagegen. Auf Wiedersehen.«

Sie legte auf. Selbst aus der Hand war alles Blut gewichen, die Fingerkuppen waren schlaff und weich wie nach großer Wäsche.

»Wer hat angerufen?«

»Marek.«

Sie müßte aufstehen und gehen, aber sie hatte nicht die Kraft.

»Wer?«

»Mein Mann.«

»Sag bloß, der lebt noch! Wie alt ist er denn?«

»Fünf Jahre jünger als ich«, antwortete Anna trocken.

»Und was will er von uns?«

»Nichts. Mich und Katja wiedersehen.«

»Er ist ein Nichts, ein totales Nichts. Ich verstehe nicht, wie du mit ihm ...«

»Er hat eine Klinik in Johannesburg«, versuchte Anna den Pfeil abzulenken, was ihr auch gelang.

Murr lebte auf.

»Er ist Chirurg? Wie amüsant! Dein Vater war Chirurg. Ich hatte im Kaukasus einen Autounfall. Wäre er nicht gewesen, hätte ich ein Bein verloren. Er hat eine glänzende Operation gemacht.« Murr kicherte. »Ich hab' ihn verführt, als ich noch in Gips lag.«

Erstaunlich, wie unerschöpflich die Einzelheiten waren. Daß Murr wegen einer Wette geheiratet und so die Brillantbrosche ihrer berühmten Freundin gewonnen hatte, wußte ihre Tochter längst, von dem Gips aber hörte sie zum erstenmal und verspürte plötzlich ein ungutes Gefühl für ihren Vater, den sie als Kind heiß geliebt hatte. Er war zwanzig Jahre älter als ihre Mutter, der letzte Vertreter einer deutschen Ärztefamilie, Anna nicht mitgerechnet, und seinem Beruf in einer Weise ergeben, die mit dem Leben nicht zu vereinbaren war. Doch der Zufall behütete ihn. In seiner Jugend hatte er einmal bei einem jungen Arbeiter, der an einer eitrigen Mittelohrentzündung zu sterben drohte, eine Schädeltrepanation durchgeführt. Unter der neuen Macht stieg der Arbeiter in sagenhafte Höhen auf, doch Doktor Storch, der ihn längst vollkommen vergessen hatte, behielt einen Platz im Gedächtnis des dankbaren Patienten, der dem Arzt eine Art Schutzbrief ausstellte. Jedenfalls konnte er, ungeachtet seines Dienstes als Militärarzt in der Zaren- und später der Freiwilligenarmee, einen redlichen, schweren Krebstod im eigenen Bett sterben.

»Sag mal, liegt dieses Johannesburg in Deutschland?«

Jemand anderer hätte den Eindruck haben können, daß die Gedanken der alten Frau umhersprangen wie hungrige Flöhe, doch Anna kannte die erstaunliche Eigenart ihrer Mutter, immer an mehrere Dinge gleichzeitig zu denken, als spinne sie Garn aus verschiedenen Fäden.

»Nein. Das liegt in Afrika. Republik Südafrika.«

»Sag bloß. Ach ja, der Burenkrieg, ich erinnere mich. Amüsant. Also vergiß nicht, mir die Creme zu kaufen.« Sie strich sich mit ihren schwachen Fingern über die Haut, die schrumpelig war wie die einer alten Aprikose.

In früheren Zeiten hatte sich Murr für Ereignisse und Menschen interessiert und sie als Dekorationen ihres eigenen Lebens und als Statisten ihres Stückes betrachtet, aber mit den Jahren verblaßte das Zweitrangige, und auf der leeren Bühne stand nur noch sie allein mit ihren diversen Wünschen.

»Und was gibt es zum Frühstück?« Sie hob die linke Braue.

Frühstück, Mittag- und Abendessen waren nicht zweitrangig. Das Essen hatte zur genau festgesetzten Stunde auf dem Tisch zu stehen. Einschließlich kompletten Gedecks mit Messerbänkchen und Serviette mit Serviettenring. Doch immer öfter ließ sie die Gabel gleich wieder neben den Teller fallen.

»Ich mag nicht«, sagte sie dann gereizt und gekränkt. »Vielleicht esse ich einen geriebenen Apfel oder etwas Eis.«

Ihr Leben lang hatte sie es genossen, etwas zu wollen und zu bekommen; ihr wahres Unglück bestand darin, daß es mit dem Wollen vorbei war, und der Tod war nur deshalb beängstigend, weil er das Ende aller Wünsche bedeutete.

Am Tag vor Mareks Besuch machte Katja bis spätabends die Wohnung sauber. Sie war verwahrlost und so lange nicht renoviert worden, daß Saubermachen wenig half: Die Zimmerdecken mit dem teilweise abgebröckelten Stuck waren in den Ecken vergilbt, die antiken Möbel hätten restauriert werden müssen, in den rissigen Schränken standen eingestaubte Bücher. Eine intellektuelle Mischung aus Luxus und Armut. Am späten Abend saßen Anna und ihre Tochter Katja, die in ihren warmen alten Hauskitteln aussahen wie zerschlissene Plüschtiere, auf dem Gobelinsofa, das ebenso abgewetzt war wie sie selbst. Anna lag an der Armlehne, Katja, die dünnen Beine angezogen, kauerte unter dem Arm ihrer Mutter wie ein Küken unter dem Flügel einer fetten Glucke. Obwohl Katja schon fast vierzig war, hatte sie tatsächlich etwas von einem Küken: runde Augen, einen weißlichen, wie gefiedert aussehenden kleinen Kopf, einen dünnen Hals, eine lange, schnabelartige Nase. Anmutig wie ein Vögelchen und ebenso körperlos. Mutter und Tochter liebten einander grenzenlos, doch diese Liebe verhinderte, daß sie sich sehr nahe kamen, denn nichts fürchteten sie so sehr, wie einander Kummer zu bereiten. Aber da das Leben hauptsächlich aus verschiedenen Arten von Kummer bestand, ersetzte ständiges Verschweigen ihnen die leise Klage, den süßen gegenseitigen Trost und das gemeinsame Überlegen, und darum redeten sie meistens über Grischas Schnupfen, Lenotschkas Prüfungen oder über Schlafmittel für Murr. Wenn sich in ihrem Leben etwas Bedeutsames ereignete, rückten sie nur noch enger zusammen und saßen noch länger als sonst schweigend vor leeren Tassen in der Küche.

»Vor seiner Abreise hat er mir ein kleines Mikroskop geschenkt, aus Messing, ganz wunderschön«, sagte Katja lächelnd, »aber ich hab's gleich zu Tanja Sawidonowa gebracht, wir gingen zusammen in die zweite Klasse, weißt du noch?«

»Von dem Mikroskop hast du mir nie erzählt.« Anna hüllte sich fester in ihren Kittel, ohne den Blick zu heben.

»Ich dachte, du wärst traurig, wenn ich ein Geschenk von ihm mit nach Hause bringe. Aber Tanja hat es mir nie zurückgegeben. Vielleicht hat ihr Vater es vertrunken. Weißt du, ich hab' ihn doch schrecklich geliebt. Warum habt ihr euch eigentlich scheiden lassen?«

Das war eine schwierige Frage, und Antworten darauf gab es viel zu viele, das war wie eine Treppe, die in den Keller führte: Je tiefer, desto kälter.

»Geheiratet haben wir einen Monat vor deiner Geburt. Wir wohnten zur Untermiete bei einer Hostienbäckerin in Ostankino. Ihr Herd war ständig besetzt, aber das ganze Haus war voller Hostien. Das erste, was du gegessen hast, waren diese Hostien. Vier Jahre haben wir dort gelebt, aber als dann Tante Eva gestorben war, hat Murr nach mir verlangt. Tante Eva hatte ihr das ganze Leben den Haushalt geführt und die Blusen gestärkt. Sie war eine alte Jungfer, heimliche Katholikin und ließ niemandem etwas durchgehen, aber Murr vergötterte sie. Sie starb ganz plötzlich, noch keine Sechzig. Und Mutter verlangte sofort, daß ich kam. Eine fremde Dienstbotin duldete sie nicht.«

»Und warum hast du damals nicht ›nein‹ gesagt?«

»Sie war doch schon fast siebzig, und dann diese Diagnose. Ich konnte eine Sterbende doch nicht im Stich lassen.«

»Aber sie ist ja nicht gestorben.«

»Marek hat damals gesagt, sie sei unsterblich, wie die Theorie des Marxismus-Leninismus.«

»Hm! Geistreich«, sagte Katja.

»O ja. Aber wie du siehst, hat er sich geirrt. Mutter hat Gott sei Dank sogar den Marxismus überlebt. Und ihre Geschwulst hat sich eingekapselt. Hat einen Teil der Lunge aufgefressen und ist nicht weitergewachsen. Ich habe mich um Mutter gekümmert und Tante Beata um dich. Murr konnte Kinder nicht ertragen, du wurdest gleich nach Pachra auf die Datscha gebracht; erst als du zur Schule mußtest, haben wir dich wieder in die Stadt geholt.«

»Und warum ist Vater nicht mit hierher gezogen?«

»Davon konnte keine Rede sein. Sie hat ihn gehaßt. Er hat bis zu seiner Abreise in Ostankino gelebt.«

»Kam man denn damals raus?«

»Das war ein Sonderfall. Über Polen. Seine Mutter, eine Kommunistin, war mit ihm und seinem älteren Bruder nach Rußland geflohen, der Vater war in Polen geblieben und umgekommen. Seine Familie war sehr weitläufig, viele konnten sich retten, manche sind nach Holland gegangen, andere nach Amerika. Genau weiß ich das nicht mehr, Marek hat es mir erzählt. Du hast eine Menge Verwandte in der ganzen Welt. Und er selbst, du siehst ja, er lebt jetzt in Südafrika.« Anna seufzte.

»Und Murr?« führte Katja ihre verspätete Befragung fort.

Anna lachte leise.

»Du wirst es nicht glauben, sie hat für morgen die Maniküre bestellt und mir aufgetragen, ihre gestreifte Bluse zu bügeln.«

»Nein, ich meine damals.«

»Murr hat mir verboten, ihm zu schreiben. Einmal kam jemand aus Israel, brachte ein paar hundert Dollar und für dich Spielzeug und Kleider mit, sie hat das erfahren und mir eine solche Szene gemacht, daß ich fix und fertig war. Ich weiß nicht, wovor ich mehr Angst hatte. Zu der Zeit kam man für den Besitz von Dollars glatt ins Gefängnis. Ich gab diesem Polen alles zurück und bat ihn, Marek auszurichten, er solle Rücksicht auf uns nehmen und uns nichts mehr schicken.«

»Wie dumm, das alles«, flüsterte Katja und streichelte ihrer Mutter die Schläfe.

»Nein, das ist das Leben.«

Dennoch hinterließ das Gespräch einen unangenehmen Bodensatz: Katja hatte ihrer Mutter irgendwie zu verstehen gegeben, daß sie falsch lebte.

Früher hatte sie nichts dergleichen bemerkt.

Nach mehrtägigem strengen Frost war es etwas milder geworden, Schnee fiel, und das Viertel am rechten Ufer der Moskwa gegenüber dem Kreml war im Nu tief verschneit.

Aus dem einschüchternd hohen Portal eines Stalinbaus auf düsterem Granitsockel trat ein alter Mann in einem dicken Schafpelz und mit einer Fuchsfellmütze auf dem Kopf. Im gleichen Moment eilte die Treppe hoch ein Verrückter in einem beigefarbenen Jackett, einen roten Schal über der Schulter, ohne Mütze, Schnee auf den grauen Locken und einen Koffer auf Rädern in der Hand.

Die Tür war noch nicht zugeschlagen, und der Grauhaarige schlüpfte geschickt an dem dick Eingemummten vorbei ins Haus.

Der Eingetretene klingelte an der gesuchten Tür, hörte Schritte, die sich von der Tür entfernten, und eine klare Frauenstimme: »Grischka, gib das Plastilin her!«, dann klirrte Glas, jemand rief gereizt: »Macht doch mal die Tür auf!«, und schließlich wurde ihm geöffnet.

An der Tür stand eine große ältere Frau, in deren Gesicht er tief verborgen etwas Vertrautes entdeckte. Vielleicht die kleine violette Warze auf der Wange, die vor vielen Jahren wie ein liebliches Muttermal ausgesehen hatte. Die Frau hielt in einer Hand ein zerschlagenes Konservenglas und sah ihn erschrocken an.

Am Ende des Flurs, an der Biegung zu einem kleinen Zimmer, war eine Pfütze, und darin stand mit einem Lappen in der Hand ein junges Mädchen, das der Eingetretene nicht kannte und das nicht seine Tochter, sondern schon seine Enkelin war. Sie war sehr groß und ungelenk, hatte schmale Schultern und runde Augen. Aus dem hinteren Zimmer rief wieder jemand: »Grischka, gib das Plastilin her!«

Der Gast zog seinen Koffer in die Wohnung und blieb stehen. Anna lutschte das Blut von der Schnittwunde am Finger ab und sagte in ganz alltäglichem Ton:

»Guten Tag, Marek!«

Er umfaßte ihre Schultern.

»Anna, ich werd' verrückt! Die ganze Welt hat sich verändert, alles ist anders, nur dieses Haus ist immer noch dasselbe.«

Er hat sich überhaupt nicht verändert, einfach unglaublich, nur seine Brauen sind buschig geworden wie die von Breshnew, dachte Anna.

Aus dem hinteren Zimmer kam Katja mit dem sich sträubenden Grischa.

»Katuschka!« rief der Gast sie bei ihrem längst vergessenen Kindernamen.

Als Katja in sein jugendliches, braungebranntes Gesicht sah, das viel schöner war als in ihrer Erinnerung, wußte sie auf einmal wieder, wie sehr sie ihn geliebt und wie sie sich dieser Liebe geschämt und sie vor der Mutter verborgen hatte, um ihr nicht weh zu tun. Jetzt merkte sie plötzlich, daß sie diese Liebe im Grunde ihres Herzens nie vergessen hatte, und sie wurde verlegen und errötete.

»Das sind meine Kinder, Grischa und Lenotschka.«

Da bemerkte er, daß Katjas kleines Gesicht schon faltig war und auch ihre Hände, die sie unterm Kinn gefaltet hatte, nicht mehr jung aussahen. Kaum hatte er sich seinen neuerworbenen Enkeln zugewandt, ging hinten eine Tür auf, und Murr kam heraus, wobei die Metallplanken ihrer Gehhilfe leise klirrten.

»Die Pikdame«, flüsterte der Gast, total verblüfft. »Ich werd' verrückt!«

Er lachte ohne ersichtlichen Grund fröhlich und stürzte auf sie zu, um ihr die Hand zu küssen. Sie hielt ihm mit mondäner Geste die welke Hand hin und stand zierlich und majestätisch vor ihm, als sei dieser gutgekleidete Herr, dieses ausländische Wesen, ausschließlich ihretwegen gekommen. Mit ihrer manikürten Hand schob die mondäne Alte die allgemeine Verlegenheit beiseite, machte allen Familienmitgliedern mit einem Schlag klar, wie man sich in dieser unorthodoxen Situation zu verhalten hatte.

»Du siehst großartig aus, Marek«, bemerkte die Alte liebenswürdig. »Das Alter bekommt dir.«

Marek, der noch immer ihre rettende Hand hielt, schwatzte auf polnisch drauflos.

Es war für sie beide die Sprache der Kindheit, für die geborene Pani Czarniecka, aufgewachsen in einem der halbgotischen Häuser der Warschauer Altstadt, und für den Enkel eines Apothekers aus der Krochmalna, einer aus verschiedenen Gründen in der ganzen Welt bekannten jüdischen Straße in Warschau.

Katja wechselte einen Blick mit ihrer Mutter: Wieder einmal hatte Murr das Interesse zuerst auf sich gelenkt, vor der Tochter und den Enkeln.

»Du kannst in mein Zimmer kommen«, lud sie Marek großherzig ein, als hätte sie ganz vergessen, wie wenig sie ihn vor dreißig Jahren gemocht hatte. Doch da geschah etwas Überraschendes.

»Danke, Madame. Ich habe heute nur anderthalb Stunden Zeit, und die möchte ich mit den Kindern verbringen. Ich komme morgen zu Ihnen, aber jetzt gestatten Sie, daß ich Sie in Ihr Zimmer bringe.«

Noch ehe sie widersprechen konnte, drehte er sie mitsamt ihrer Gehhilfe fröhlich und entschlossen um und führte sie in ihr Boudoir, das sich in den letzten dreißig Jahren nicht verändert hatte.

»Bei Ihnen ist es noch genauso elegant. Erlauben Sie, daß ich Ihnen in den Sessel helfe?«

Anna, Katja und Lenotschka standen an der Tür wie ein lebendes Bild und rechneten mit Geschrei, Gezeter und zerschlagenen Tassen. Doch nichts dergleichen geschah. Murr setzte sich folgsam in den Sessel. Marek beugte sich über sie, berührte ihren schmalen Fuß, der in einem rissigen Schuh aus altem blauen Leder steckte, und sagte ziemlich streng:

»Also nein, solche Schuhe dürfen Sie auf keinen Fall tragen. Ich schicke Ihnen welche, in denen Sie sich wunderbar fühlen werden. Eine ganz spezielle Marke. Aber die Mädchen müssen genau Maß nehmen.«

Er ließ sie allein, schloß die Tür, und Anna fragte ihn ganz erstaunt:

»Wie kannst du so mit ihr reden?«

Er winkte lässig ab.

»Erfahrung. In meiner Klinik sind achtzig Prozent der Patienten über achtzig, alle reich und verwöhnt. Fünf Jahre habe ich gelernt, mit ihnen zurechtzukommen. Und deine Mutter ist eine echte Pikdame. Puschkins Pikdame, das ist sie, haargenau. Na schön. Komm, Grischa, jetzt wollen wir mal sehen, was da im Koffer ist.«

Und Grischa, der augenblicklich das Plastilin vergaß, mit dem er eben noch so geschickt den Abfluß im Bad verstopft hatte, zog den großen, vielversprechend aussehenden Koffer ins Zimmer.

Anna stand verwirrt vor dem gedeckten Tisch. Was hier vorging, schien nicht das geringste mit ihr zu tun zu haben. Selbst die treue Katja wandte kein Auge von Mareks braungebranntem Gesicht, und ihr Lächeln kam Anna dümmlich und unbeherrscht vor.

Wie gut, dachte sie, daß ich mir nicht die Haare gefärbt habe mit dem Zeug in der dunklen Flasche, die ich vorgestern gekauft habe, sonst würde er sich noch einbilden, ich wollte mich seinetwegen jünger machen. Trotzdem ist es nicht gut, daß ich mich so gehenlasse; wenn er weg ist, werde ich mir die Haare färben, beschloß sie.

Er sah in ihre Richtung und machte eine vertraute Handbewegung, wie beim Pingpong, und Anna erinnerte sich, wie gut er dieses zur Zeit ihrer Heirat gerade in Mode gekommene Spiel beherrscht hatte. Sie gingen in das Zimmer, das einst das Arbeitszimmer eines Klassikers gewesen war und nun Katja und Grischa gehörte.

Mühelos und ungezwungen unterhielt er sich mit den Kindern. Er hielt Katjas Schulter umfaßt, und sie war unter seiner Berührung selig wie eine Kuh.

Ja, genau, wie eine Kuh, dachte Anna.

Die Geschenke waren großartig: ein Funktelefon, ein Fotoapparat und noch ein paar technische Spielereien. Aus der Innentasche seines Wolljacketts holte Marek ein kleines Fotoalbum, zeigte ihnen sein Haus in Johannesburg, seine Klinik und noch ein sehr schönes einstöckiges Haus am Meer, das er als Datscha bezeichnete.

Dann sah er auf die Uhr, zauste Grischas Kopf und fragte, wann er morgen kommen könne. Er hatte wirklich nur anderthalb Stunden bei ihnen verbracht.

»Ich würde gern etwas früher kommen. Darf ich?« Er wandte sich an Anna, und sie hatte den Eindruck, als habe er ein wenig Angst vor ihr.

»Bist du ohne Mantel gekommen?« fragte Grischa begeistert.

»Im Hotel habe ich eine Jacke, aber wozu? Mein Auto wartet unten.«

Die Kinder sahen ihn so verzückt an, daß Anna sich ein wenig ärgerte und sich sofort dafür schämte. Schließlich war das verständlich, er war immer sympathisch gewesen, und nun im Alter war er obendrein noch schön geworden. Doch im Innern spürte sie Befremden und eine schmerzliche Bitterkeit.

Die Tradition der Vaterlosigkeit hatte sich in ihrer Familie von Generation zu Generation gefestigt, was ja häufig vorkommt. Im Grunde war der letzte Mann und Vater in ihrer Familie der alte Czarniecki gewesen, Nachkomme eines grimmigen polnischen Heerführers und zärtlicher Vater dreier Schönheiten: Maria, Evelina und Beata.

Anna war von einer Stunde zur anderen plötzlich vaterlos, als Murr Doktor Storch aus der Laune eines Augenblicks heraus verließ, indem sie eines Tages aus dem Haus ging und sozusagen vergaß, wiederzukommen. Kurze Zeit später schickte sie nach den nötigsten Dingen, in deren Liste die anderthalbjährige Tochter nicht vorkam. Murrs neue Heirat war noch nicht perfekt, ging aber bereits in die richtige Richtung. Ihr Gefühl sagte ihr, daß die Zeit der dekadenten Dichter und zügellosen Helden vorbei war. Murrs erster Versuch auf dem Gebiet der neuen Literatur war nicht der glücklichste, doch die folgenden waren von Erfolg gekrönt: Sie bekam einen echten sowjetischen Klassiker, ein Genie der Heuchelei in asketischem Gewand und mit typisch neureicher Raffgier im Herzen. Wenn er seine Porzellansammlung vorführte, einen neuerworbenen Borissow-Mußatow oder eine Skizze von Wrubel, dann breitete er charmant die Arme aus und sagte:

»Das sind alles Murrs Launen. Das kommt davon, wenn man eine Adlige heiratet.«

Die letzte Ehe war großartig, und die kleine Tochter blieb bei ihrem leiblichen Vater – fürs erste so gut wie vergessen. Murr lebte wieder in der großen Literatur. Sie hatte ein Verhältnis mit einem berühmten Dramatiker und einem vielbeachteten Regisseur sowie einige lose Bindungen in dafür hervorragend eingerichteten erstklassigen Sanatorien im Süden. Am rechten Moskwaufer, gegenüber dem Kreml, wurde endlich ein solides Haus fertig, dessen Wohnungen nicht nach den plebejischen Maßstäben von Quadratmetern pro Person vergeben wurden, sondern entsprechend den wahren Dimensionen einer Schriftstellerseele. Doch auch hier gab es bürokratische Einschränkungen, also mußten sie Murrs beide Schwestern bei sich anmelden und beschlossen außerdem, das Kind zu sich zu nehmen. Zudem hatte Murr entdeckt, daß ihr Klassiker ein nichtplatonisches Auge auf üppige Serviererinnen und junge Zimmermädchen warf, weshalb sie entschied, es sei an der Zeit, die Familie zu festigen, indem sie dem Klassiker die Möglichkeit verschaffte, sich als Vater des inzwischen herangewachsenen Mädchens zu beweisen.

Murr nahm dem greisen Chirurgen die siebenjährige Tochter weg. Das Mädchen, das den Vater vergötterte, wurde aus dem süßen, trägen Odessa in die steife, soeben bezogene Moskauer Wohnung gebracht und vergaß mit der Zeit den Vater, zu dem sie keinen Kontakt mehr haben durfte. Auf Murrs Drängen trug sie nun anstelle ihres deutschen Vogelnamens den des in der ganzen Sowjetunion bekannten Klassikers, mußte zu dem dicken Glatzkopf »Papa« sagen und wurde der Obhut der Tante übergeben, die das ganze Jahr über auf der Datscha des Schriftstellers wohnte. Nach einigen Jahren kam der Krieg, die Evakuierung nach Kuibyschew, womit sie ihr Leben lang nur die Erinnerung an grauenhafte Kälte verband, die Rückfahrt nach Moskau im überheizten Regierungswaggon und das glückliche Wiedersehen mit Moskau, das in den Monaten nach der Rückkehr zu ihrer wirklichen Heimat wurde. Ihren leiblichen Vater sah sie nie wieder, doch sie ahnte immer, daß sie ihm innerlich sehr ähnelte.

Annas Tochter Katja hatte noch vagere Erinnerungen an ihren Vater, nur bruchstückhafte, aber überaus deutliche Bilder: Sie liegt krank, mit verbundenen Ohren, im Bett, und der Vater bringt ihr einen Welpen aus der Hundehütte direkt ans Bett. Sie steht auf der Haustreppe und beobachtet, wie er mit einem langen, am Ende gebogenen Stock einen in den Brunnen gefallenen Eimer wieder herauszieht. Sie kommen aus einem Holzhaus mit bitterem Rauchgeruch, gehen einen verschneiten Weg entlang zu einem riesigen königlichen Palast mit großen, bis auf den Fußboden reichenden Fenstern, verzierten Kachelöfen und Bildern an den Wänden, in dem es nach Sommer und Wald riecht.

An die Besuche des Vaters in Pachra, wo Katja, wie einst ihre Mutter, bis zur Einschulung lebte, erinnerte sie sich sonderbarerweise kaum, bis auf ein einziges Erlebnis: Sie, Katja, in einem scheckigen Katzenfellmantel und mit einer Pelzmütze auf dem Kopf, geht einen schmalen Pfad entlang zur Bushaltestelle, mit der einen Hand Tante Beata festhaltend, mit der anderen den Vater. Der Bus steht schon an der Haltestelle, und sie hat schreckliche Angst, der Vater könne es nicht schaffen einzusteigen, sie reißt ihre Hand von ihm los und schreit:

»Schnell, geh, lauf!«

Noch im selben Jahr befolgte er Katjas Rat.

Erstaunlich, wie tief Katjas kindliche Liebe begraben war: Viele Jahre hatte sie nicht an ihn gedacht und auch nicht an das redliche deutsche Gerät, mit dem man Flohbeine und die Zellen einer Zwiebelschale betrachten konnte.

Katjas frühe Tochter Lenotschka erinnerte sich überhaupt nicht an ihren Vater. Katja hatte sich ein Jahr nach der Geburt der Tochter scheiden lassen. Alimente zahlte er nicht; sie hörte nur hin und wieder von gemeinsamen Bekannten, daß er noch lebte.

Die Familie bestand bis zu Grischas Geburt aus vier Frauen, doch die völlige Männerlosigkeit störte niemanden außer Murr. Murr, die ihre Tochter Anna als geschlechtsloses Wesen ansah, farblos und nur zur hastigen Führung des Haushalts geeignet, konnte nicht begreifen, warum auch ihre Enkelin Katja ein so eintöniges Leben führte. Eins fand Murr unbegreiflich: Woher bei diesem totalen Mangel an weiblichen Gaben die Kinder kamen. Wirklich, wie bei den Tieren, sie f... ausschließlich zu Fortpflanzungszwecken.

Was Katja anging, war Murr zutiefst im Unrecht. Katja hatte eine sehr glückliche unglückliche Liebe, um derentwillen sie ihren faden ersten Mann verlassen hatte. Mit dem Gegenstand ihrer großen Liebe quälte sie sich hinlänglich, brachte von ihm Grischa zur Welt, hatte ihn fast soweit, seine Familie zu verlassen, erbarmte sich dann aber seines deformierten Gewissens, das ihm aus den verschiedensten Gründen zusetzte, unter anderem wegen Grischa; hastete nun schon seit zwölf Jahren zu den seltenen Rendezvous mit ihrem gewissengeplagten Liebhaber und verschob den Zeitpunkt des wirklichen gegenseitigen Kennenlernens von Sohn und geheimgehaltenem Vater immer wieder von Jahr zu Jahr. Die Familie ist heilig, behauptete er, und dem konnte Katja nur zustimmen.

Die Vaterlosigkeit war in ihrer Familie also erblich und hatte sich in drei Generationen gefestigt. Weder Anna noch Katja oder der bereits in das entsprechende Alter kommenden Lenotschka wäre eingefallen, in dieses ganz und gar Murr gehörende Haus auch nur den bescheidensten, unscheinbarsten Mann zu bringen. Murr, voller majestätischer Verachtung für ihre weiblichen Nachkommen, gestand ihnen dieses Recht nicht zu. Anna und Katja hatten sich sowohl mit dem Geist der Vaterlosigkeit als auch mit der weiblichen Einsamkeit abgefunden, und Lenotschka, die auf dem Gebiet, auf dem ihre Urgroßmutter ihre Talente so üppig entfaltet hatte, ziemlich infantil war, dachte darüber gar nicht erst nach.

Um so stärker spürte Anna, wie sehr die ganze Familie seit Mareks erstem Besuch aus dem Häuschen war. Nicht nur der achtjährige Grischa, sondern auch die Bohnenstange Lenotschka, die in diesem Winter schon eins achtzig groß war, und selbst Katja stürzten auf Mareks Klingeln so begeistert zur Tür, als stünde mindestens der Weihnachtsmann davor. Übrigens sah er auch so aus, genauso geschmacklos rot-weiß: Über seiner afrikanischen Bräune wellte sich schlohweißes Haar, und anstelle des ordinären roten Mantels mit weißem Wattekragen trug er um den Hals einen tiefroten Wollschal von der erlesenen Qualität, die materielle Güter fast zu geistigen macht. Wie es sich für einen Weihnachtsmann gehörte, war er fröhlich, rotwangig und unglaublich großzügig mit Geschenken und Mitbringseln, noch mehr aber mit Versprechen. Selbst Murr zeigte maßloses Interesse an ihm.

Ein lange nicht verspürtes Gefühl persönlicher Demütigung quälte Anna. Marek, der vor drei Tagen noch nichts von Grischas und Lenotschkas Existenz wußte, spielte nun in deren Leben folgende Rolle: Lenotschka sprach nur noch davon, wohin sie zum Studium gehen sollte, nach England oder nach Amerika, und Grischa war ganz verrückt nach einer griechischen Insel, wo Marek ein Sommerhaus besaß, eine einstöckige, an einem rötlichen Felsen klebende Villa mit Blick auf eine kleine Bucht, in deren Mitte eine märchenhafte Jacht ankerte, wie eine Elfenbeinbrosche auf blauer Seide. Grischa hatte Mareks Fotoalbum auseinandergenommen, und die farbigen Abbilder eines fremden, irrealen Lebens lagen in der ganzen Wohnung herum, sogar bei Murr. Am meisten kränkte Anna jedoch, daß Katja mit einem dümmlichen Lächeln herumlief und sogar leise vor sich hin schnurrte, genau wie ihre Großmutter. Obendrein machte sich die anständige Anna noch Vorwürfe, weil sie so niedere Gefühle hatte und sie nicht zu beherrschen vermochte.

Auch in der Klinik gab es Probleme. Sie hatte einen der schwersten Fälle der letzten Zeit, keine planmäßige Operation, sondern einen Unfall, einen jungen Milizionär, mit großem Erfolg operiert, so daß zumindest ein Auge mit Sicherheit gerettet war. Und nun hatte er vor ein paar Tagen einen schweren Fernseher im Aufenthaltsraum von einer Ecke in die andere geschleppt, und ihre ganze Juwelierarbeit war zum Teufel, die Netzhaut hatte neue Risse, und jetzt war völlig ungewiß, ob sie diesem Dummkopf noch einmal das Auge würde retten können.

Marek hatte in Moskau zu tun. Die ganze Angelegenheit beschränkte sich auf ein einziges Treffen mit Beamten des Gesundheitswesens, und das fand an seinem ersten Abend in Moskau statt. Es ging dabei um eine Spezialausrüstung für die postoperative Betreuung, mit deren Produktion er irgendwie zu tun hatte. Wie er selbst später sagte, waren die Verhandlungen für ihn nur ein Vorwand, um seine Tochter wiederzusehen. Seinen lange zurückliegenden ersten Versuch, mit seiner ehemaligen Familie Kontakt aufzunehmen, hatte er in all den Jahren nicht erneuert, denn er besaß genug Erfahrung im Umgang mit der Sowjetmacht sowohl in ihrer russischen als auch in ihrer polnischen Variante.

Von diesem Besuch hatte er alles mögliche erwartet, aber nicht damit gerechnet, so liebe, rührende Kinder vorzufinden, seine Familie, die wunderbar ohne ihn auskam und nicht einmal von ihm wußte.

Selbst die alte Meckerziege weckte seine Zärtlichkeit und sein Interesse. An diesem Tag verbrachte er mehrere Stunden mit ihr, denn Grischa war zu einer Weihnachtsfeier bei einem Klassenkameraden abgezogen und Lenotschka in ihr Institut, um mal wieder bei einer Prüfung durchzurauschen.

Marek, die listige Bestie, stellte Murr eine geschickte Frage: nach dem Stalinpreis, den ihr Klassiker bekommen hatte. Und Murr erging sich in Erinnerungen. Der letzte Erfolg ihres Mannes fiel mit einem neuen Höhenflug von Murr zusammen, einer ganzen Serie glänzender Erfolge: eine stürmische Romanze mit einem geheimen General, der den gesamten Literaturprozeß in seiner behaarten Faust hielt, Flirts mit dem Sekretär ihres Mannes, mit dem Mann ihrer liebsten Freundin, mit einem Biologie-Akademiemitglied und noch dies und jenes. Alles vor den von puritanischer Trauer erfüllten Augen ihrer Tochter, die die Stirn runzelte und voller tiefer Verzweiflung war, weil sie die schlanke, übermenschlich schöne, stets bühnenreif gekleidete Frau, die ihre leibliche Mutter war, nicht lieben konnte und ebenso unfähig war, sie zu hassen.

Murr erzählte verworren, lückenhaft, warf mit Namen

und Details um sich, doch Marek bekam ein ziemlich deutliches Bild. Außerdem wußte er vieles schon von Anna.

Der Klassiker überlebte den Führer, den er besungen hatte, nicht lange und demonstrierte den neidischen Kollegen zum letztenmal seine geniale Umsicht, indem er rechtzeitig starb. Er wurde unter einem schweren grauen Stein auf dem Nowodewitschje-Friedhof begraben, und Murrs Leben wurde langweilig. Geld hatte sie in rauhen Mengen, es floß in Strömen: Tantiemen, Autoren- und Beteiligungshonorare. Eine andere hätte friedlich vor sich hin gelebt, Murr aber wurde unruhig, die Romanzen verloren ihre Würze und langweilten sie, ihre Wünsche hatten die einstige Flexibilität eingebüßt – die Jahre zwischen fünfzig und sechzig waren öde. Später schob sie das auf die Wechseljahre. Doch die brachte sie wohlbehalten hinter sich. Murr ließ zwei kleine, damals äußerst seltene Operationen machen, den Arzt hatte ihre Freundin Vera, eine berühmte Filmschauspielerin, ihr empfohlen, und es trat eine gewisse Auffrischung ein. Natürlich eine Romanze. Schillernd und einzigartig, mit einem jungen Schauspieler. Vierzig Jahre jünger. Alle Rekorde gebrochen, alle Laken zerknüllt, die Freundinnen in Krankenhäusern und Altersheimen, einige sitzen die letzten Jahre Verbannung ab, und sie, lebendig, mit spitzer Brust, kleinem Po und frisch renoviertem Hals, empfängt einen lockenköpfigen zigeunerhaften Jungen, dessen junge Frau vor dem Hauseingang tobt. Moskau brummt, das Leben blüht.

Dann gab es einen Bruch. Der junge Schauspieler verfiel plötzlich und rasant dem Suff, eine Freundin nach der anderen starb, Murrs Tochter Anna ging aus dem Haus und heiratete einen dürren Studenten, der obendrein Jude war – die konnte Murr seit ihrer Kindheit nicht ausstehen. Das heißt, sollten sie ruhig leben, man mußte sie ja nicht vergasen, aber doch auch nicht gleich heiraten.

Ich möchte zu gern wissen, für wen sie mich wohl hält – aber Marek stellte keine Fragen. Er hörte aufmerksam zu.

Murrs einstige Liebhaber starben einer nach dem anderen, ob Generale oder Zivilisten. Und, was am ärgerlichsten war, auch ihre Schwester Eva, zehn Jahre jünger als Murr, ihr treu ergeben, starb. Murr mußte Anna zurückholen, bald dann auch Katja. Und ehe sie sich's versah, war das Haus voller Kinder, ein armseliges Leben, ohne Freuden, ohne Interessen.

Als Anna ins Zimmer ihrer Mutter kam, um die Teetassen abzuräumen, bemerkte sie, daß Murr genauso glücklich aussah wie die Kinder und obendrein in voller Kampfbereitschaft war: Die Stimme eine Oktave tiefer als sonst, schnurrend, die Augen zwei Nummern größer, der Rükken noch gerader – wenn das überhaupt möglich war. Eine Tigerin auf der Jagd, wie Anna ihre Mutter in solchen Momenten nannte.

Marek saß mit nebulösem Lächeln da.

Es war der letzte Abend der familiären Ekstase, an der Anna so wenig wie möglich teilzunehmen suchte. Grischa hing an Marek und löste sich nur ab und zu von ihm, um erneut Anlauf zu nehmen und noch höher an ihm hochzuspringen und sich noch enger an ihn zu schmiegen. Lenotschka steuerte mit Volldampf darauf zu, die Semesterprüfungen zu verhauen – sie hatte in diesen entscheidenden Tagen das Lernen aufgegeben und folgte dem neuen Großvater wie ein Schatten. Da das verlokkende England ihr den Appetit auf die heimische Wissenschaft verdorben hatte, machte sie sich um die morgige Prüfung nicht die geringsten Gedanken. Katja anzusehen vermied Anna, denn deren Gesichtsausdruck war nicht zu ertragen.

Gegen zwölf ging Marek, nachdem er sich von allen verabschiedet hatte, zu Murr. Eine Wärmflasche auf den Füßen, sah Murr fern und aß dabei Schokolade. Das war eines ihrer Grundprinzipien: Ein Vergnügen darf dem anderen nicht im Wege sein. Was die Wärmflasche anging, gegen die Anna in den letzten dreißig Jahren vergebens ankämpfte, so war Murr von Jugend an gewöhnt, ihr Bett stets anzuwärmen, bevor sie sich hineinlegte, selbst wenn das warme Gummiding nicht ihr einziger Bettgenosse war.

Herablassend reichte sie Marek, der sich ehrerbietig vor ihr verneigte, einen schmalen Zettel, bis zur Hälfte mit zittriger Hand vollgeschrieben.

»Das ist für dich, mein Freund. Ich brauche da einiges.«

Marek steckte den Zettel ein, ohne einen Blick darauf zu werfen.

»Mit dem größten Vergnügen.«

Er verließ das Zimmer. Anna blieb noch zurück und richtete die Kissen in Murrs Rücken.

Murr leckte sich den mit Schokolade beschmierten Finger, lächelte rätselhaft und fragte herausfordernd:

»Na, siehst du es jetzt?«

»Was?« fragte Anna erstaunt. »Was soll ich sehen?«

Murr lächelte selbstgefällig. »Wie meine Liebhaber mich behandeln!«

Die ersten Anzeichen geistiger Umnachtung, entschied Anna. Wahrscheinlich hatte sie recht.

Die Kinder wollten Marek zum Hotel bringen. Es war

ganz in der Nähe, das einstige »Baltschug« gegenüber vom Kreml, das in kurzer Zeit zu einem Prachtbau geworden war, ein Wunderwerk wie die sagenhafte Kristallbrücke, die auf ein Zauberwort über Nacht das eine Ufer mit dem anderen verbindet.

»Nein, wir haben uns schon verabschiedet«, erklärte er überraschend entschieden, und Grischa, der normalerweise bei jedem Anlaß nörgelte und seinen Willen damit immer durchsetzte, fügte sich sofort.

Marek wickelte sich seinen unerträglich roten Schal um den Hals und küßte die Kinder ein letztes Mal so selbstverständlich, als hätte er sie nicht vor fünf Tagen erst kennengelernt. Anna, die an der Garderobe stand, war völlig überrumpelt, als er ihren vorn schon etwas abgewetzten Pelzmantel vom Bügel nahm und in einem Ton, der keinen Widerspruch duldete, sagte:

»Gehen wir noch ein Stück.«

Anna fügte sich, obwohl sie eben noch keineswegs vorgehabt hatte, mit ihm hinauszugehen. Wortlos hüllte sie sich in ihren Mantel und warf sich ein Tuch um, das Geschenk eines Patienten. Geschenke nahm sie an, wenn sie welche bekam: Pralinen, Bücher, Umschläge mit Geld. Nahm sie und bedankte sich zurückhaltend. Doch sie forderte nie einen bestimmten Preis für ihre Operationen, verhielt sich also in dieser Beziehung genau wie ihr verstorbener Vater. Was sie nicht einmal ahnte.

Auf der Straße nahm Marek ihren Arm. Sie bogen in die Straße vor der Tretjakow-Galerie ein. Alles wirkte sauber, weiß und menschenleer. Die wenigen Fußgänger blickten sich nach dem hageren Ausländer um, der in einem hellen Jackett gemächlich mit einer in einen dicken Pelz gehüllten älteren Frau spazierenging, deren Verhältnis zu ihm rätselhaft war: Für seine Haushälterin sah sie zu intelligent aus, für seine Frau war sie zu alt und zu schlecht angezogen.

»Was für eine schöne Stadt. Ich hatte sie düster und schmutzig in Erinnerung.«

»Sie ist verschieden«, erwiderte Anna höflich.

Warum bist du gekommen, dachte sie, hast alle aufgewühlt und alles durcheinandergebracht. Aber das sagte sie nicht.

»Komm, setzen wir uns noch irgendwohin«, schlug er vor.

»Wo denn? Mitten in der Nacht?« fragte sie erstaunt.

»Es gibt jede Menge Nachtlokale. Hier in der Nähe ist ein wunderschönes kleines Restaurant, ich habe gestern mit den Kindern dort gegessen.«

»Du mußt morgen beizeiten raus«, sagte Anna ausweichend.

Mareks Flug ging sehr früh, und sie selbst mußte um halb sieben aufstehen. Der Hinweis auf den morgigen Tag beruhigte sie. Er würde wegfahren, und alles käme wieder ins Lot, die Aufregung zu Hause wäre vorbei.

»Ich möchte die Kinder für den Sommer nach Griechenland einladen. Ich hoffe, du hast nichts dagegen?«

»Nein.«

»Du bist ein Engel, Anna. Und mein größter Verlust.«

Anna schwieg. Warum war sie nur mit ihm hinausgegangen? Aus jahrelanger Gewohnheit, sich zu Hause unterzuordnen. Sie hätte sich weigern sollen.

Er spürte ihren inneren Unmut und ergriff mit seinem dünnen Handschuh ihre flauschigen Fäustlinge.

»Anna, denkst du, ich sehe und verstehe nichts? Du hast dich in den dreißig Jahren nicht verändert, ich habe mich verändert. Das Leben in der Emigration ist schwer, sehr schwer. Und ich habe das dreimal erlebt. Erst mußte ich von Polnisch auf Russisch umsteigen, dann von Russisch auf Hebräisch, und die letzten fünfzehn Jahre auf Englisch. Jedesmal ganz von vorn anfangen, mit dem ABC. Ich habe alles mögliche durch. Krieg, Hunger, sogar im Gefängnis habe ich gesessen.«

Was war er für ein lieber Junge gewesen, der Student im dritten Studienjahr, ganz anders als die kräftigen Männchen, die vor ihrer Mutter das muntere Ritual von Hundehochzeiten aufführten. Anna leitete damals in ihrer Funktion als Aspirantin einen Studentenzirkel für Augenheilkunde, und ihre Romanze entwickelte sich zwischen Stäbchen und Zapfen. Lange hielt sie ihr Verhältnis sorgsam geheim. Sie genierte sich, weil er noch so jung war. Doch es war gerade seine Jugend und das Fehlen jeder fleischlichen Aggressivität, von denen sie sich unbewußt angezogen fühlte. Er hatte eine weiße, unbehaarte Brust und unter der linken Brustwarze einen ganzen Schwarm von Muttermalen, die aussahen wie das Sternbild des Großen Bären. Er blieb der einzige Mann in ihrem Leben, doch sie bereute es nie, weder, daß er der einzige, noch, daß gerade er es war. Sie war sich immer bewußt, daß ihre Ehe nur ein Zufall war. Mit sechzehn hatte sie beschlossen, nie zu heiraten: Es gab für sie nichts Widerwärtigeres als das Schnurren, das erregte Lachen und das anhaltende Stöhnen, das aus dem Schlafzimmer der Mutter drang. Ständig auf der Jagd, immerzu läufig, läufig.

Für einen Augenblick wurde sie noch einmal von dem heftigen Gefühl übermannt, Sex sei etwas Schmutziges, nicht wieder abzuwaschen. Das Gefühl stammte aus ihrer

Kindheit, als ihr der Anblick jedes Ehepaares peinlich war, weil sie sofort vor sich sah, wie die beiden schwitzend und stöhnend das Abscheuliche trieben. Wie wunderbar mußte eine Nonne leben, ganz in Weiß, vollkommen rein, ohne das alles. Aber was für ein Glück dennoch, daß sie Katja hatte.

Marek redete und redete, aber seine Worte flogen an ihr vorbei wie der Schnee. Doch plötzlich kam sie zu sich, als er stockend sagte:

»Ein wahres Wunder, wie ein Fluch zum Segen werden kann. Dieses Ungeheuer, ein Genie des Egoismus, die Pikdame, sie hat alle vernichtet, alle überlebt. Und wie du das alles erträgst. Du bist einfach eine Heilige.«

»Ich? Eine Heilige?« Anna blieb abrupt stehen, als sei sie gegen einen Pfosten gelaufen. »Ich habe Angst vor ihr. Aber es gibt so etwas wie Pflicht. Und Mitleid.«

Er näherte ihr sein Gesicht, und sie sah, daß er ganz und gar nicht mehr so jung war, daß er Greisenhaut hatte, voller kleiner Runzeln und dunkler Altersflecke unter der ständigen Sonnenbräune.

»Sag, wie kann ich dir nur helfen?«

Sie winkte mit ihrem grauen Fäustling ab.

»Bring mich nach Hause.«

Marek rief aus seinem Johannesburg öfter an als Annas Freundinnen aus der Umgebung von Moskau. Grischa wartete inbrünstig auf seine Anrufe, stürzte sich bei jedem Klingeln wie ein Geier auf das Telefon und brüllte in den Hörer, egal, wer dran war: »Marek! Bist du's?« Lenotschka lernte nur noch Englisch und stimmte sich darauf ein, ins Ausland zu gehen. Katja, sonst immer ruhig und ein wenig schläfrig, wartete vage auf Veränderungen, die so oder so mit dem Auftauchen ihres Vaters zu tun hatten.

Sogar ihr Verhältnis zu ihrem heimlichen Liebhaber, der nun halbherzig davon sprach, seine Familie zu verlassen, hatte sich abgekühlt.

Marek ging voller Enthusiasmus an die Erfüllung seiner weihnachtlichen Versprechen. Als erste orthopädische Vorboten trafen Schuhe für Murr ein. Sie waren ungeheuer häßlich und wahrscheinlich ebenso ungeheuer bequem. Gebracht wurden sie von jemandem, der beinah so etwas wie Sekretär der israelischen Botschaft war und ein alter Freund von Marek. Murr probierte sie nicht einmal an, sondern lachte nur verächtlich. Die Schuhe hatten Schulmädchenabsätze und Omagummis, Murr aber trug seit siebzig Jahren ausschließlich offene Pumps mit eleganten, der jeweiligen Mode entsprechenden Absätzen.

Den Schuhen folgten etliche kleine Computer, deren Größe umgekehrt proportional war zu ihrem Preis. Auch an Computerspiele für Grischa dachte er. Lenotschka war noch benommen von der Videokamera, die er ihr bei seiner Abreise dagelassen hatte, konnte sich noch nicht satt freuen an dem ganz besonderen Blickwinkel der Welt, der sich durch den Sucher der Kamera erschloß, da holte das neue Geschenk sie bereits ein und nötigte sie, schnell zu lernen, was man mit seiner Zauberkraft alles machen konnte.

Schließlich kam, sechs Wochen nach Mareks Abreise, eine Einladung aus Thessaloniki, unterschrieben von einer gewissen Evangelia Daoula. Sie war eine enge Freundin von Mareks Frau, von der sie nur wußten, daß sie eine griechische Freundin hatte, die ihnen eine Einladung schicken würde. Die Einladung war so formuliert, daß sie zu einem beliebigen Zeitpunkt zwischen Juni und September fahren konnten. Grischa, den allein der Anblick des Kuverts mit dem viereckigen Fenster in den siebten Himmel versetzte, rannte damit durch die Wohnung, bis er auf Murr stieß, die mit ihrem Metallgestell auf dem Weg in die Küche war. Er hielt ihr das Kuvert vor die Nase.

»Sieh mal, Murr, wir fahren nach Griechenland, auf die Insel Serifos! Marek hat uns eingeladen!«

»Unsinn«, schnaubte Murr, die es nie kümmerte, wie alt jemand war, »ihr werdet nirgendwohin fahren.«

»Klar fahren wir!« schrie Grischa, vor Erregung hüpfend.

Da löste Murr eine Hand vom Griff ihrer Gehhilfe und streckte ihrem achtjährigen Urenkel ihren Mittelfinger mit dem grellroten Nagel hin. Mit der anderen Hand entriß sie dem Jungen, den der dreiste Überfall total überrumpelte, die Einladung. Die Arme auf das Gestell gestützt, zerknüllte sie das Kuvert und warf den fest zusammengeballten Papierklumpen zur Wohnungstür.

»Du Miststück! Altes Miststück!« heulte Grischa und stürzte zur Tür. Katja kam aus dem Zimmer gerannt und packte ihren Sohn, ohne zu begreifen, was zwischen ihm und ihrer Großmutter vorgefallen war. Grischa strich ein Blatt Papier glatt und brüllte weiter:

»Du gemeines Miststück! Verdammtes altes Aas!«

Die traurigen Wimpern gesenkt, wandte sich Murr vorwurfsvoll an ihre Enkelin:

»Nimm deinen Bastard, Kindchen. Kinder muß man erziehen, Kindchen.« Sprach's und entfernte sich mit quietschenden Rädern in die Küche.

Katja, die noch nicht ahnte, was für ein Papier der heulende Grischa da glattzupfte, schleifte ihn in ihr Zimmer, aus dem noch lange Geschrei und Schluchzen drangen.

An diesem Tag kam Anna noch erschöpfter von der Arbeit als sonst. Es gibt Dinge, die mehr an den Kräften zehren als die Arbeit selbst: Heute war ein Mädchen eingeliefert worden, ein schwerer Fall. In der Kinderabteilung gab es keinen Facharzt mit der nötigen Qualifikation. Das Mädchen war in Grischas Alter und hatte eine Splitterverletzung, wie sie Anna bislang nur bei Soldaten gesehen hatte.

Sie maß Murr den Blutdruck, und als sie das Meßgerät wieder einpackte, dachte sie: Woher nimmt sie nur diese Energie? Bei dem Blutdruck müßte sie sich schwach und schläfrig fühlen. Woher diese Aggressivität? Wahrscheinlich kamen da andere Mechanismen zum Tragen. Ja, die Gerontologie ...

»Hörst du mir überhaupt zu! Was denkst du dir? Ich bin dagegen, hörst du? Ich war nie in Griechenland! Sie werden nirgendwohin fahren!« Murr zerrte an Annas Ärmel.

»Ja, ja, natürlich. Natürlich, Mamotschka.«

»Was natürlich? Was heißt hier Mamotschka?« kreischte Murr.

»Wir machen alles so, wie du willst«, sagte Anna in beschwichtigendem Ton.

Nein, meine Liebe, diesmal nicht, entschied Anna. Zum erstenmal in ihrem Leben. Sie sprach das »Nein« nicht laut aus, aber es existierte bereits, brach hervor wie ein zarter Keimling. Sie beschloß, die Mutter einfach vor die vollendete Tatsache des familiären Ungehorsams zu stellen, ohne vorher lange darüber zu reden. Sie konnte nur ahnen, was für einen Sturm dieses zierliche Insekt erheben würde, wenn es erfuhr, daß die Kinder abgereist waren.

Anfang Juni waren die Pässe fertig und die Visa ausgestellt. Für den zwölften Juni war der Flug nach Athen gebucht. Für denselben Tag plante Anna mit kluger Strategie den Umzug auf die Datscha. Alles war bis ins kleinste Detail durchdacht: Am Morgen sollte Katja mit den Kindern nach Scheremetjewo fahren, was keinerlei Verdacht erregen würde, da Katja immer als erste auf die Datscha fuhr, um alles für Murrs Ankunft vorzubereiten. Für zwölf Uhr war ein Auto bestellt, das Murr und Anna auf die Datscha bringen sollte. Das Durcheinander des Umzugs, so hoffte Anna, würde den Schlag dämpfen. Und die Packerei für die Datscha war eine gute Tarnung für die Vorbereitung der verbrecherischen Flucht. Grischa und Lenotschka platzten schier vor Erwartung, besonders Grischa. Der halbgriechische Großvater kam Grischa sehr zupaß. Alle seine Klassenkameraden waren bereits im Ausland gewesen, er war fast der einzige, der noch nichts gesehen hatte außer der Datscha in Krasnaja Pachra. Auch der Großvater selbst mit seinen grauen Locken, an Bord einer Jacht stehend, wurde der ganzen Klasse demonstriert und kompensierte voll und ganz den fehlenden Vater.

In der Nacht vor der Abreise schliefen Anna und Katja kaum. Gegen Morgen rief Marek an, mahnte sie, keine überflüssigen Sachen einzupacken, denn in Griechenland gebe es bekanntlich alles, und sagte, daß er sie ungeduldig erwarte und sie vom Flughafen abholen würde.

Um halb acht verlangte Murr Kaffee. In den Morgenkaffee gehörte Milch, der Nachmittagskaffee mußte schwarz sein. Anna half Murr beim Anziehen und kochte Kaffee. Danach stellte sie fest, daß die Milchtüte im Kühlschrank leer war. Das war Lenotschkas Schlamperei, sie stellte dauernd leere Packungen in den Kühlschrank. Inzwischen war es kurz vor acht. Das Taxi zum Flughafen war für halb neun bestellt.

Anna lief in ihrem blauen Hauskittel und mit Pantoffeln an den nackten Füßen zum Laden, Milch holen. Ein Weg von höchstens zehn Minuten. Erst fiel sie in leichten Trab, doch dann ging sie langsamer. Es war ein wunderschöner Morgen: ein leichter, bläulicher Dunstschleier; der Himmel schillerte wie die Regenbogenhaut eines riesigen blauen Auges, und das Grün des gepflegten kleinen Parks vor der gemütlichen runden Kirche, in die Anna manchmal ging, leuchtete frisch. Sie lief langsam und ungezwungen, als habe sie es nicht eilig. Die Verkäuferin Galja, eine Tatarin, die ihr ganzes Leben in den Läden der Umgebung gearbeitet hatte, begrüßte sie freundlich. Vor fünfzehn Jahren hatte Anna ihre Schwiegermutter operiert.

»Wie geht es Sofja Achmetowna?«

Erstaunlich, wie kindlich und schüchtern ihr Lächeln trotz der vielen Goldzähne im Mund wirkte.

»Sie ist jetzt völlig taub, hört überhaupt nichts mehr. Aber die Augen, die sehen noch!«

Anna nahm die kühle Milchtüte in die Hand. In einer Viertelstunde würden die Kinder abfahren, und Murr würde erst in zwei Stunden wissen, daß sie weg waren. Wahrscheinlich erst auf der Datscha. Sie stellte sich Murrs fahl werdende Augen vor und ihre leise, heisere Stimme, die sich zu einem klirrenden Schrei steigerte. Zerschlagenes Geschirr. Übelste, gemeinste Flüche, wie sie nur eine Frau gebraucht. Und dann sah sie plötzlich, als sei es bereits geschehen: Sie, Anna, hebt die lockere Hand und versetzt der alten, mit Rouge geschminkten Wange eine schallende Ohrfeige. Und ihr ist ganz egal, was danach passiert.

Ein Gefühl wunderbarer Freiheit, von Sieg und Triumph lag in der Luft, und das Licht war ganz hell, so unglaublich hell, so gleißend hell. Und erlosch sofort. Doch das merkte Anna nicht mehr. Sie fiel vornüber, ohne die kühle Milchtüte loszulassen; die leichten Pantoffeln glitten ihr von den kräftigen Füßen.

Murr tobte indessen schon:

»Das ganze Haus voller Nichtstuer! Kann denn keiner eine Flasche Milch holen?«

Ihre Stimme war vor Zorn hell und glasklar.

Katja sah auf die Uhr: In fünfzehn Minuten würde das Taxi kommen.

Wo bleibt Mutter bloß, dachte sie verständnislos. Aber was sollte sie machen, sie lief Milch holen.

Die Verkäuferin Galja rannte auf dem Gehweg auf und ab. Eine kleine Menschenmenge hatte sich vor dem Laden angesammelt. Auf dem Gehweg lag eine Frau in einem blauen Kleid mit Sternchenmuster. Der Krankenwagen kam nach zwanzig Minuten, doch der Arzt konnte nichts mehr tun.

Katja preßte die kühle Milchtüte an die Brust und murmelte vor sich hin: die Milch, die Milch, die Milch, bis sie aufgefordert wurde, den Ausweis ihrer Mutter zu holen. Schon fast zu Hause angelangt, wiederholte sie noch immer: den Ausweis, den Ausweis, den Ausweis.

Zu Hause erwartete Katja ein gewaltiger Krach. Der Taxifahrer, der wie verabredet etwa zwanzig Minuten unten auf sie gewartet hatte, war hochgekommen, um zu fragen, warum die Kunden, die zum Flughafen mußten, nicht herunterkamen.

Grischa, vor Ungeduld zitternd wie ein Welpe vor dem Morgenspaziergang, schrie glücklich:

»Hurra! Wir fahren nach Scheremetjewo!«

Murr kam in den Flur, in ihrem Metallkäfig schwankend, und begriff, daß sie hintergangen werden sollte. Sie vergaß den Kaffee und die Milch. In Ausdrücken, die selbst der Taxifahrer nicht alle Tage zu hören bekam, erklärte sie, hier würde keiner irgendwohin fahren und der Fahrer solle abhauen, und zwar – und was dann folgte, weckte bei dem jungen Mann, einem Absolventen der Schauspielschule, rein berufliches Interesse, und er lehnte sich an die Wand und genoß die überraschende Vorstellung.

»Wo ist dieses Huhn, dieses F... gesicht? Wen wollte sie hintergehen?« Sie hob die knochige Hand, der Ärmel ihres kostbaren Kimonos rutschte herunter und entblößte welke Knochen, an denen, wenn man Hesekiel Glauben schenken darf, mit der Zeit neues Fleisch wachsen würde.

Katja ging auf Murr zu, holte mit lockerer Hand aus und versetzte der alten, noch ungeschminkten Wange eine schallende Ohrfeige. Murr wurde in ihrem Käfig auf die andere Seite geschleudert, erstarrte und klammerte sich an die Griffe ihrer Kommandobrücke, von der aus sie seit zehn Jahren, seit ihrem Oberschenkelhalsbruch, das Leben der Familie lenkte, und sagte leise und deutlich:

»Was? Was? Ihr werdet sowieso tun, was ich will.«

Katja ging an ihr vorbei, schnitt in der Küche die Milchtüte auf und goß Milch in den kaltgewordenen Kaffee.

Bucharas Tochter

Im archaischen Leben der wabenartigen Moskauer Vorstädte, deren Gassen verwinkelt und deren Hauptanziehungspunkte vereiste Brunnen und Holzlager waren, gab es keine Familiengeheimnisse. Nicht einmal ein elementares Privatleben, denn jeder Flicken auf einer Unterhose, die auf der Gemeinschaftsleine flatterte, war allen und jedem bekannt.

Das Leben der Nachbarn war jeden Augenblick zwangsläufig hörbar, sichtbar und physisch aufdringlich. Zu ertragen war das nur, weil böser Krach von rechts durch fröhliches betrunkenes Harmonikaspiel von links ausgeglichen wurde.

In der Tiefe des riesigen, unüberschaubaren, durch Bretterwände von Schuppen und Baracken zerstückelten Hofes stand, an die Brandmauer des benachbarten Wohnhauses geschmiegt, ein passabler Seitenflügel aus der Zeit vor der Revolution, ein Bau mit einem Anflug architektonischer Phantasie, durch einen symbolischen Zaun separiert. Dazu gehörte ein kleiner Garten. In diesem Anbau lebte ein alter Arzt.

Eines schönen Tages Ende Mai sechsundvierzig, als alle, denen es beschieden war zurückzukehren, längst wieder da waren, kam ein Opel Kadett auf den Hof gefahren und hielt vor der Pforte des Doktors. Die Kinder hatten das Beute-Auto noch gar nicht richtig bestaunt, als die Tür aufgestoßen wurde und ein Major des medizinischen Dienstes ausstieg – makellos, mit weißen Zähnen und blondem Haar, ganz der braungebrannte, legendäre russische Befreier, direkt einem der unzähligen Plakate entstiegen.

Er ging um das bucklige Auto herum, riß die Beifahrertür auf, und ganz langsam, träge, so wie zähflüssige Marmelade sich über den Tisch ergießt, stieg eine junge Frau von einzigartiger orientalischer Schönheit aus, mit glänzendem, ungeheuer dickem Haar, dessen Gewicht ihren kleinen Kopf nach hinten zog.

Über den Blumentöpfen in den unterschiedlich großen Fenstern tauchten die Gesichter alter Frauen auf, Nachbarinnen kamen auf den Hof gelaufen, und über dem chaotischen Häusergewirr erscholl der triumphierende Schrei hoher Frauenstimmen: »Dima! Der Dima vom Doktor ist wieder da!«

Sie standen am Tor, der Major und seine Begleiterin. Er faßte seitlich durch die Latten und versuchte, den Riegel zurückzuschieben, da eilte ihnen auch schon, über den zugewachsenen Pfad humpelnd, der alte Doktor entgegen. Der Wind zauste das weiße Haar, der Greis runzelte die Stirn und lächelte; es war mehr ein Erraten als ein Erkennen. Das Licht wirkte nach dem Halbdunkel seines Zimmers grell und unwirklich, gleißend umhüllte es den Major und seine Frau. Der Major drehte sich zu den Nachbarn um und winkte ihnen zu, dann ging er seinem Großvater entgegen und umarmte ihn. Die Schöne mit den verhangenen schwarzen Augen hielt sich bescheiden hinter ihm.

Der Anbau, der auch vorher etwas Eigenes hatte, erfuhr nach der Rückkehr des Doktorenkels ein ganz besonderes, überschäumendes Leben. Blind und taub wie alle Glücklichen, hatte das junge Paar kein Auge für den himmelschreienden Kontrast zwischen dem Dasein der Umsiedler in den Baracken, Lumpenproletariern, die weder in der Stadt noch auf dem Land heimisch waren, und ihrem eigenen Leben hinter dem hohen neuen Zaun, der die morschen Staketen abgelöst hatte.

Buchara – so hatte der Hof die anonyme Schöne getauft – duldete keine fremden Blicke, doch bis der neue Zaun stand, versäumte keine Nachbarin die Gelegenheit, im Vorbeigehen in die anziehenden Fenster zu schauen.

Doch entgegen den gängigen Gerechtigkeitsregeln, die Entbehrung und obligate Armut für alle verlangten, verübelten die armen, hungerleidenden Nachbarn ihnen nicht das aristokratische Vorrecht, zu dritt in drei Zimmern zu wohnen, ein separates Eßzimmer zu haben und noch ein Extrazimmer zum Arbeiten. Wie sollten sie auch, gab es doch im ganzen Hof keine alte Frau, bei der der Doktor noch keinen Krankenbesuch gemacht hätte, kein kleines Kind, das noch nicht zu ihm gebracht worden wäre, und niemanden, der behaupten konnte, der Doktor habe auch nur einen Rubel für die Behandlung genommen.

Dieser Altruismus war Familientradition oder eher eine Art erblicher Besessenheit. Der Vater des Doktors war Militärfeldscher, sein Großvater Regimentsarzt. Sein einziger Sohn hatte sich als junger Arzt in der Typhusbaracke mit Fleckfieber angesteckt und war daran gestorben. Er hinterließ einen einjährigen Sohn, den der Doktor aufzog.

Die fünf letzten Generationen der Familie hatten eine genetische Besonderheit: Die großen, kräftigen Männer zeugten je einen Sohn, als beschränke eine höhere Weisung die natürliche Reproduktion dieser Meister ihres Fachs, die mit engen Gummihandschuhen auf dem Operationsfeld agierten.

Da der alte Doktor um die geringe Fruchtbarkeit der Familie wußte, betrachtete er erwartungsvoll die zarte Braut in den rosa und lila Seidenkleidern, registrierte traurig die knabenhafte Enge ihres Beckens, ihren ganzen zierlichen Körperbau, und dachte an seine längst von ihm gegangene Tanjuscha, wie diese mit achtzehn ausgesehen hatte: von männlichem Wuchs, breitschultrig, mit roten Wangen und einem dicken, unbändigen Zopf, den sie sich nach der letzten Abiturprüfung fröhlich und ohne Bedauern abschnitt.

Während Dmitri noch schwankte, ob er eine Abteilung im städtischen Krankenhaus übernehmen oder an einen Lehrstuhl der Militärmedizinischen Akademie gehen und nach Leningrad ziehen sollte, widmete sich seine Frau voller Eifer und Sorgfalt dem Haus, zum Leidwesen von Pascha, einer alten Krankenpflegerin, die seit zwanzig Jahren den anspruchslosen Haushalt des Doktors führte.

Pascha war beleidigt und kam nicht mehr. Der Doktor fuhr zum erstenmal in seinem Leben zu Pascha nach Ismailowo, machte sie ausfindig, setzte sich auf einen Stuhl, der von einem Seil zusammengehalten wurde, legte seinen zerknautschten Hut vor sich auf den Tisch und sagte, den schon etwas trüben Blick auf eine mit Handtüchern verhängte Ikone gerichtet:

»Ich wußte gar nicht, daß du gläubig bist.« Er schüttelte den Kopf und setzte gebieterisch fort:

»Pascha, ich habe dich nicht beurlaubt. Die Küche gibst du ab, aber mein Zimmer saubermachen und Wäsche waschen, das bleibt deine Sache. Und bezahlt wirst du genau wie vorher.«

Pascha fing an zu weinen, die Lippen zu einem zerknautschten Hufeisen zusammengepreßt.

»Warum heulst du?« fragte der Doktor streng.

»Was gibt's denn bei Ihnen groß sauberzumachen, im Arbeitszimmer. Kurz drüberwischen und fertig. Und die, wie sie kocht. Keinen anständigen Borschtsch, nicht mal eine richtige Grütze.« Sie holte aus ihrer verwaschenen schwarzen Schürze einen kleinen weißen Lappen und wischte sich damit die Augen.

»Mach dich fertig, Pascha, komm, sei nicht albern«, befahl der Doktor, und sie fuhren mit der Straßenbahn quer durch Moskau zu ihm nach Hause.

»Du mußt nicht beleidigt sein, für uns ist es Zeit zum Sterben. Soll sie alles auf ihre Art machen, sie wird bald ein Kind kriegen«, redete der Doktor unterwegs auf Pascha ein, doch die schüttelte traurig den Kopf und schwieg. Erst kurz vor seinem Haus nahm sie allen Mut zusammen und sagte:

»Na ja, ist doch ärgerlich. So eine zu heiraten, so eine asiatische Preßkohle. Eben eine – eine Buchara!«

Offenbar war Pascha noch nicht gänzlich vom Geist des totalen und endgültigen Internationalismus durchdrungen.

Die asiatische Preßkohle, von ihrem Mann zärtlich Aletschka genannt, schwieg, strahlte ihn an und putzte mit leichter, geschickter Hand das vernachlässigte Haus.

Der Doktor, der in seiner Jugend in Mittelasien gelebt hatte, kannte sich aus mit der spezifischen Lebensordnung des Orients. Er wußte, daß selbst die gebildetste Orientalin, selbst wenn sie Gedichte in Persisch und Arabisch schrieb, auf ein Brauenzucken der Schwiegermutter zusammen mit den Dienerinnen Mist sammelte und ihn zu Ziegeln formte.

Aus dem Fenster seines Arbeitszimmers beobachtete der Doktor, wie seine schwangere Schwiegertochter im Vorgarten hockte und einen alten Topf scheuerte, wobei ihre sichelförmigen schmalen Schulterblätter unter dem leichten Stoff des Kleides auf und ab zuckten.

»Das arme Mädchen«, überlegte der Alte, »sie wird's schwer haben, sich einzugewöhnen.«

Aber sie fand sich schnell zurecht.

Die alte Pascha ist weder die Haushälterin noch die Schwiegermutter, überlegte sie, also ist sie wohl die Amme.

Fortan war Pascha nicht mehr unzufrieden mit der Schwiegertochter, denn diese irrte zwar hinsichtlich der Rolle der Alten, doch dieser Irrtum war besser als die Wahrheit. Aletschka behandelte Pascha freundlich, familiär und ehrerbietig.

Was den alten Doktor anging, so sorgte allein sein graues Haar dafür, daß sie den demütigen Blick nicht zu ihm hob. Überdies erinnerte der Doktor sie an ihren kurz vor dem Krieg gestorbenen Vater, einen usbekischen Gelehrten der alten Schule. Er hatte noch keinen Platz im neuen sowjetisch-usbekischen Pantheon bekommen, weil man unschlüssig war, wie man ihn einordnen sollte: als Orientalisten und Polyglott, als Folklorekenner oder als einen in der orientalischen Medizin vielseitig bewanderten Arzt.

Er selbst bevorzugte am Ende seines Lebens die Theologie und schrieb bis zu seinen letzten Tagen an einem Traktat über die Isra, Mohammeds Nachtfahrt ins Himmlische Jerusalem, was seiner postumen offiziellen Anerkennung ebenfalls ernstlich im Wege stand. Immerhin bekam eine Straße am Stadtrand seinen Namen, wenn sie auch nach ein paar Jahren wieder umbenannt wurde. Er war ein freizügiger Mann und ließ nicht nur seinen zahlreichen Söhnen Bildung angedeihen, sondern auch seinen Töchtern. Die jüngste schaffte es nicht mehr, zu Lebzeiten des Vaters noch zu studieren, und absolvierte lediglich die medizinische Fachschule.

Der Doktor sollte bis zu seinem plötzlichen Tod kurz nach der Geburt seiner Urenkelin nicht erfahren, was für erlesenes, im Laufe vieler Jahrhunderte in den besten Medresen des Orients verfeinertes Blut in den Adern des winzigen gelbgesichtigen, gelbhaarigen Mädchens floß, das sie mit dem grauen Opel Kadett feierlich aus der Entbindungsklinik abholten.

Das Mädchen weckte in dem alten Doktor auf den ersten Blick einen Verdacht. Es war schlaff und aufgedunsen und hatte einen stark entwickelten Epikanthus, die sogenannte Mongolenfalte des Augenlids. Der Doktor konstatierte außerdem Muskelhypotonie und das völlige Fehlen des Greifreflexes.

Dmitri, der seine medizinische Ausbildung in aller Eile kurz vor Kriegsausbruch beendet hatte, war auf die Chirurgie der Schlachtfelder spezialisiert und verstand nichts von Kinderheilkunde, doch auch er war innerlich beunruhigt, verscheuchte aber seine unheilvollen Ahnungen.

Sie nannten das Mädchen Ljudmila, Milotschka. Die Mutter trug sie ständig auf dem Arm und legte sie sogar nachts meistens neben sich.

Der alte Doktor starb und nahm seinen Verdacht mit ins Grab, doch nach einem halben Jahr wußte auch Dmitri mit Sicherheit, daß das Kind behindert war.

Er brachte das Mädchen ins Institut für Pädiatrie, wo Akademiemitglied Klossowski, der den verstorbenen Doktor noch aus der gemeinsamen Zeit in der Studentenverbindung gekannt hatte, unter den begeisterten Blicken von Assistenzärzten und Aspiranten das Kind virtuos untersuchte. Er drehte die winzige Handfläche nach oben, demonstrierte die kaum erkennbare Lidfalte, indem er geschickt auf die Jochbeine drückte, entblößte die weißliche Zunge des Kindes und verkündete die damals seltene Diagnose: klassisches Down-Syndrom.

Nach Beendigung seiner Glanznummer überließ der Arzt das Mädchen auf dem kalten weißen Tisch der Obhut der Oberschwester, nahm den bestürzten Vater am Arm und führte ihn in sein Büro, das mit Bronzeskulpturen und Hirnpräparaten vollgestellt war.

Nach einem fünfminütigen Gespräch wußte Dmitri, daß der Fall hoffnungslos war, daß keine Medizin sein Los je würde erleichtern können und daß der einzige Segen, den die Natur zur Linderung dieses Unglücks bereithielt, eine anatomische Besonderheit des Rachenraums war, die ständige Erkältungen mit anschließenden Lungenentzündungen unvermeidlich machte, was häufig zum frühen Tod führte. Überhaupt, tröstete ihn der Arzt, leben diese Kinder selten bis zum Erwachsenenalter.

Auf dem Heimweg schlief das behinderte Mädchen friedlich, und die schöne Mutter hielt ihren Schatz so versunken hingebungsvoll an sich gedrückt, daß Dmitri gereizt überlegte, ob seine Frau das ganze unvorstellbare Grauen der Ereignisse überhaupt begriff, sich aber nicht entschließen konnte, sie danach zu fragen.

Im Laufe der Zeit studierte Dmitri amerikanische Fachzeitschriften, erfuhr etwas über die Entstehung der Krankheit, und die in Ungnade gefallene Lehre von Weismann und Morgan lenkte seine Qual auf die glücklichsten Minuten seines Lebens, auf die ersten Tage der plötzlich über ihn hereingebrochenen Liebe zu der mädchenhaften Schönen. Sie, ein wahres Wunder der Kriegszeit, das eine demobilisierte Krankenschwester im Lazarett ablöste, schien geradewegs aus dem Dschanna zu stammen, dem islamischen Paradies.

Als sie den ersten und einzigen Mann ihres Lebens in ihren safrangelben, nach Moschus duftenden Armen hielt, flüsterte sie ihm ins Ohr: »Der Name Dmitri stand auf meiner Brust geschrieben« und sprach Worte in ihrer fremden orientalischen Sprache, die nicht Worte der Zärtlichkeit waren, sondern Gebete. In diesem Augenblick verschmolzen Klumpen ihrer Erbmasse miteinander, und als sie sich wieder trennten, war ein überzähliges Chromosom oder ein Teil davon in die falsche Zelle geraten, und dieser mikroskopische Fehler war bestimmend für die Existenz des vom Augenblick seiner Zeugung an mißratenen Wesens.

Dmitris Frau schien die Behinderung der Tochter gar nicht zu bemerken. Sie zog ihr bunte Seidenkleider an, band ihr festliche Schleifen ins dünne gelbe Haar und betrachtete voller Freude das grundlos lebensfrohe flache Gesichtchen mit der eingedrückten Nase und dem immer halboffenen, sabbernden Mund.

Milotschka war ruhig und freundlich, sie weinte nie, war nie gekränkt, nie wütend und verlangte nie etwas Verbotenes. Sie zerriß keine Bücher, hütete sich vor Feuer, ging nur bis zur Pforte und sah durch einen Spalt nach draußen, verließ den Garten aber nie.

Wenn Dmitri seine Tochter beobachtete, dachte er wehmütig daran, was für ein wunderbares Kind dieses Mädchen hätte sein können, was für ein bezauberndes Wesen in dem behinderten Körper begraben war.

Milotschkas einziger Makel war ihre Unsauberkeit. Wie das bei solchen Kindern oft der Fall ist, lernte sie sehr spät, auf den Topf zu gehen, und war außerstande, den Begriff »schmutzig« zu verstehen, obwohl sie viele andere, schwierigere Dinge durchaus beherrschte. So unterschied sie auf ihre Weise »gut« und »schlecht«, und die schlimmste Strafe, die ihre Mutter zuließ, waren die Worte: »Mila ist ein schlechtes Mädchen.« Dann bedeckte sie das Gesicht mit ihren kurzen Fingerchen und weinte stürmische Tränen. Diese Strafe wurde sehr selten verhängt und in der Regel für »Schmutz« – auf einem Kleid, einer Decke, einem Stuhl.

Milotschkas Lieblingselement war Schlamm, in dem sie mit Genuß spielte. Stundenlang saß sie neben dem Sandkasten, verschmähte den sauberen, körnigen Sand, den der Vater extra für sie hergebracht hatte, begoß fette Gartenerde mit Wasser aus der Regentonne, rührte daraus Teig und knetete ihn.

Dmitri, vom Großvater nach dem nüchternen, strengen ethischen System von Marc Aurel erzogen, hatte sich obendrein die spröde materialistische Religion gesellschaftlicher Nützlichkeit zu eigen gemacht und saß bis spätabends in seiner Klinik, um tief in das medizinische Schicksal seiner Patienten einzudringen.

Wenn er nach Hause kam, befiehl ihn eine dumpfe Verzweiflung, und seine Frau, die so sehr an Milotschka hing, daß sie selbst Züge von deren Behinderung anzunehmen schien, wurde ihm immer fremder.

Der ganze Zauber der Nähe zu der wundervollen, fügsamen orientalischen Schönen hatte sich verflüchtigt, und selbst wenn er sie, was selten vorkam, in das Arbeitszimmer seines Großvaters rief, das er seit langem bewohnte, konnte er sich nicht freimachen von der tiefsitzenden dunklen Angst vor dem unsichtbaren Strom dieser geheimnisvollen, unbegreiflichen Teilchen, die das Schicksal des bereits geborenen Kindes gelenkt hatten und auch das des zweiten, das hätte geboren werden können. Diese Angst war so stark, daß sie ihm manchmal körperliche Übelkeit verursachte und ihm schließlich ganz das Verlangen nahm, dieses vollkommene weibliche Wesen zu umarmen.

Die Operationsschwester Tamara, die plump und grob war und wissende, zuverlässige Hände hatte, befreite Dmitri nach einem abendlichen Umtrunk aus Anlaß eines Kollegengeburtstages auf der wachstuchbezogenen Liege des Behandlungszimmers von den Vorurteilen seiner puritanischen Erziehung und zugleich die schöne Buchara von ihrem Mann.

Tamara mit ihrer großporigen Haut, der steifen Dauerwelle und den dicken Beinen hatte mit einem solchen Erfolg nicht gerechnet. Doch sie war eine hartgesottene Frontkämpferin und beherrschte seit langem ein wohlgehütetes männliches Geheimnis: Man muß vor allem die schwächste Stelle stärken. Mit der Intuition einer erfahrenen Frau spürte sie seine Schwachstelle auf, und bei ihrer zweiten Begegnung, als sie wenige Tage später zufällig gemeinsam Dienst hatten, klagte sie über ihre Unfruchtbarkeit, und Dmitri entledigte sich mit dieser nicht mehr jungen, häßlichen Frau der alptraumhaften Vision vom hektischen, niederträchtigen Gewimmel der Chromosomen, deren Existenz zu jener Zeit von der progressiven Wissenschaft bereits geleugnet wurde, was aber sein gestörtes Verhältnis zu seiner Frau nicht mehr retten konnte.

Dmitri teilte seiner Frau mit, er werde zu einer anderen

ziehen. Ohne den Blick zu heben und irgendwelche Gefühle zu äußern, fragte sie, warum er denn gehen wolle. Dmitri verstand die Frage nicht und gab Erklärungen ab.

»Ich weiß, du hast mich satt. Bring die neue Frau her. Ich bin einverstanden. Ich bin selbst das Kind der jüngsten Frau«, sagte sie, den Blick noch immer gesenkt.

Dmitri faßte sich an den Kopf, stöhnte, packte noch am selben Abend seine Hemden und Socken in einen Koffer und zog zu Tamara.

Geld schickte Dmitri per Post. Milotschka besuchte er nie. Nach drei Tagen hatte das Mädchen ihn vergessen. Nach seinem Weggang zog Pascha ganz ins Haus des Doktors, und Buchara begann in ihrem fast vergessenen Beruf zu arbeiten.

Das Leben veränderte sich grundlegend. Die frühere Neugier der Nachbarn gegenüber Buchara und ihrer Tochter, angeheizt durch die Höhe des Zauns und ihre völlige Abgrenzung, wurde abgelöst von dem aggressiven Wunsch, die Zugezogene zu bedrängen, zum »Zusammenrücken« zu zwingen, wie das damals hieß. Briefe voller Schreibfehler und überzeugender Argumente gingen an die Kreiswohnungsverwaltung, die Miliz und einige andere Organisationen, denen die Probleme der Wohnraumverteilung nicht fremd waren. Doch es waren bereits progressive Zeiten angebrochen, und so gelang es nicht, sie rauszuwerfen, nicht einmal, sie zusammenrücken zu lassen, obwohl der zuständige Milizionär Golowkin immerhin erschien, um die Zimmer der Strohwitwe zu besichtigen.

Ständig wurden tote Katzen aus der ganzen Umgebung über Bucharas hohen Zaun geworfen, aber sie ekelte sich nicht und brachte die Katzen auf den Abfall. Wenn Milotschka den Kadaver fand, schaufelte sie in einer Ecke des Gartens unter einer großen Eiche eine kleine Grube, beerdigte die Katze darin und richtete über dem Grab ein heimliches Grabmal ein: Unter ein Stück Fensterglas legte sie bunte Papierfetzen, dicke goldene Murmeln, Folie oder Steinchen. Stundenlang arbeitete sie an dieser Schönheit, und wenn ihre Mutter von der Arbeit kam, schob sie die darüberliegende dünne Erdschicht beiseite, zeigte ihr das Zauberbild unter Glas, tippte mit dem schmutzigen Finger darauf und erklärte:

»Da ist eine Mieze.«

Die dicke Milotschka wuchs in glücklicher Einsamkeit auf. Sie hatte ihre Mama, Pascha, den mit einem hohen Zaun umfriedeten Garten und eine Menge bedeutender und mit großem Sinn erfüllter Dinge: die alte Eisentonne mit dem Regenwasser, die umgeben war von mannigfaltigen Gerüchen und in und neben der es von Insekten wimmelte; die alte Eiche in der Ecke des Gartens, die schöne Eicheln mit glatten Köpfen, harte, gezackte Blätter und zierliche Zweige herunterwarf und ebenfalls voll lebendigen Getiers war; den Pavillon, wohin Milotschka sich zurückzog, um an ihren kurzen, dicken Fingerchen zu lutschen.

Sie war schon fast acht, und von vielen Dingen wußte sie, wie sie aussahen, rochen und sich anfühlten. Aber Wörter kannte sie nur wenige, und ihre Aussprache war eigenartig, als sei ihre Kehle für eine fremde, nicht diesseitige Sprache geschaffen.

Die alte Pascha liebte Milotschka. »Meine Arme«, sagte sie zu ihr, und wenn Buchara zur Arbeit ging, sprach Pascha lange mit ihrem Pflegekind. Paschas Geist war nicht direkt verwirrt, richtete sich aber immer mehr auf die weit zurückliegende Vergangenheit, und sie erzählte Milotschka immer wieder ausufernde Geschichten über ihre Verwandten auf dem Land: vom bösen Schäfer Filipp, der sie, als sie noch ein kleines Mädchen war, mit einer Peitsche geschlagen hatte, von dem Feuer, das von ihrem Badehäuschen auf das ganze Dorf übergegriffen hatte und in dem ihr älterer Bruder betrunken umgekommen war.

Milotschkas Kindheit war endlos lang. Ein ganzes Jahrzehnt freute sie sich an schlichten Hand- und Fingerspielen oder am »Versteckspiel« hinter einem Taschentuch. Diese Kleinkindphase endete, als sie elf wurde und sich plötzlich weiterentwickelte; ihr dreijähriger Verstand wuchs, sie lernte besser sprechen und achtete auf einmal sehr auf Sauberkeit, vor allem ihrer Hände, die sie nun immer lange in heißem Wasser wusch, beinah wie Wäsche.

Außerdem lernte sie, mit der Schere etwas aus Papier auszuschneiden. Die Mutter brachte ihr viele Ansichtskarten mit und alte, halbzerfledderte Bücher, und Milotschka schnitt eifrig, mitunter tagelang, kleine Blümchen aus. Die dicke Zungenspitze zwischen die Zähne geklemmt, schnaufte sie über jedem einzelnen Blümchen und weinte, wenn sie aus Versehen ein grünes Blatt oder einen Stengel zerschnitt.

Ihr Fleiß war ernsthaft und verdiente Respekt, ihre sinnlose Tätigkeit sah aus wie vernünftige, zielgerichtete Arbeit. Sie klebte, was sie ausschnitt, in ein Album, stellte unglaubliche Kombinationen aus Pferdeköpfen, Autoreifen und Frauenfrisuren zusammen, die auf ihre Weise anziehend waren und etwas urwüchsig Künstlerisches hatten. Ihr Kinn war naß vom Speichel, der ihr vor Eifer aus dem Mund lief. Doch niemand beweinte die Qual der armen schöpferischen Seele, die nach unbegreiflichem himmlischen Willen in einer arbeitsamen Mißgeburt wohnte.

Freudig brachte sie der Mutter ihre winzigen Werke, die strich ihr übers Haar, lobte sie: »Sehr schön, Milotschka! Gut, Milotschka!«, und die Kleine ging vor Freude tief in die Hocke, hüpfte hoch, lachte und rief: »Gut! Gut!« Offensichtlich war auch das Streben nach Vollkommenheit in ihr angelegt.

Buchara hatte inzwischen schlagartig und endgültig alle Schönheit eingebüßt. Sie war stark abgemagert, ihr Gesicht war noch dunkler geworden. Ihre bunten Kleider hatte sie in einen alten deutschen Koffer gepackt und trug nur noch Dunkles. Kinn und Wangen waren mit einem unansehnlichen schwarzen Flaum bedeckt, und die blitzenden Zähne hatten ihr festliches Weiß eingebüßt.

Die Kollegen in der Poliklinik machten ihr gegenüber Andeutungen, daß sie zu einem guten Spezialisten gehen solle, doch sie lächelte daraufhin nur und senkte den Blick. Sie wußte, daß sie krank war, und auch, was sie hatte.

Als der Winter zu Ende ging, nahm sie überraschend Urlaub und flog mit Milotschka in ihre Heimat, zum erstenmal seit vielen Jahren. Sie blieben über eine Woche dort. Buchara kam mehr tot als lebendig zurück und brachte einen riesigen leichten Sack aus durchscheinendem Wollstoff mit.

Der Sack war voller Kräuter, die sie lange sortierte und mahlte. Dann füllte sie alles in kleine Mullsäckchen, wikkelte sie in weißes Papier ein und kochte sich aus diesen kleinen Portionen Tee.

Pascha schnüffelte und murrte:

»Na, Buchara, bist eine asiatische Hexe!«

Buchara schwieg und schwieg, doch dann hockte sie

sich in der Küche hin, an die Wand gelehnt, wie sie gern saß, und sagte zu Pascha:

»Pascha, ich habe eine tödliche Krankheit. Ich kann jetzt nicht sterben, ich kann Milotschka nicht allein lassen. Mit den Kräutern werde ich noch sechs Jahre leben, dann sterbe ich. Die Kräuter hat mir ein alter Mann gegeben, ein Heiliger. Keine Hexe.«

Eine so lange Rede hatte Pascha von Buchara noch nie gehört. Sie überlegte eine Weile, kaute auf ihren aufgeworfenen Lippen herum und bat dann:

»Gib mir auch was davon.«

»Du bist gesund, du wirst länger leben als ich«, antwortete Buchara leise, und Pascha glaubte ihr.

Buchara trank ihren Kräuteraufguß und aß nur sehr wenig, immer das gleiche: gekochten Reis und getrocknete Aprikosen, die sie von zu Hause mitgebracht hatte; sie waren sehr hart und fast weiß.

Und sie tat noch etwas: Sie brachte Milotschka in eine Sonderschule für behinderte Kinder. Sie wechselte die Arbeitsstelle, ging von der Poliklinik in die medizinische Abteilung der Sonderschule und bemühte sich zusammen mit den Erziehern nach Kräften, Milotschka die wichtigsten Dinge des Lebens beizubringen: Schuhe zubinden, mit Nadel und Faden umgehen, Kartoffeln schälen.

Milotschka gab sich Mühe, schnaufte geduldig, und nach zwei Jahren gehörte sie zu den Besten in der praktischen Arbeit. Mit den Buchstaben und Zahlen allerdings stand sie auf Kriegsfuß. Von allen Zahlen erkannte sie, ehrgeizig, wie sie war, nur die Fünf, weil das die beste Zensur war, über die sie sich immer freute, und als einzigen Buchstaben lernte sie das »M«. Es machte ihr großen Spaß, wenn sie abends mit der Mutter aus dem Haus ging, das große rote »M« über dem Eingang zur Metro zu betrachten.

»Me, Metro, Mila!« sagte sie und lachte glücklich.

Unter den verschiedenen Idioten ihrer schrecklichen Schule fielen die Kinder mit Down-Syndrom durch ihre ruhige und freundliche Art auf.

»Kinder mit Down muß man nie verhaun«, sagte der Leiter der medizinischen Abteilung, der voller selbstgemachter Scherze und Redensarten steckte. »Schade nur, daß sie so schlecht lernen.«

Buchara beobachtete Karen, Katja und Verotschka, verglich sie mit ihrer Milotschka, und der Vergleich fiel zugunsten ihrer Tochter aus.

Obwohl die physische Ähnlichkeit der Kinder verblüffend war – sie waren alle klein, dick und kurzsichtig, hatten mongoloide Schlitzaugen und kurze Finger –, fand Buchara ihre Milotschka schöner als die anderen. Vielleicht stimmte das sogar.

Als Milotschka siebzehn war, bekam sie weibliche Formen; an dem dicken Rumpf wuchs eine Brust. Milotschka genierte sich, war aber zugleich auch ein bißchen stolz und sagte:

»Mila ist groß, Mila ist Tante.«

Sie bat ihre Mutter um Absatzschuhe.

Ihre Füße hatten Kindergröße, die Mutter suchte lange, bis sie schließlich georgische Lackschuhe mit breitem Absatz auftrieb. Milotschka war glücklich, polierte die Schuhe mit einem Taschentuch und küßte Buchara Gesicht und Hände, wie ein kleiner Hund, der seinen Herrn wahllos ableckt.

Milotschka brauchte eine Weile, bis sie in den Absatzschuhen laufen konnte, zwei Wochen lang stolperte sie damit durchs Haus. Als sie es gelernt hatte, brachte ihre Mutter sie in eine zur neuropsychologischen Betreuungsstelle gehörende Werkstatt, wo geistig Behinderte durch Arbeitstherapie, nämlich durch das Zusammenkleben von Kuverts und das Zuschneiden von Preisschildern, zu nützlichen Mitgliedern der Gesellschaft gemacht werden sollten.

Buchara kündigte in der Schule und fing in der Betreuungsstelle an, in der Anmeldung, um näher bei ihrer Tochter zu sein und ihr bei der Arbeit zu helfen.

Buchara brachte die Patientenkarten in die Behandlungszimmer und musterte zielgerichtet jeden, der kam. Sie hatte wenig Zeit, sie mußte sich beeilen, wie ein zum Sterben verurteilter Maler, der vor seinem Tod noch ein großes Bild vollenden will.

Die Arbeit der Betreuungsstelle lief, wie in jeder beliebigen anderen Einrichtung, sträflich routiniert und sinnlos ab. Jedes Jahr wurden die Patienten zur Kontrolluntersuchung bestellt, das war die Haupttätigkeit der Betreuungsstelle. Im übrigen mußten in der benachbarten Kreispoliklinik selbst Beinamputierte eine derartige Kontrolluntersuchung über sich ergehen lassen. Sonst bekamen sie keine Rente, eine ganz beachtliche Summe, bei manchen immerhin fast vierzig Rubel.

Diese zur Kontrolle bestellten Patienten also interessierten Buchara. Sie legte sogar ein kleines privates Archiv an, ihre eigene Kartei. Sie hielt fest, woran der Patient litt, mit wem er zusammenlebte und wo.

Doch das Wild lief von selbst in die Falle. Eines Tages wurde Buchara auf der verwahrlosten Marmortreppe der Villa, in der die Betreuungsstelle untergebracht war, von einem glatzköpfigen kleinen Greis in einer zu kurzen gestreiften Hose und mit chaplinhaft lebendigen Augen angesprochen. Einen wohlgenährten Debilen mit großem Kopf und rosigem Lächeln fest an der Hand haltend, fragte der Alte nach dem Arzt Raktin, der früher für sie zuständig gewesen sei.

Buchara antwortete, Raktin arbeite nicht mehr hier, seinen Bereich habe die junge Frau Doktor Wenedejewa übernommen, aber die habe heute wohl keine Sprechstunde.

»Eijeijei«, kakelte der Mann bekümmert, als sei ein großes Unglück geschehen. Buchara aber betrachtete verstohlen den, der neben ihm stand. Auch er hatte eine Glatze, war dick und sah gutmütig aus, trug ein sauberes, aber ungebügeltes kariertes Hemd und Satinpluderhosen, wie sie nach dem Krieg Mode waren. Er war ungefähr dreißig, aber Buchara wußte bereits, daß Behinderte anders leben und altern als normale Menschen und man sich hinsichtlich ihres Alters leicht täuscht: Als Kinder wirken sie oft jünger, doch dann altern sie überraschend schnell.

»Wie heißen Sie?« fragte Buchara ehrerbietig.

»Berman«, antwortete der Alte, und sein dicker Sohn nickte dazu. »Berman, Grigori Naumowitsch«, wiederholte der Alte und zeigte auf seinen Sohn, der noch immer nickte und lächelte.

Sie waren wegen einer Bescheinigung gekommen. Ihr Haus sollte abgerissen werden, und der alte Berman wollte die Behinderung seines Sohnes ausnutzen, um etwas mehr Wohnfläche zu erhalten.

Buchara brachte schnell in Erfahrung, wann sie wiederkommen mußten, und versprach sich zu erkundigen, ob eine entsprechende Bescheinigung für Grigori ausgestellt werden konnte.

Vater und Sohn gingen wieder, und Buchara sah lange dem Pärchen nach, das mancher vielleicht komisch finden mochte. Sie jedoch nicht.

Lange las sie in der dicken Krankenakte von Grigori Berman. Darin stand etwas von angeborenem Hydrozephalus, Meningitis und einem im Alter von sieben Jahren erlittenen Blitzschlag – als habe die Vorsehung ganz sichergehen wollen, diesen Menschen für immer zu verkrüppeln.

Nach den schwer lesbaren Krakeln der behandelnden Ärzte zu urteilen, besaß der junge Mann eine deutlich verminderte Intelligenz, war von ruhiger, freundlicher Gemütsart und litt nicht unter Anfällen.

Am nächsten Tag fuhr Buchara in die Staro-Pimen-Gasse, wo in einem kleinen Holzhaus, einer richtigen Hexenhütte auf Hühnerbeinen, die sich dennoch drei Familien teilten, der alte Berman mit seinem Sohn wohnte.

Auf einer quer durchs Zimmer gezogenen Leine trocknete Wäsche, der Alte las in einem der dicken ledergebundenen Bücher, die sich auf dem Tisch türmten, und Buchara stockte das Herz, denn der Geruch nach altem Leder war ihr von Kindheit an vertraut.

Grigori saß auf einem Stuhl und streichelte eine schmuddelige weiße Katze, die auf seinen Knien schlief. Es roch nach angebrannter Suppe und Nachttopf.

Der alte Berman war ganz aufgeregt, als er die Krankenschwester erkannte. Mit soviel Freundlichkeit hatte er keineswegs gerechnet.

»Grischa, geh sofort Wasser aufsetzen«, befahl er, und Grigori nahm eifrig den Teekessel, wobei er den Griff mit einem Lappen anfaßte, und ging hinaus.

»Ich möchte etwas mit Ihnen besprechen, Naum Abramowitsch«, begann Buchara. »Solange Ihr Sohn draußen ist – es geht um folgendes: Ich habe eine Tochter, sie ist ein sehr gutes Mädchen, ruhig und lieb. Und sie hat die gleiche Krankheit wie Ihr Sohn.«

Berman wollte etwas sagen, doch die sanfte Buchara gebot ihm zu schweigen und fuhr fort:

»Ich bin krank. Ich werde bald sterben. Ich möchte meine Tochter mit einem guten Menschen verheiraten.«

»Meine Liebe!« Der alte Berman schlug die Hände zusammen, so daß das schwere Buch auf den Boden klatschte. Er bückte sich, um es aufzuheben, und äußerte dort, unterm Tisch, heftig weiter Widerspruch: »Wovon reden Sie? Wie stellen Sie sich das vor? Wer wird ihn schon wollen heiraten? Und was ist er denn schon für ein Ehemann? Meinen Sie, ein Mädchen wird haben eine große Freude von ihm, verstehen Sie, was ich meine? Wie?«

Buchara ertrug schweigend die ganze lange und überflüssige Rede des Alten. Dann kam Grigori zurück, setzte sich auf den Stuhl, zog die Katze auf seine Knie und kraulte sie hinterm Ohr. Buchara sah ihn scharf und aufmerksam an und sagte:

»Grischa, ich möchte, daß du und Papa mich mal besuchen kommt. Ich will euch mit meiner Tochter Mila bekannt machen.« Dann drehte sie sich zu seinem Vater um und sagte auf ganz und gar jüdische Art:

»Was ist denn dabei, wenn sie sich kennenlernen?«

Sonntags blieb Buchara normalerweise im Bett, um ihre Kräfte zu schonen. Ihre Haut war sehr dunkel geworden und ganz welk, ihr Gesicht wirkte greisenhaft, und selbst ihre schlanke Gestalt hatte ihre Straffheit eingebüßt, Rükken und Schultern waren gekrümmt. Sie war noch keine vierzig, aber jung geblieben war nur ihr dickes leuchtend schwarzes Haar, das sie sich schon vor langer Zeit abgeschnitten hatte, weil ihr die lebendige, überflüssige Last zu schwer geworden war.

Milotschka brachte der Mutter eine Tasse Kräuteraufguß und ein paar eingeweichte Trockenaprikosen, setzte sich auf eine Fußbank neben dem Bett und schlang die Arme um ihre molligen Knie. Buchara streichelte mit schwacher Hand das dünne, gelbe Haar und sagte:

»Danke, Töchterchen. Ich möchte dir etwas sagen. Etwas sehr Wichtiges.« Das Mädchen hob den Kopf. »Ich möchte, daß du einen Mann hast.«

»Und du?« fragte Milotschka erstaunt. »Du sollst lieber einen Mann haben. Ich brauche keinen.«

Buchara lächelte.

»Ich hatte schon einen Mann. Das ist lange her. Jetzt sollst du einen Mann haben. Du bist schon groß.«

»Nein, ich will nicht. Ich will dich haben. Keinen Mann, ich will dich haben«, sagte Milotschka und runzelte die Stirn.

Mit einer Weigerung hatte Buchara nicht gerechnet.

»Ich werde bald wegfahren. Das habe ich dir doch erzählt«, sagte sie.

»Nicht wegfahren, nicht wegfahren! Ich will nicht!« Milotschka fing an zu weinen.

Die Mutter hatte ihr schon oft gesagt, daß sie bald wegfahren würde, aber sie glaubte es nicht oder vergaß es schnell wieder. »Mila will mitfahren!«

Wenn Milotschka aufgeregt war, sprach sie von sich wie ein kleines Kind in der dritten Person.

»Ich war ganz, ganz lange bei dir. Immer. Jetzt muß ich wegfahren. Du wirst einen Mann haben, du wirst nicht allein sein. Und Pascha bleibt bei dir«, erklärte Buchara hastig. »Ein Mann, das ist gut. Ein guter Mann.«

»Mila ist schlecht?« fragte das Mädchen die Mutter.

Buchara streichelte den dicken, runden Kopf. »Mila ist gut.«

»Morgen nicht wegfahren«, bat Milotschka.

»Morgen fahre ich nicht«, versprach Buchara und schloß die Augen.

Sie hatte längst entschieden, zum Sterben zu ihrem älteren Bruder nach Fergana zu fahren, damit Milotschka ihren Tod nicht sah und sie allmählich vergaß. Ihr Gedächtnis reichte nicht weit, weder Menschen noch Ereignisse behielt sie lange.

Alles lief genau, wie Buchara es geplant hatte. Berman kam mit seinem Sohn und seiner Schwester, einer kleinen Greisin, die Ähnlichkeit mit einer Pusteblume hatte, zu Besuch. Pascha hatte am Tag zuvor, wenn auch murrend, die Wohnung saubergemacht, Buchara hatte eine Torte gekauft. Selbst kochen oder backen konnte sie nicht mehr, sie mied den Herd, denn von Feuer und von Essensgeruch wurde ihr übel.

Sie tranken Tee und unterhielten sich. Die Greisin war außerordentlich schwatzhaft und stellte viele sonderbare und unsinnige Fragen, auf die man nicht unbedingt antworten mußte. Der alte Berman trank nachdenklich seinen Tee. Grigori lächelte, fragte den Vater ständig, ob er noch ein Stück Torte nehmen dürfe, aß mit Hingabe und wischte sich die Hände mal mit einem Taschentuch, mal mit einer Serviette, mal am Tischtuch ab.

Buchara erkannte gerührt, daß er sich genau wie Milotschka taktvoll bemühte, bei Tisch nichts umzustoßen oder zu beschmutzen.

Milotschka glitt von ihrem Stuhl. Sie war von kindlich kleinem Wuchs, hatte aber eine entwickelte weibliche Brust. Sie trat zu Grigori.

»Komm, ich zeig' dir was«, forderte sie ihn auf, und er ließ gehorsam das angebissene Stück Torte liegen und folgte ihr in ihr kleines Zimmer.

Unvermittelt, als spräche sie mit sich selbst, sagte die kleine Greisin plötzlich:

»Vielleicht hat sie recht. Und ihre Wohnung ist auch sehr schön, eine richtige Generalswohnung.« Sie malmte mit den Lippen.

Milotschka breitete in ihrem Zimmer vor Grigori ihre zahllosen Alben aus. Er hatte noch eine Nuß von der Torte im Mund, wälzte sie mit der Zunge hin und her, bewunderte die Bilder und fragte Milotschka dann:

»Rat mal, was ich im Mund hab'.«

Milotschka überlegte und sagte:

»Zähne.«

»Eine Nuß!« Grigori lachte, nahm die Nuß aus dem Mund und legte sie ihr in die Hand.

Kaum war Milotschka volljährig, heirateten sie. Grigori zog in das Haus des Doktors. Buchara fuhr einen Monat nach der Hochzeit in ihre Heimat.

In der ersten Zeit sagte Milotschka, wenn sie auf Sachen ihrer Mutter stieß, traurig: Mamas Schürze, Mamas Tasse. Doch dann räumte die alte Pascha nach und nach alle Sachen weg, und Milotschka dachte nicht mehr an ihre Mutter.

Morgens ging Milotschka in die Werkstatt zur Arbeit. Ihr machte es Spaß, Preisschilder auszuschneiden, und sie konnte das besser als alle anderen. Grigori brachte sie jeden Tag zur Straßenbahn und holte sie nach der Arbeit wieder von der Haltestelle ab. Wenn sie die Straße entlanggingen, Hand in Hand, die kleine Milotschka in Absatzschuhen und einem rosa Mädchenkleid und ihr Mann, der großköpfige Grigori, dessen Glatze mit Flaum bedeckt war, beide mit häßlichen runden Brillen, die sie kostenlos bekommen hatten, gab es niemanden, der ihnen nicht hinterhersah. Die Jungen riefen ihnen im Gassenjargon Unflätiges nach.

Doch sie waren so miteinander beschäftigt, daß sie das unschöne Interesse von anderen gar nicht wahrnahmen.

Sie liefen bis zur Haltestelle. Milotschka kletterte ungeschickt die hohen Stufen hinauf in die Straßenbahn. Grigori schob von hinten und winkte ihr dann nach, bis die Straßenbahn hinter einer Biegung verschwand. Auch Milotschka winkte, das breite Lächeln ans Fenster gepreßt. Sie stand auf den Zehenspitzen, damit sie ihren Mann besser sah, der heftig mit der Hand im dicken Fäustling winkte.

Ihre Ehe war wunderbar. Doch es gab darin ein Geheimnis, von dem sie selbst nichts ahnten: Aus der Sicht gesunder, normaler Menschen war ihre Ehe nicht vollzogen.

Die alte Pascha saß auf einer Bank und sagte mit wichtiger Miene zu den anderen alten Frauen:

»Was versteht ihr schon! Die Buchara, die war klüger als wir alle! Alles, alles hat sie im voraus bedacht! Hat ihre Milotschka mit einem guten Menschen verheiratet, und dann, kaum war sie in ihrem, ihrem Dingsda angekommen, da ist sie fünf Tage später gestorben. Da könnt ihr sagen, was ihr wollt!«

Aber niemand sagte etwas. Genau so war es.

Die Glücklichen

Jeden Sonntag fahren Berta und Matthias zu ihrem Sohn. Berta macht Brote für den Weg, gießt Tee in eine Thermoskanne und schlägt einen Reisigbesen sorgfältig in Zeitungspapier ein. Sie nimmt für alle Fälle noch ein Konservenglas und packt alles in ihre Tasche, die Matthias repariert hat. Matthias hilft ihr in den Mantel oder die Jacke, und sie gehen auf den Markt, Blumen kaufen. Dann warten sie an der Haltestelle lange auf ihre Straßenbahn, die selten fährt.

Mit den Jahren ist Matthias immer kleiner geworden, er sieht nun immer mehr aus wie ein Mahagonischrank; daß er einmal rothaarig war, verraten sein dunkelrosa Gesicht und die braunen Sommersprossen auf seinen Händen. Früher waren Berta und er wohl gleich groß, aber nun überragt sie ihn um einen halben Kopf. Im Gegensatz zu ihrem Mann ist sie mit den Jahren weniger häßlich geworden. Der schüttere Schnurrbart, der sie in der Jugend stark entstellte, ist nun zwar viel üppiger, fällt aber in dem alten Gesicht nicht mehr so auf.

Lange fahren sie mit der ruckelnden Straßenbahn, in der es je nach Jahreszeit entweder heiß oder eiskalt, aber immer stickig ist. Sie sitzen da wie versteinert – ihnen wird immer Platz angeboten. Das war übrigens auch schon so, als sie gerade geheiratet hatten.

Der Weg führt sie unweigerlich und keinen Zweifel duldend zu einer Backsteinmauer, dann durch einen Torbogen und entläßt sie auf einen gepflegten traurigen Pfad, von dessen beiden Seiten aus dichtem Grün, aus Schnee oder aus feuchtem zartem Nebel alte Bekannte grüßen: Isaak Benzionowitsch Galperin mit den strahlend blauen Augen, den himbeerroten Wangen und der blauen Glatze; seine Frau Faina Lwowna, eine berechnende Person mit fest aufeinandergepreßten Lippen und zitternden Händen; Pionieroberst Iwan Mitrofanowitsch Semerko, breitschultrig wie Ilja Muromez – er kann wunderbar singen und Gitarre spielen und ist noch so jung, der Arme –; dann Borenka Mednikow, zwei Jahre und zwei Monate alt, das Gesicht indifferent, ausdruckslos, neben seinen verwischten Großeltern; die wenig sympathische Familie Kraft, hochgewachsen, steif und weiß, die in verschnörkelten gotischen Lettern von sich kündet; die außerordentlich freundlichen alten Rabinowitschs mit den so gut zusammenpassenden Namen Chaja Rafailowna und Chaim Gabriilowitsch, immer Arm in Arm, beide mit dem gleichen schütteren hellgrauen Haar, beide hager, federleicht und beinah festlich, beide am selben Tag dem Diesseits entflogen, zur großen Verwirrung aller Zeugen dieses Wunders.

Hinter einer Biegung wird der Pfad enger und führt sie geradewegs zu ihrem Sohn. Wowotschka Lewi, sieben Jahre und vier Monate alt, begrüßte sie vor vielen Jahren mit diesem Lächeln, das die Lippe hochzog und eine Reihe quadratischer, noch nicht ausgewachsener Zähne mit einer nagelneuen dunklen Zahnlücke entblößte.

Alle anderen Regungen seines lieben Gesichts sind entglitten und verflogen, als wollten sie sich dafür rächen, daß nicht sie zum Vorzeigen ausgewählt wurden. Aus einer unendlichen Ausdrucksfülle ist nur dieses einzige Lächeln geblieben.

Berta holt das Bündel mit dem Besen aus der Tasche, bindet es auf, faltet die Zeitung vierfach zusammen, und Matthias fegt den Staub oder Schnee von der schlichten grünen Bank. Berta legt die zusammengefaltete Zeitung darauf und setzt sich hin. Sie ruhen sich eine Weile aus, dann räumen sie dieses Zuhause auf, geschickt, nicht hastig, aber schnell, wie gute Hausherren.

Auf dem kleinen rechteckigen Tisch breitet Berta eine Serviette aus, legt den Stapel der akkuraten frischen Butterbrote darauf und gießt Tee in glatte Plastikbecher. Dieses allwöchentliche Familienfestmahl ist im Laufe vieler Jahre zum Herzstück des Rituals geworden, das mit dem Einwickeln des Besens beginnt und mit dem Zuschrauben der leeren Thermoskanne endet.

Das tiefe Schweigen ist erfüllt von gemeinsamen Erinnerungen und wird durch kein einziges zufälliges Wort gestört; für Worte hatten sie andere Stunden und andere Jahre. Nach dieser Andacht gehen sie wieder und hinterlassen einen Geruch nach frisch gewischten Fußböden und gelüfteten Zimmern.

Zu Hause, beim Essen, trinkt Matthias jeden Sonntag eine halbe Flasche Wodka.

Dreimal füllt er den großen silbernen Becher mit dem groben Muster, den Pessachbecher von Bertas Vater, und Berta, die ihm nicht anders antworten kann, seufzt dreimal tief, wie eine Kuh. Dann trägt sie das Geschirr in die Küche, wäscht es ab, und zwar auf ganz eigene Art, mit Seife und Salmiakgeist, reibt es mit einem sauberen alten Handtuch trocken, und danach legen sie sich in ihr hohes Ehebett.

»Ach, Alter«, flüstert Berta und schließt die kleinen Augen mit den großen Augenlidern.

»Schon gut, schon gut«, murmelt er und dreht seine Frau, die sich von ihm abgewandt hat, mit dem linken Arm kraftvoll zu sich herum.

Sie träumen ihre üblichen sonntäglichen Mittagsschlafträume, von ihren glücklichsten acht Jahren, in denen sie zu dritt waren und die an dem unvergessenen, ihr ganzes Leben verändernden Tag begonnen hatten, als Berta, von schlimmen Gedanken gepeinigt, wegen ihrer geschwollenen Brust und anderer Beschwerden zum Onkologen gegangen war, ohne ihrem Mann etwas davon zu erzählen. Die alte Ärztin, eine Schwester ihrer Freundin, hatte lange an ihr herumgetastet, auf ihre Brustwarzen gedrückt, ihr ein paar schamlose medizinische Fragen gestellt und schließlich zu ihr gesagt:

»Berta, du bist schwanger, schon ziemlich weit.«

Berta setzte sich auf einen Stuhl, noch ohne BH, verzog das alte Gesicht und fing an zu weinen. Große Tränen rannen über ihre faltigen Wangen, wurden vom Schnurrbart gebremst und tropften kalt auf die große weiße Brust mit den schwarzen Himmelfahrtswarzen.

Matthias sah sie erstaunt an, als sie es ihm sagte – er wußte es seit langem, denn seine erste Frau hatte ihm vier Mädchen geboren, doch der Rauch ihrer Körper war schon vor langer Zeit über den blassen Feldern Polens verweht. Bertas Schweigen hatte er auf seine Weise ausgelegt – was gab es da zu bereden – und nie vermutet, daß sie selbst nicht Bescheid wußte.

»Ich bin siebenundvierzig, und du bald sechzig.«

Er zuckte die Achseln und sagte zärtlich:

»Das heißt, wir zwei Trottel werden auf unsere alten Tage noch Eltern.«

Sie konnten lange keinen Namen für ihren Jungen finden und nannten ihn, bis er zwei Monate alt war, auf jiddisch Jingl, Junge.

»Eigentlich müßte er Isaak heißen«, sagte Matthias.

»Nein, heute nennt man Kinder nicht mehr so. Nennen wir ihn lieber Jakob, zu Ehren meines seligen Vaters.«

»Wir könnten ihn auch Jehuda nennen, er ist rothaarig.«

»Red keinen Unsinn. Das Kind ist wirklich sehr schön, aber wir können ihn schließlich nicht Salomon nennen.«

Sie nannten ihn Wladimir, Wowotschka. Er war so schweigsam wie Matthias und so sanft wie Berta.

Als er fünf Jahre alt wurde, lehrte der Vater ihn, was er selbst in diesem Alter gelernt hatte. Nach drei Tagen kannte der Junge die krakeligen Buchstaben, die einander ähneln wie Ameisen, und nach einer Woche begann er in dem Buch zu lesen, in dem sein Vater ein Leben lang von rechts nach links las. Nach einem Monat las er mühelos auch russische Bücher. Berta ging dann in die Küche und wusch kopfschüttelnd Geschirr ab.

»Ach, was für ein Junge! Was für ein Junge!«

Sie war entzückt von ihm, doch manchmal berührte ein kalter Hauch, wie er im Winter vom Fenster her weht und wie ein Nadelstich die nackte heiße Hand trifft, ihr Herz.

Sie wusch ihr Geschirr, schlug Sahne, die bei den Nachbarinnen nie steif wurde, buk Kuchen und Pasteten. Sie hatte einen kleinen Spleen für Rezepte. Vergessen war der am Boden einer Aluminiumschüssel klebende blasse Weizenbrei, vergessen die grüne Suppe, die sie immer kochte aus jungen Brennesseln, gesammelt hinter dem verfallenden einstöckigen Haus, in dem zuerst achtundvierzig, bei Kriegsende achtzig ewig hungrige, kranke und schmutzige Kinder gelebt hatten. Vergessen waren die zarten bläulichen Igelköpfe der Jungen, ihre schutzlos abstehenden nackten Ohren, die hervorstehenden Schlüsselbeine und blauen Halsvenen der Mädchen. Bertas heftige Liebe zu allen diesen Kindern war nun wie ein gebündelter Strahl auf Wowotschka gerichtet.

Jeden Tag ihres Lebens freute sie sich an der Nähe des pummeligen rothaarigen Jungen, berührte ihn immer wieder, um sich davon zu überzeugen, daß er wirklich da war. Sie badete ihn, er kreischte, und sie betrachtete entzückt seine unproportional großen Füße und den kostbaren kleinen Konus.

Als Wowotschka größer geworden war, beobachtete sie mit dem gleichen Entzücken seine kindlichen Spiele, die aussahen wie echte, langweilige Arbeit: Stundenlang flocht er kleine Teppiche aus verschiedenfarbigen Stoffstreifen, die er geschickt miteinander verband. Matthias, ein Warschauer Schneider mit Pariser Ausbildung, arbeitete in einem Atelier, das nur Privilegierte bediente. Er brachte dem Jungen immer Stoffreste mit und half ihm dann, sie in Streifen zu schneiden.

Berta genierte sich im Grunde ihrer Seele ihrer maßlosen Liebe und hielt sie sogar für ein wenig sündhaft. Doch da sie nicht zu Selbstanalyse neigte, überschritten ihre Gefühle nie die Schwelle, jenseits derer sie in Worte gefaßt werden müssen; das vermied sie instinktiv.

Wenn Matthias von der Arbeit kam, aß er etwas, dann setzte er sich aufs Sofa. Wowotschka pflanzte sich neben ihn, wie ein kleiner Kuchen, gebacken aus einem Teigrest vom großen Kuchen. Sie lasen, unterhielten sich, und Berta ging abergläubisch ihr blitzblankes Geschirr abwaschen.

Im Schlaf schlüpft sie mühelos in die Vergangenheit wie

ins Nebenzimmer, läuft darin herum und atmet glücklich dieselbe Luft wie ihr Sohn. Ihr Mann Matthias mit seinem Stalin-Schnurrbart ist als wichtigster Teil der Kulisse schweigend präsent. Diese Träume ähneln einem viele Male gesehenen Theaterstück mit berauschender Wirkung, das sehr, sehr lange dauert und stets eine Viertelstunde vor dem Augenblick endet, da Berta auf ausgestreckten Armen Wowa von draußen hereintrug. Er war blaß und hatte eine frische Schramme auf der Wange, eine Spur der morgendlichen Arbeit an einem Modellflugzeug, das die kompliziert geflochtenen Teppiche abgelöst hatte. Der Kragen des gestreiften Hemdes war aufgeknöpft, und am nackten Hals, der durch den nach hinten hängenden Kopf länger wirkte, schlug keine Ader.

Alles war blitzschnell passiert und erinnerte an ein schlechtes Plakat: Ein großer rot-blauer Ball rollte plötzlich mitten auf die Straße, ihm hinterher rannte wie ein Pfeil ein Junge, die Bremsen des beinah einzigen Autos an diesem Sonntagmorgen quietschten, der Ball rollte träge weiter, kreuzte noch den Weg eines Lastwagens und verlor dann das Interesse an der Bewegung, und der Junge lag mit ausgebreiteten Armen in letzter Reglosigkeit auf dem Rücken, scheinbar völlig unversehrt, mit frischem Blut, von dem er keinen Tropfen verloren hatte und das in den Fingerspitzen noch strömte – aber bereits unwiderruflich tot.

Matthias stand mit eingeseiften Wangen und hochgerecktem Kinn vor dem kleinen Wandspiegel, die rechte Hand mit dem schweren Rasiermesser erhoben, und wollte gerade eine schwierige Stelle am Hals in Angriff nehmen.

Gegen sieben erwachen die beiden Alten. Berta schlüpft mit ihren mageren grauen Füßen in Fellpantoffeln und geht Teewasser aufsetzen. Sie sitzen an ihrem runden Tisch. Die Tischdecke darauf ist steif wie ein Brett. Mitten auf dem Tisch thront eine Schale mit selbstgebackenen Honigkuchen. Hinter Matthias, in der Ecke, steht ein Kinderstuhl, über dem seit vierzehn Jahren die kleine braune Jacke hängt, die er eigenhändig aus seinem alten Jackett genäht hat. Die linke, dem Fenster zugewandte Schulter ist stark ausgeblichen, doch jetzt, bei Lampenlicht, fällt das nicht auf.

»Na komm, gib schon«, sagt Berta und greift nach ihrer Brille. Matthias mischt die Karten.

GULJA

Guljas Namenstag, der Tag der heiligen Jewgenija, fiel auf Heiligabend. Gulja, die seit ihrer Kindheit unbewußt, mit den Jahren immer bewußter und eifriger der weltweiten, heimlichen Religion des Feierns anhing, hatte den Tag ihres Schutzengels immer begangen. Selbst in den Jahren im Lager und in der Verbannung bereitete sie aus den kargen verfügbaren Mitteln, aus winzigen Krumen ein köstliches Festmahl und teilte es mit allen, die in diesen Minuten bei ihr waren.

Gulja beging den Tag ihres Schutzengels, ihren Geburtstag und auch die Geburtstage ihrer verstorbenen Mutter, ihrer Schwester, den Hochzeitstag mit ihrem ersten Mann, Ostern, Pfingsten, alle zwölf großen religiösen Feiertage und auch die meisten staatlichen. Neujahr feierte sie zweimal, nach dem alten und nach dem neuen Kalender, Weihnachten genauso: Erst nach katholischem Brauch, was sie mit der polnischen Abstammung ihrer Großmutter begründete, dann nach orthodoxem. Sie beging den Ersten Mai, den achten März und den siebten November. Dabei hielt sie sich nach Möglichkeit an feste Rituale. So feierte sie ihren Geburtstag, der im Frühsommer lag, am dritten Juni, gern vom Vormittag an. Wenn die Umstände es erlaubten, fuhr sie zusammen mit einer Freundin zur Landwirtschaftsausstellung oder in den

Botanischen Garten, wo sie zwei Stunden spazierengingen und sie der Freundin glanzvolle, skandalöse Geschichten aus ihrer frühen Jugend erzählte. Danach aßen sie im Restaurant »Praha«, möglichst das Dreigängemenü.

Dann gingen sie zu Gulja, um sich ein wenig hinzulegen; nach der Mittagsruhe tranken sie Kaffee mit eigens für diesen Tag gekauftem Likör, aßen Eis und Nußkonfekt, solange sie das noch beißen konnten und es noch nicht völlig aus den Läden verschwunden war.

Wenn die Menge des getrunkenen Likörs die des Kaffees weit überschritten hatte, nahm Gulja ihre Gitarre von der Wand und sang Lieder von Wertinski, wobei sie dessen Intonation und Aussprache perfekt imitierte und gewisse brisante Erinnerungen vielsagend überging.

Das Ganze nannte sie »Gezeche«, und ihre liebste Gesellschaft bei diesen fleischlosen Orgien war Veruscha, Vera Alexandrowna.

Vera spielte immer wieder eine andere Rolle: Sie war Guljas begeisterte Anhängerin, Vertraute, Rivalin und sogar Beschützerin in ihrer beider wechselvollem Leben, das wie ein geologischer Querschnitt aus vielen Schichten bestand. Vera, halb Verwandte, halb Schatten, war die Hülse für Guljas Gedächtnis und zugleich ihr überzeugendster Beweis für die Realität des eigenen Lebens.

Lange vor dem Tag der heiligen Jewgenija machte sich Vera jedes Jahr Sorgen darüber, daß sie kein schönes Geschenk für Gulja finden und diese deswegen enttäuscht sein würde.

Diesmal hatte sie unter den von einer verstorbenen Verwandten geerbten Papieren ein altes Foto gefunden, das ihre mystische Verwandtschaft mit Gulja belegen sollte.

Sie beruhte auf einer Cousine von Guljas Mutter, die angeblich in zweiter Ehe mit Veras Großvater verheiratet war. Das Foto zeigte das edle Paar, und Vera wollte gern glauben, daß damit der vage Beweis ihrer Verwandtschaft erbracht war. Zu dem Foto, das den geistigen Teil des Geschenks bildete, legte sie noch eine Flasche jugoslawisches Shampoo und eine kümmerliche Schachtel Konfekt. Dieses Konfekt machte ihr am meisten Sorgen, sie fragte sogar Schurik nach seiner Meinung zu der unscheinbaren Schachtel. Schurik betrachtete die Schachtel mit übertriebenem Interesse und sagte:

»Wundervoll, Mama, wundervoll! Eine richtige Komposition! Ein sehr elegantes Geschenk.«

Ein wenig beruhigt, ging Vera in die Küche, ihre Lockenschere anheizen. Während sie ihr gelblichweißes dünnes Haar eindrehte, fettete Schurik seine Wanderschuhe, die er besonders schätzte, weil in ihnen große Haltbarkeit kombiniert war mit einem kleinen Preis, dick mit Schuhcreme ein, und so begann für sie beide die Ouvertüre zu Guljas Fest, mit dem Geruch nach überhitzter Lockenschere, angesengten Haaren, Schuhcreme und unschuldigem Eau de Cologne.

Auf dem ovalen kleinen Tisch lag eine bekleckerte Spitzendecke, darauf standen eine längliche Schale mit Sotschiwo* und eine Flasche süßer Rotwein. Eine kleine Tanne hatte Gulja in eine große Vase gestellt, die oben etwas angeschlagen und darum dem Verkauf entgangen war. Die Zeitungen mit Julietkas Kot, normalerweise gleichmäßig über das ganze Zimmer verstreut, waren zur Feier des Ta-

* Traditionell zu Heiligabend bereiteter Weizenbrei mit Honig, Nüssen und Rosinen. (Anm. d. Ü.)

ges alle in eine Ecke geschoben oder sogar auf den Müll gebracht worden.

Die letzten Stunden des Heiligen Abends verbrachten die Gäste am Fastentisch, aber wenn es acht wurde und die Nachtmesse in der nahen Kirche des heiligen Ilja zu Ende ging, begann für Gulja der erste Weihnachtsfeiertag, was sie durch das Auftragen von Fleischspeisen, manchmal sogar warmen, beging. Das zweistündige Fasten war vorbei, die Zeit des Fleischessens brach an.

Schön saßen sie da am Tisch beisammen. Schurik bewunderte die beiden ätherischen Greisinnen, die beiden Auserwählten, die in den letzten fünfundzwanzig Jahren ihren Lebensgeist dadurch wachhielten, daß sie Strafe zahlten für jede Erwähnung von Krankheit, körperlichen Absonderungen oder gar, Gott bewahre, Tod. Literatur, Kunst, Jugenderinnerungen und Salongerüchte – darum drehten sich alle ihre Gespräche.

Jetzt plauderten sie über Hüte: über die Unfähigkeit junger Frauen, Hut zu tragen, dieses Geschlechtsmerkmal, das von Talent oder seinem Fehlen zeugte und die soziale Stellung und das intellektuelle Niveau der Trägerin anzeigte. Konkret über die Hüte der Sinaida Hippius. Dann wechselte Gulja mühelos zu den Vorzügen der »schwedischen Ehe« gegenüber der »ménage à trois«, gelangte über verschlungene Pfade zu Sergej Djagiljew, zum Ballett allgemein, zu Maja Plissetzkaja.

Sie redeten und redeten. Der Weihnachtsstern hatte sich längst in der zahllosen Menge nichtweihnachtlicher Sterne verloren. Vom dreiflügeligen hohen Fenster zog es. Dem Fenster gegenüber lag die Tür zum Flur, die es erst gab, seit die einst großzügige aristokratische Wohnung in viele kleine, separat vermietete Räume geteilt war. Ein kalter

Hauch traf auf die Greisinnenrücken mit den abgewetzten Schultern.

Der matschige, unechte Winter schien ein schlechtes Gewissen bekommen zu haben und begrüßte das Weihnachtsfest wie auf Bestellung mit kalendergemäßem Frost. Der schwache Luftzug vom Fenster wurde immer heftiger. Gulja legte einen alten Pelzmantel auf das breite marmorne Fensterbrett, aber die auf eine Außentemperatur von null Grad eingestellte Heizung wurde mit der raschen Abkühlung nicht fertig.

Die Schultern in Tücher, Schals und Guljas Kittel gehüllt, sprachen sie über die Kälte der Winter dreiundsiebzig oder fünfundsiebzig – da waren sie nicht ganz sicher –, einundvierzig, siebenundzwanzig und – Gott, wie lange war das her – dreizehn.

Sie aßen alles auf, was die Feinkostabteilung des Restaurants »Praha« Gulja hatte bieten können: gefüllte Ente, Fleischröllchen und Pastetchen mit irgendwas drin. Sie hätten auch alles ausgetrunken, aber Gulja hatte aus alter Gewohnheit eine kleine Karaffe Kognak beiseite gestellt und eine halbe Flasche portugiesischen Portwein, den sie nicht viel besser fand als den von der Krim.

Als sich das Gespräch dem Wetter zuwandte, verließ Julietka das Sofa und legte sich, ihre ganze Verachtung für ein derart triviales Thema demonstrierend, auf ein Samtkissen.

Äußerlich waren sie sich überhaupt nicht ähnlich, Julietka und Gulja. Julietka war ein Dackelmischling, Gulja eine durch und durch rassige Barsoi-Greisin mit edlen geschweiften Nüstern und hochgezogenen, geschwungen nachgezeichneten schmalen Brauen. Die Ähnlichkeit der beiden lag tiefer und blieb dem unaufmerksamen Blick verborgen. Sie zeigte sich in ihrer aristokratischen Verachtung für Lappalien, in der häßlichen Oberfläche und dem außerordentlich festen Kern ihres Wesens.

Gulja spürte im gleichen Augenblick wie Julietka eine leichte Gereiztheit und wollte gerade eine Partie Preference vorschlagen, als Schurik, der bis dahin bescheiden die beiden duftenden, gebrechlichen, herkulischen Damen, Mädchen, alten Mänaden, Engel, Hexen mit dem schütteren Haar bewundert und den ganzen Abend geschwiegen hatte, plötzlich sagte:

»Gulja, bei dir zieht es ganz furchtbar. Das Fenster muß abgedichtet werden. Ich komme morgen nach der Arbeit vorbei, gegen halb acht, und mache das. Geh bitte nicht aus dem Haus.«

»Mein Bester!« kreischte Gulja. »Schurik, du bist ein Schatz! Wie lieb von dir, Verotschka, daß du dich aufs Kinderkriegen eingelassen hast!«

Sie sprang leichtfüßig aus ihrem Sessel, flatterte zu Schurik, stieß mit ihrer in eine Korsage verpackten berühmten üppigen Brust an seine Schulter und küßte ihn auf den kahl werdenden Kopf. Dann sprachen sie über Kinder.

Gulja schlief schlecht. Sie hatte Bauchschmerzen; gegen Morgen mußte sie zweimal auf die Toilette. Sie hatte sich am Portwein versündigt. Julietka erleichterte sich aus Solidarität ebenfalls, direkt auf den Fußboden, denn Gulja hatte vergessen, ihr vor dem Schlafengehen eine neue Schicht »Literaturzeitung« auszubreiten. Im übrigen war Gulja darüber eher gerührt – sie litten normalerweise beide an Verstopfung, und da Julietka keinen Portwein getrunken hatte, war ihr Unwohlsein ausschließlich durch ihre tiefe geistige Verbundenheit zu erklären.

Gulja fror, konnte unter ihren zwei Decken und dem

Pelzmantel nicht warm werden, die Bauchschmerzen hörten nicht auf, und sie schlief erst ein, nachdem sie im Teekessel Wasser heiß gemacht und es in eine Wärmflasche gefüllt hatte.

Sie erwachte am Nachmittag, blieb noch ein Stündchen im Bett – sie war noch nie gern sofort aufgestanden –, verspürte eine angenehme Leere und Leichtigkeit im Magen und freute sich über die Wintersonne. Im Zimmer war es eiskalt, der Mantel auf dem Fensterbrett war mit Rauhreif überzogen. Gulja betrachtete ihr Zimmer mit wachen Sinnen – in so hellem Licht hatte sie es lange nicht gesehen. Das Zimmer war unproportional hoch, es war das Drittel eines einst dreifenstrigen Salons. Das Stuckornament an der Dekke machte über ihrem Bett eine sanfte Biegung, und Gulja, die bald nach ihrer Rückkehr aus der Verbannung hier eingezogen war, nachdem sie Hals über Kopf den imposanten Eigentümer dieses Zimmers geheiratet hatte, suchte damals lange einen Platz für ihr Bett, weil das Verhältnis zwischen dem Stuckfragment an der Decke und ihrem darunter liegenden Körper ihr Raumempfinden störte. Etwa drei Monate nach der extravaganten Heirat starb der Eigentümer des Zimmers urplötzlich und hinterließ Gulja sein verstaubtes, verschlissenes, aber durchaus antikes Mobiliar.

Die Wände waren von einem kräftigen Blau. Gulja hätte es gern rot gehabt, aber Vera hatte gesagt, dann würde sie keinen Fuß hierher setzen, und Gulja ließ es blau streichen. Es wurde großartig: Gulja lebte wie in einer Theaterkulisse, so unwirklich, so unprosaisch blau strahlten die Wände; und alle Gegenstände – die abgestoßenen Möbel aus karelischer Birke und der stumpfe Bronzerahmen des trüben Spiegels – hielten sich vor diesem unnatürlichen Blau gerade und aufrecht.

Das schmutzige Geschirr wirkte wie für ein Stilleben arrangiert, und Gulja, die ihr Kissen an das Kopfende des Bettes gelehnt hatte, lächelte. In diesem Bett, ihrem nächtlichen Nachen, begab sich Gulja, der Schlaflosigkeit und Alpträume fremd waren, allabendlich auf eine himmlische Reise, nicht ohne vorher zu flüstern: »Gepriesen seist du, Herr, noch einen Tag haben wir beide uns durchgeschlagen. Und bitte – keine Träume. Wenn's geht.«

Aber diesmal hatte sie gegen Morgen einen Traum; er tauchte allmählich auf und trübte Guljas festliche Stimmung. Der Traum hatte kein Sujet. Sie spürte eine fremde Macht, einen geschlossenen Raum. Und ein grobes Material, sehr grob. Weg, weg, ich will mich nicht daran erinnern! Tuch auf dem Tisch, Hauptmann Utenkow, derbe Obszönitäten, zärtlich ins Ohr geflüstert. Und weiter, weiter. Bauer, Flegel. Mein Retter. Weg mit dir, weg! Ich will nicht!

Aber der Traum drang unerbittlich an die Oberfläche, in Guljas Bewußtsein. Da steht sie, Gulja, auf einem peinlich sauberen Teppichläufer, in abstoßenden großen Schuhen, und Hauptmann Utenkow verspottet ihren fürstlichen Mädchennamen, und in ihr steigt auf einmal ein gefährlicher Wunsch auf, schlägt mit dem Schwanz wie ein großer Fisch. Doch Utenkow ist plötzlich nicht mehr Utenkow, sondern ein anderer, geliebt und vertraut. Er wird deutlicher und ist nun überhaupt nicht mehr Utenkow. Und das alles dauert und endet nicht und klärt sich nicht. Unsinn! Puh, was für ein Unsinn! Nein, ich bitte doch, bitte, keine Träume!

Ach ja! Schurik will vorbeikommen, das Fenster abdichten. Wie lieb er ist. Ja, das Fenster. Ich muß aufstehen und aufräumen. Ein heißes Bad wäre nicht schlecht. Aber ich habe keine Lust zum Saubermachen. Die Nachbarn sind Schweine. Die Wanne ist eine Zumutung. Man ekelt sich schon reinzusteigen, von Baden ganz zu schweigen.

Und so begann ihr Morgen. Um drei trank sie Kaffee. Sie ging ans Telefon. Einmal waren es ihre Gäste von gestern, einmal war es für die Nachbarn. Sie las in einem französischen Krimi. Er war langweilig. Sie machte ein Würstchen warm. Julietka fraß nicht. Wieder klingelte das Telefon – Beatrica, eine in Rußland lebende Jüdin aus Amerika, eine Freundin aus der Verbannung, lud sie zu sich ein. Ich fahre hin, beschloß Gulja, zum Teufel mit dem Fenster! Es ist schließlich Winter, klar, daß es kalt ist. Muß es auch. Und ob Schurik kommt oder nicht, ist gar nicht raus.

»Ich komme, Betka, ich komme!« versprach Gulja. Kaum hatte sie eingehängt, rief Schurik an und wollte wissen, ob sie Watte im Haus habe.

»Vielleicht verschieben wir es lieber?« versuchte Gulja einen Rückzieher.

»Auf keinen Fall. Du holst dir noch was weg. Bei der Kälte. Und dem Durchzug bei dir!«

Gulja rief noch einmal Beatrica an und erklärte, sie werde kommen, aber etwas später.

Schurik kam um acht. Gulja, die spürte, daß ihr Besuch ins Wasser fiel und das geplante Fest sich in Wohlgefallen auflöste, wurde wütend: auf Schurik, weil er zu spät gekommen war, auf sich selbst, weil sie sich auf das Abdichten der Fenster eingelassen hatte, ohne das sie bislang wunderbar zurechtgekommen war, und sogar auf Beatrica, die liebe, sanfte Beatrica mit der groben Stimme, deren Naivität an Schwachsinn grenzte.

»Eine furchtbare Kälte, um die dreißig Grad, mindestens«, sagte Schurik mit verfrorener Stimme, als er in Guljas Zimmer seinen Mantel auszog. An die Garderobe im Flur hängte niemand seine Sachen. Es galt als sicher, daß auf jeden Fall das Kleingeld aus den Manteltaschen gestohlen würde, wenn nicht gar der ganze Mantel.

»Eine furchtbare Kälte, sag' ich«, fuhr Schurik fort und nahm Papierrollen aus seiner abgewetzten Aktentasche. »Setz bitte Tee auf. Und einen Topf mit Wasser, ich muß Kleister kochen.«

Gulja ging ergeben in die Küche; ihr war klar, daß sie heute nirgends mehr hinkam.

Schurik trank rasch seinen Tee, stieg aufs Fensterbrett und öffnete die Innenfenster. Die langen, über den ganzen Rahmen reichenden Messingriegel funktionierten noch einwandfrei, obwohl sie an die hundert Jahre alt waren, aber die Rahmen selbst waren morsch. Die Schicht kalter Luft, die sich zwischen den Fenstern gestaut hatte, quoll augenblicklich hervor und erfüllte das ganze Zimmer.

Schurik stopfte dünne Watteröllchen in die Ritzen zwischen den Rahmen. Gulja saß im Sessel, Julietka im Arm, und fragte mit liebenswürdiger Stimme, wie sie sich nützlich machen könne.

Schurik liebte Gulja. Er kannte sie seit seiner Kindheit, aber nur episodisch. Sie war dreimal eingesperrt – zweimal, wie sie glaubte, wegen ihrer Ehemänner, und einmal, wie sie selbst erklärte, wegen übermäßiger Bildung. Dieses letzte Mal war nach dem Krieg, in einem kleinen Intervall von Ehelosigkeit. Normalerweise überlagerten sich ihre Männer eher gegenseitig, aber dies war eine ehelose Periode, und sie suchte sich eine Arbeit.

Außer dem Gymnasium hatte Gulja keine Schulen oder Universitäten besucht, aber Sprachen beherrschte sie gut, für sowjetische Verhältnisse sogar exzellent. Guljas Mutter war halb Deutsche und in Frankreich aufgewachsen, so daß zwei Sprachen in Guljas Zuhause geläufig waren. Außerdem lebte bei ihnen eine Engländerin, Miß Frost, die entgegen der allgemeinen Vorstellung von Engländern außerordentlich geschwätzig war. Ihr unermüdliches Gezwitscher erfüllte das ganze Haus, und höchstens ein Taubstummer hätte in ihrer Gegenwart die Sprache nicht gelernt. Die sprachbegabte vierzehnjährige Gulja, die sich im letzten Vorkriegssommer in einen italienischen Sänger und Lehrer verliebte, der damals in Moskau lebte, lernte mühelos in zwei Monaten Italienisch, und der Lehrer mit der süßen Stimme war entzückt von der Ungezwungenheit, mit der sie die Sprache beherrschte, und von ihrem ganz und gar nicht nordländischen feurigen Temperament.

Polnisch lernte sie in der Verbannung, durch Zufall. Vera hatte sie besucht und bei ihr ein Buch von Agatha Christi auf polnisch vergessen. Gulja, die den Reiz dieses Genres noch nicht kannte, stürzte sich darauf und las fortan viele Jahre nur noch Agatotschka, wie sie sie zärtlich nannte.

Gulja bekam eine Stelle als Referentin und Übersetzerin in einem Büro. Nach einem guten Jahr geriet sie in einen ziemlich dummen Konflikt, der sich immer weiter verschärfte, bis ihr Chef sie schließlich denunzierte, wobei er sie äußerst inkonsequent des Apolitismus, des Kosmopolitismus und der Spionage bezichtigte. Die Anklage war selbst für jene Zeit so absurd, daß Gulja nach anderthalb Jahren, noch vor Stalins Tod, wieder freigelassen wurde.

In den Pausen zwischen ihren Haftaufenthalten brachte Gulja es fertig, wie ein Vögelchen zu leben. Sie heiratete jedesmal umgehend wieder, feierte ein stürmisches Fest der Liebe, lachte und machte Besuche – die reinste Libelle, wie die vorsichtige und vom Leben zu Tode erschreckte Vera sagte. Doch Gulja blieb bei ihrem fröhlich bunten Treiben.

Schurik wurde geboren, als Gulja nach ihrer ersten Lagerhaft bei Vera in Kaluga lebte. Er war das erste und einzige Kind, mit dem Gulja vom Säuglingsalter an zu tun hatte. Sie überwand sogar ihren Abscheu vor diesem feucht-rotzigen Lebensabschnitt. Für Schurik machte sie eine Ausnahme.

Gulja besuchte Vera und Schurik auch noch regelmäßig, nachdem sie von Vera zu Pawel Arkadjewitsch gezogen war, von dem sie heute selbst kaum noch wußte, ihr wievielter Mann das war. Mehrere Jahre lebte sie mit ihm zusammen, in ungebrochener Heiterkeit von Körper und Seele, und als er starb, liebte sie ihn sogar, was eigentlich gar nicht ihre Art war.

Die Gulja, die in Schuriks frühen Jahren immer wieder auftauchte, war seidig, festlich, eingehüllt in eine Duftwolke und den dünnen Schaum karger Locken; sie hatte angemalte Augenbrauen und Augen von echtem kostbarem Grün. Der zärtliche Junge umarmte ihre glatten Knie, erstarrte, und das Herz wurde ihm weit. Und Guljas Finger mit den roten, ein wenig nach innen gebogenen Nägeln fuhren durch sein dünnes Haar, dem nur ein kurzes Leben beschieden sein sollte.

Dann verschwand Gulja, und Schurik hatte Sehnsucht nach ihr. Doch als sie endgültig zurückkehrte, war Schuriks Herz nicht mehr zu großen Festen fähig, und auch Gulja war nicht mehr so seidig wie einst. Zudem war er gerade sechzehn, und Seide, Honig, Pelz, Eis und andere Schätze der Welt befanden sich für ihn in einem anderen Gefäß.

Gulja aber heiratete in Windeseile einen sehr schönen alten Mann mit einem berühmten Namen. Er war zwar leider nicht der nämliche, sondern nur ein Namensvetter, aber wer wagte schon, danach zu fragen?

Gulja lebte aus ganzer Kraft, ließ keine Vernissage aus, keine Ausstellung, keine Premiere, kein Benefizkonzert, kein Gastspiel. Beinah unbemerkt starb Guljas letzter Ehemann, und sie erklärte ihren Freundinnen, von nun an sei sie eine Nonne, aber mit beiden Beinen in der Welt.

Schurik, der zu dieser Zeit schon einen beträchtlichen Teil seiner Haare verloren, stark zugenommen und eine nicht abstoßende Ähnlichkeit mit einer Kartoffel angenommen hatte, diente inzwischen einem ganz anderen Idol, war aber stets bereit, ihre Möbel umzuräumen, sie zur Datscha zu fahren, sie zum Bahnhof zu bringen oder was immer sie mit selbstverständlicher Dreistigkeit von ihm verlangte – obwohl er selbst das nie so sah. Im Gegenteil, er litt darunter, daß sie alt war und daß er ihr so wenig half, und das Abdichten der Fenster war ihm eine willkommene Gelegenheit, der lieben Gulja irgendwie nützlich zu sein.

Das dreiflügelige Fenster war von übermäßiger herrschaftlicher Höhe: Vom Fensterbrett reichte Schurik kaum bis zur Mitte, und die Ritzen waren so bodenlos, daß sie schon drei Packungen Watte verschlungen hatten sowie einen ganzen Haufen in Streifen gerissener Lumpen, und ein Ende war nicht abzusehen.

Gulja erzählte voller Begeisterung schon seit über zwei Stunden von ihrer zärtlichen Freundschaft mit einem gewissen Max, aber Schurik hatte nicht die leiseste Ahnung, daß sie von dem berühmten Woloschin sprach. Als sie sah, daß Schurik mit dem Abdichten fertig war, stellte Gulja verschmitzt zwinkernd die Karaffe mit Kognak und einen lausigen Imbiß auf den Tisch.

»Die Gäste haben gestern alles aufgegessen, und heute bin ich den ganzen Tag nicht draußen gewesen«, erklärte Gulja die kümmerliche Bewirtung. »Gleich nehmen wir beide einen kleinen Schluck, mein Herzensfreund!« gurrte Gulja, die es seit ihrer Jugend mochte, wenn das Blut vom Wein fröhlich schneller pulsierte. Sie holte zwei große grüne Weingläser.

»Kognak aus solchen Gläsern, noch dazu aus grünen, das tut man natürlich nicht, aber die kleinen sind alle schmutzig«, sagte sie und deutete auf den kleinen Tisch an der Tür, ihren Abwaschtisch, wie sie ihn nannte, auf dem das schmutzige Geschirr vom Vortag stand.

»Weißt du, ich hab' mir gedacht, zum Teufel mit der Sklaverei! Wenn ich keine Lust habe zum Abwaschen, dann kann ich es doch schließlich auch bleibenlassen, nicht wahr, mein Freund?«

»Aber ja, Gulja, aber ja«, antwortete Schurik, den Kopf zur Seite geneigt, lächelnd und gerührt. Er sah sie entzückt an, und sie spürte das und kam in Stimmung. »Du bist einfach klasse. In unserer Generation gibt es Menschen wie dich nicht mehr.«

»Wie meinst du das?« fragte Gulja, die Komplimente aller Art liebte und darauf gefaßt war, etwas Angenehmes zu hören. »Gieß ein, mein Lieber. So, ja. Genug.«

»Auf deine Gesundheit! Gulja, du bist eine erstaunliche Frau! Du bist die wunderbarste aller Frauen! Ich sage dir damit nichts Neues, aber du bist – das ewig Weibliche!

Helena, Gretchen und Beatrice in einer Person!« faselte Schurik begeistert, schwärmerisch und aufrichtig und erhob das trübe grüne Glas.

Gulja lachte, die magere, wie manchmal bei Pianisten leicht nach innen gewölbte Hand auf die Stirn gelegt.

»Ich habe diese edlen Namen so lange nicht gehört, daß ich mich im ersten Moment gewundert habe, wieso du meine liebe Beatrica, Beatrica Abramowna, in diese erhabene Gesellschaft eingereiht hast! Oh, ich habe ganz vergessen, sie anzurufen!« sagte sie unter Lachen.

»Ach, Gulja! Du läßt einen nicht einmal von dir schwärmen!«

»Ich? Soviel du willst! Was kann für eine Dame angenehmer sein als Schwärmerei! Höchstens ...« Wieder lachte sie.

»Ach, Gulja, Gulja, dich muß man einfach lieben! Es geht gar nicht anders!« trompetete Schurik heiser.

Sie saß in einem breiten Sessel, dessen Armlehne mit einem alten Stoffgürtel festgebunden war. Ihr hellblaues, frisch gefärbtes Haar umhüllte ihren kleinen Schädel wie ein Schleier; wie immer waren die Brauen kräftig nachgezogen, und darunter lagen ihre lachenden, klugen Augen.

Schurik goß zum zweitenmal ein.

»Ja, Gulja, meine Liebe, ich möchte auf das Wunder der Weiblichkeit trinken, auf das Wunder deiner Weiblichkeit!« verkündete er feierlich, beugte sich vor und küßte Gulja die Hand.

In ihrem Kopf machte es klick. Das Vertraut-Geliebte, das in den Zügen von Hauptmann Utenkow plötzlich aufgetaucht war – das war Schurik, Schurik!

Schurik, der Dummkopf, hielt noch immer geschwollene Reden. Vom Kognak aufgetaut, plapperte er von seidigen Knien, die er als Kind so geliebt hatte, von zarten Handschuhen, deren Berührung so aufregend gewesen war, und sogar von dem Fernrohr, das sie ihm einmal geschenkt hatte.

Guljas mit großen, häßlichen Ringen geschmückte Finger öffneten die drei obersten Knöpfe ihrer lila Bluse. Dann seufzte sie tief und sagte leise und langsam: »Schurik, mir ist schlecht.«

»Mein Gott! Gulenka, was ist mit dir? Soll ich vielleicht einen Arzt holen?« unterbrach Schurik aufrichtig besorgt seinen Redefluß.

»Nein, nein, nicht doch, auf keinen Fall! Das kommt vor. Der Kreislauf. Der Wetterumschlag. Hilf mir zum Bett. So, ja. Danke, mein Junge.« Einer listigen Eingebung folgend, zog Gulja den ahnungslosen, unschuldigen, schwärmerischen, nun endgültig verlorenen Schurik zu ihrem nächtlichen Nachen.

»Das Kissen ein bißchen höher bitte, und knöpf mir die Korsage auf, mein Lieber«, befahl Gulja mit schmachtender Stimme. Schurik gehorchte.

Zwei dünnhäutige herbstliche Honigmelonen rollten in Schuriks Hände.

»Brauchst du vielleicht eine Medizin? Ich hol' sie dir«, stammelte Schurik verwirrt.

»Ach was, Medizin«, sagte Gulja mit großartiger Herablassung, und da begriff Schurik endlich, daß er in der Falle saß.

Der Nachen legte ab, und in diesem Augenblick fühlte Schurik, daß alle seine dummen Komplimente, seine geschwollenen toten Worte, die er eine halbe Stunde zuvor gestammelt hatte, die reine Wahrheit waren.

Julietka lief mit klackenden Krallen vom Samtkissen

zum Sessel, sprang hinauf und setzte sich, die schwarzen Augen unverwandt auf die schmalen weißen Füße ihrer Herrin gerichtet.

Um drei Viertel sechs wurde Guljas Zimmertür aufgeschlossen – Gulja brachte Schurik hinaus. Sie waren gleich groß, die langbeinige Gulja und der untersetzte Schurik im dicken Wintermantel. Gulja stieß gegen den Garderobenständer, warf den an der Nachbartür lehnenden Schrubber um, küßte Schurik auf die Stirn und sagte mit überraschend lauter und tiefer Stimme:

»Ich danke dir, Schurik!«

»Wofür?« fragte Schurik leise.

»Für alles!« sagte die strahlende Gulja und zog damit den tragischen Schlußstrich.

Drei Tage ließ Gulja die beiden grünen Gläser auf dem ovalen Tisch stehen. Ihre Freundinnen, die sie besuchen kamen, plazierte Gulja im Sessel, zeigte auf die Gläser und sagte schmachtend:

»Ich muß dir sagen, in unserem Alter sind Liebesspiele eine allzu strapaziöse Angelegenheit.« Sie machte eine Pause und fuhr lässig fort: »Ich hatte einen Liebhaber hier. Einen jungen. Ich bin so erschöpft, daß ich nicht einmal die Kraft habe, die paar Gläser abzuwaschen.«

Dabei hob sie mit dem Mittelfinger ihr Augenlid an, das in den letzten Jahren erschlafft war, und beobachtete gespannt das Gesicht der Freundin, um sich auch das letzte Krümchen des ihr so unerwartet zugefallenen Festes nicht entgehen zu lassen.

Das Tier

Nina hatte innerhalb eines Jahres ihre Mutter und ihren Mann verloren; es gab niemanden mehr, für den sie kochte, für den sie lebte. Nun blickte sie wie Eva nach der Vertreibung aus dem Paradies zurück in ihre Vergangenheit, und alles dort, in der Vergangenheit, erschien ihr wunderbar, alle Kränkungen und Demütigungen waren bis zur Unkenntlichkeit verblaßt. Sie brachte es sogar fertig, das kriegerische Kreuzfeuer zu vergessen, in dem sie die ganzen elf Jahre ihrer Ehe gelebt hatte, geschürt vom gegenseitigen Haß der beiden Menschen, die sie liebte.

Nun, da einige Zeit vergangen war, sah sie das eher als ein Drama komplizierter Charaktere denn als alltäglichen beschämenden Kleinkrieg, Gereiztheit, die sich zu Ausbrüchen steigerte, wütende Kräche, zu denen es jedesmal kam, wenn es Nina gelang, die beiden an einem weißen Tischtuch zusammenzubringen, in der unsinnigen Hoffnung, das Unvereinbare zu vereinen. Nie, niemals hatte Nina im Paradies gelebt, höchstens in ihrer frühen Jugend, als sie noch am Konservatorium studierte, Serjosha noch nicht kannte und ihr erstes Unglück noch nicht passiert war. Doch nun waren alle tot, das Leben schloß sich zu einem Ring, und die Vergangenheit, strahlend im cineastischen Licht des Glücks, schluckte gefräßig die gähnend leere Gegenwart und die jeden Sinn entbehrende Zukunft.

Sie hing mit allen Gedanken und Gefühlen ausschließlich an Toten, die sie von allen Wänden anblickten. Mama mit Harfe, Mama mit Hut, Mama mit einem Äffchen auf dem Arm. Serjosha als kleiner Junge mit einem Holzpferdchen, Serjosha als Schüler mit dünnem Pony, Serjosha als Segler mit steinharten Schultern, der noch gesunde Serjosha mit den mächtigen Kinnbacken, stark und furchteinflößend, und der kranke: das Gesicht abgemagert, die Schläfen eingefallen, in den Augen Zweifel oder Begreifen. Oder ein gereifter Gedanke, den er nie ausgesprochen hat. Auch die schon vor Ninas Geburt gestorbene Großmutter Msija hing hier, eine berühmte Sängerin inzwischen längst vergessener Lieder. Sie hatte ein strenges, altertümliches Gesicht und trug eine runde Mädchenkappe unter einem dunklen Umhang.

Fast zwei Jahre waren vergangen, seit Ninas Mutter gestorben war, und elf Monate seit Serjoshas Tod, doch es wurde nicht leichter, sondern immer schlimmer. Träume quälten sie. Keine Alpträume, sondern graue, leblose blasse Bilder auf braunem Grund, so verwittert, daß sie kaum als Träume gelten konnten. Nina sagte sich in diesem kraftlosen Traum immer wieder: wach auf, wach auf!, doch das trübe Netz der Schatten ließ sie nicht los, und wenn sie schließlich daraus freikam, nahm sie eine unbeschreibliche Wehmut mit in den Tag, bösartig wie Zahnschmerzen.

Wie ein Schnellkochtopf ließ Nina ihre nächtlichen Gefühle in sich schmoren, bis sie schließlich, völlig zerquält, ihren Freundinnen ihr Leid klagte. Sie hatte zwei Freundinnen, eine ältere, Susanna Borissowna, eine hochgebildete Dame mit mystischer Begabung, die sogar Mitglied der anthroposophischen Gesellschaft war, und eine jüngere, Tomotschka, ein schlichtes Gemüt, schreckhaft und so gottesfürchtig, daß Nina in den Jahren ihrer Bekanntschaft einen Groll auf diesen Gott entwickelt hatte, der so viel verlangte und absolut nichts dafür gab. Selbst das wenige, das Tomotschka von Geburt besaß – eine blasse Schönheit – war ihr genommen worden: Ihre Mutter hatte sie verbrüht, als sie noch ein Kind war, und ihre rechte Wange war dadurch stark entstellt.

Beide Freundinnen standen Nina in ihrer schweren Zeit bei, mochten sich aber nicht und waren eifersüchtig aufeinander. Die demütige Tomotschka war, wenn sie von Susanna sprach, voller anämischer Bosheit – für stärkere Gefühle fehlte es ihr an Temperament. Ihr Gesicht färbte sich rosig, und sie zischte: Mit der wirst du noch dein blaues Wunder erleben, denk an meine Worte, ich spüre direkt ihr dämonisches Treiben.

Susanna demonstrierte Tomotschka gegenüber Nachsicht, äußerte sich nur ab und zu leichthin über Tomotschkas Unbildung, ihre Primitivität und ihre barbarischen heidnischen Verirrungen. Übrigens konnte Ninas verstorbener Mann alle beide nicht ausstehen, Toma hielt er für geisteskrank, Susanna nannte er hinter deren Rücken nur »Madam Grizazujewa«*.

Als die primitive Tomotschka von Ninas nächtlichen Qualen erfuhr, verkündete sie, sie werde verstärkt für sie beten, Nina aber müsse unbedingt das heilige Abendmahl empfangen, denn alle diese Prüfungen seien ihr nur auferlegt, damit sie zu Gott finde.

Susanna, eine halbe Ärztin – sie betrieb einen Kosmetiksalon –, verschrieb Nina Tranquilizer und Schlaftablet-

* Imposante heiratslustige Witwe im Roman »Die zwölf Stühle« von Ilja Ilf/ Jewgeni Petrow. (Anm. d. Ü.)

ten, erklärte, Ursache ihrer schweren Träume seien die unvollständige Auflösung der Astralleiber ihrer lieben Verstorbenen und ungünstige Umstände ihres Weges nach dem Tod, und sie riet Nina, sich der Selbstvervollkommnung zu widmen, wozu sie ihr ein bemerkenswert langweiliges Buch über geistige Hierarchien und deren Widerspiegelung im Körperlichen daließ.

Ob nun die Medikamente halfen oder Tomotschkas Gebete, jedenfalls schlief Nina anfangs etwas besser, die graubraunen Schatten waren weg, doch dafür träumte sie seltsamerweise von einem äußerst widerwärtigen Geruch. Sie wachte von dem unerträglichen Gestank auf, entsetzt von dessen überirdischer Intensität, und schlief wieder ein. Sie hatte das Gefühl, jemand sei in der Wohnung: ein Schatten, ein Gespenst, ein böser Geist. Und dieser unvergleichliche Gestank. Wahrscheinlich so etwas wie die Chemikalien, von denen Menschen verrückt wurden.

Nach ein paar Tagen schien der Gestank aus den Träumen in die Realität gedrungen zu sein, sich materialisiert zu haben. Als Nina von der Arbeit kam, roch es intensiv nach Katze, widerwärtig, aber durchaus real. Mit ihrer empfindlichen langen Nase fand Nina bald das Epizentrum des Gestanks: Es waren Serjoshas Pantoffeln, die die ganze Zeit im Schuhregal neben der Tür gestanden hatten. Nina wusch sie gründlich mit Seifenpulver, aber ein paar besonders hartnäckige Moleküle waren offenbar haftengeblieben, also versprühte sie in der ganzen Wohnung Deospray. Doch der Katzengeruch drang auch durch Jasmin und Lavendel. Sie rief Susanna an und klagte ihr Leid. Die schwieg lange, dann sagte sie plötzlich:

»Wissen Sie, Nina, Sie müssen mit dem Rauchen aufhören.«

»Warum denn das?« fragte Nina erstaunt.

»Sie bekommen mystischen Besuch, Nina, und das Rauchen stumpft das mystische Empfinden ab«, erklärte Susanna. »Die Atmosphäre in Ihrer Wohnung ist ungünstig.«

Ungünstig – das war das mindeste, was man über diese Wohnung sagen konnte. Ein verfluchter Ort, ein dreimal verfluchter Ort, der ihr von Anfang an zutiefst zuwider war. Serjosha hatte sich gleich nach dem Tod ihrer Mutter in den Kopf gesetzt, ihre gemütliche kleine Wohnung und Mutters Einzimmerwohnung gegen diese Riesenräume zu tauschen, und Nina hatte es ihm nicht ausreden können. Von ihren Einwänden gegen das oberste Stockwerk und das undichte Dach wollte er nichts hören. In dem Jahr liefen seine Geschäfte so gut, daß ihm das defekte Dach nichts ausmachte und er bereit war, es auf eigene Rechnung neu decken zu lassen. So war er nun mal.

Innerhalb eines halben Jahres hatte er alle seine Pläne umgesetzt: Wände eingerissen, in der halben Wohnung den Fußboden um dreißig Zentimeter angehoben, aus der kleinen Küche und dem anliegenden Zimmer ein großes Eßzimmer gemacht. Die ganze Wohnung war ein riesiger Saal mit Fenstern auf beiden Seiten, kalt und zugig, und die einzige Innentür führte in ein großes Bad, Ninas Lieblingsplatz. Sie hatte einen kleinen Tisch hineingestellt und trank jetzt morgens ihren Kaffee auf einem Hocker zwischen Badewanne und Toilette.

Diese verfluchte Wohnung hatte Serjoshas Kräfte aufgefressen und ihn ins Grab gebracht. Besonders verhaßt war Nina der Kamin. Er war technisch mißlungen: Den Rauchabzug hatte kein Ofensetzer gebaut, sondern ein Doktor der mathematisch-physikalischen Wissenschaften. Der Rauch zog sofort überallhin und hing noch lange in beißenden Schwaden im Raum. Serjosha hatte es nicht mehr geschafft, den Defekt beheben zu lassen, denn gegen Ende des Umbaus ging es los mit Tests, Befunden, Arztbesuchen und Krankenhaus.

Nur ein halbes Jahr litt er an einem schnell verlaufenden Krebs und hinterließ bei seinem Tod den Ärzten ein medizinisches Rätsel: Er war von Metastasen zerfressen, der ursprüngliche Krankheitsherd aber konnte nicht gefunden werden. Doch für Nina spielte das keine Rolle mehr. Sie war nun ganz allein, und, physiologisch unfähig, Einsamkeit zu ertragen, fühlte sie sich wie eine durchgedrehte Fliege mit ausgerissenen Flügeln: Sie raste herum, rotierte auf der Stelle, und der Boden tat sich unter ihren Füßen auf oder kippte weg. Und nun auch noch diese Heimsuchung.

Der von Susanna prophezeite mystische Besuch offenbarte sich in den nächsten Tagen auf äußerst irdische und profane Weise. Als Nina von der Arbeit kam, fand sie mitten auf der Liege, auf der sandfarbenen Häkeldecke, einen ekelhaften Haufen von höchst materieller Natur. In der Wohnung stank es derartig, daß es ihr vorkam, als habe selbst die Luft den bewußten graubraunen Ton überwältigender Wehmut angenommen, den sie aus ihren Träumen kannte. Nina legte den Kopf auf die Arme, so daß ihr trauriges südländisches Haar nach vorn fiel, und weinte. Sie weinte nicht lange, denn ihre Freundin Tomotschka kam. Tomotschka stöhnte, schritt zur Tat, räumte den Haufen weg und erklärte seine Herkunft ganz rational:

»Laß die Fenster nicht offen, da ist dir vom Dach ein streunender Kater reingesprungen.«

»Was für ein Kater?« fragte Nina.

»Was für einer, was für einer – ein großer Kater, ein sehr

großer Kater hat den Haufen gemacht«, erklärte Tomotschka überzeugt.

Sie wußte, wovon sie sprach, sie hielt ihr Leben lang Katzen.

Nina wusch die Decke, wischte den Fußboden, die Luft wurde etwas besser, aber der Geruch war noch immer da, geisterhaft, aber unverkennbar, und sie übernachtete bei Tomotschka. Bevor sie gingen, verschlossen sie alle Fenster.

Als Nina am nächsten Tag von der Arbeit kam, lag der Haufen an derselben Stelle, mitten auf der Decke. Die Fenster waren noch immer geschlossen.

Wirklich, die reine Mystik. Susanna hatte recht. Kein Kater kam durch ein geschlossenes Fenster.

Sie machte sich wieder ans Waschen und Wischen, leerte eine ganze Deoflasche und kroch, am ganzen Körper zitternd, ins Bett. An den Geruch hatte sie sich inzwischen gewöhnt, am Einschlafen hinderten sie nun irgendwelche Geräusche undefinierbarer Herkunft.

So ist es, wenn man verrückt wird, ahnte Nina.

Bevor sie am nächsten Morgen zur Arbeit ging, schloß sie alle Fenster und die Balkontür.

Doch sie konnte sich nicht entschließen, nach Hause zurückzukehren, holte Tomotschka ab, und gegen neun standen sie beide vor ihrer Wohnung. Nina schloß das komplizierte Schloß der Doppeltür auf und ging hinein. Tomotschka folgte ihr. Er erwartete sie, als habe er entschieden, es sei Zeit, sich vorzustellen. Er saß im Sessel, riesengroß, selbstbewußt, den massigen Kopf der Tür zugewandt. Nina schrie leise auf. Tomotschka schien sogar begeistert:

»Ist das ein Kater!«

»Was machen wir nun?« flüsterte Nina.

»Was schon? Füttern natürlich.«

»Bist du verrückt? Dann geht er doch nicht mehr weg! Da, Dreck gemacht hat er auch wieder.« Der neue Haufen lag mitten im Flur.

Das zeugte natürlich von Charakter. Und von einem guten Auge. Er wählte unfehlbar immer genau die Mitte.

»Erst müssen wir ihm was zu essen geben, dann sehen wir weiter«, entschied Tomotschka.

Er war nicht flauschig, sein Fell war ganz glatt und glänzte wie Asphalt. Er saß reglos, den Kopf leicht gesenkt, sah sie mit starrem Tierblick an und fühlte sich allem Anschein nach kein bißchen schuldig.

Nina war empört. »So was Unverschämtes!« Doch sie holte aus dem Kühlschrank einen Topf Suppe vom Vortag, die sie nach langjähriger Gewohnheit noch immer kochte, warf zwei gebratene Hackröllchen hinein und knallte den Topf auf den Herd. Dann stellte Tomotschka eine Schüssel mit der aufgewärmten Suppe auf den Läufer hinter der Wohnungstür und rief: »Miez, miez!« Die Menschensprache verstand er. Er ließ sich vom Sessel plumpsen und lief langsam zur Schüssel. Er sah beeindruckend aus. Von einem Menschen hätte man gesagt, daß er lief wie ein alter Ringer oder Gewichtheber, gebeugt unter der Last von Muskeln, Ruhm und sportlicher Erschöpfung. Vor der Schüssel blieb er stehen, roch daran, setzte sich hin, legte ein Ohr eng an den Kopf – das andere war zerfetzt und hing gelähmt herunter – und begann hastig zu fressen. Tomotschka redete ihm schmeichelnd zu:

»Friß, Katerchen, friß nur, und dann geh. Geh weg, hier hast du nichts zu suchen. Friß schön, und dann geh bitte.«

Er drehte sich um, wandte ihr seine breite Brust zu, sah

sie mit einem sehr bewußten Blick an und vertiefte sich dann wieder in die Schüssel. Als er alles aufgefressen hatte, leckte er die Schüssel sauber. Dann öffnete Tomotschka die Wohnungstür und sagte fest:

»Und nun geh.«

Er hatte alles bestens begriffen, lief zum Schein ein paar Schritte in Richtung Tür, machte am Schuhregal eine jähe Wendung, jagte wie der Blitz im Halbkreis durch die Wohnung und schlüpfte unter den Bücherschrank.

»Er will nicht gehen«, sagte Nina wehmütig. »Wir hätten ihn nicht füttern sollen.«

»Miez, miez!« rief Tomotschka inbrünstig, aber der Kater reagierte nicht.

Nina holte einen Schrubber aus dem Bad und stieß ihn wütend unter den Bücherschrank. Der Kater kam herausgeschossen, raste ein-, zweimal durch die Wohnung und verschwand unter einem Sofa, das mit dem Rücken zum Fußbodenpodest stand. Nina fuhr mit dem Schrubber unter dem Sofa herum. Dann rückte sie es von der Wand ab. Der Kater war weg. Verschwunden. Die Freundinnen sahen sich an. Das war nun wirklich mystisch.

Sie standen eine Weile sprachlos da, um das Erlebnis zu verdauen. Dann bückte sich Tomotschka und strich mißtrauisch über die Fußbodenleiste. Sie drückte leicht dagegen. Die Leiste gab nach. Dort war ein Durchschlupf zu dem flachen Raum zwischen dem ursprünglichen Küchenfußboden und dem neugebauten Podest.

Die naive Nina freute sich. »Da wohnt er also! Von wegen Mystik.«

»Schrecklich. Jetzt krieg' ich den da nie wieder raus.«

»Wir müssen sofort das Brett festnageln«, schlug Tomotschka mit dümmlicher Entschlossenheit vor.

»Bist du verrückt«, wandte Nina ein, wieder zu Verstand gekommen, »wenn er dort verreckt? Kannst du dir vorstellen, was dann ist? Ein toter Kater im Haus.«

Oh, lebte Serjosha noch, wäre das alles nicht passiert. Diese ganze dumme Geschichte.

»Wir müssen Baldrian kaufen, das ist es! Mit Baldrian locken wir ihn raus, und dann kriegen wir ihn«, rief Tomotschka. »Aber wir brauchen eine Menge Baldrian.«

Sie kauften viel Baldrian, füllten eine ganze Schüssel und warteten. Tomotschka erwies sich als echte Kennerin der Katzenseele: Nach fünf Minuten kam der Kater hinter der abstehenden Bodenleiste hervorgekrochen, lief schnurstracks zur Schüssel und leckte sie auf einen Sitz leer. Dann lief er zurück zu seinem Loch, schwankend wie ein Matrose an Deck. Er trottete hin und her, hatte offensichtlich die Orientierung verloren, drehte sich linkisch um und lief zur Liege, auf der die Freundinnen lauerten. In Nina erwachte ein Ansatz von Humor.

»Gleich verlangt er was zu rauchen.«

Sie lachten, dann kommandierte Tomotschka:

»Schluß. Wir fangen ihn und bringen ihn raus. Und nageln sofort das Loch zu.«

Sie rief wieder ihr »Miez!« und hielt dem Kater die Hand hin, doch der rannte weg. Nina hielt ihn fest, er entwand sich ihr und plumpste zu Boden. Er war zwar betrunken, aber fangen ließ er sich nicht. Allem Anschein nach versuchte er, zu seinem Loch zu gelangen. Nina warf sich wie Alexander Matrossow vor die Schießscharte und hielt die Fußleiste mit ihren bläulichen Fingern zu.

»Tomotschka, hol den Karton aus dem Bad!« rief sie, doch der Kater, als habe er ihre Absicht erraten, beschloß, zum Balkon zurückzuweichen. Er wurde von Minute zu

Minute betrunkener. »Die Tür! Mach die Balkontür zu! Er fällt doch runter!«

Tomotschka kam dem Kater zuvor und schloß die Balkontür vor seiner Nase. Nicht ohne Mühe stopften sie ihn in einen Pappkarton, in dem eine Saftpresse gewesen war. Er schrie mit tiefer Stimme etwas Böses, vielleicht sogar Obszönes. Sie schleppten den Karton hinaus, stellten ihn neben den Müllcontainer und machten den Deckel auf. Er fluchte noch immer herzhaft, kam aber nicht heraus. Die Frauen liefen in die Wohnung und vernagelten hastig das Schlupfloch. Dann begossen sie die Befreiung vom Feind mit einer kleinen Flasche guten georgischen Weins. Doch ihr Triumph war, wie sich herausstellen sollte, verfrüht.

Die besondere Stärke dieses zugelaufenen Katers bestand darin, wie leicht er sich aus einem unverschämten Vieh, das sich Dinge herausnahm, die keine minderbemittelte Katze sich im Haus erlauben würde, in einen körperlosen Geist verwandelte, wie ungehindert er zwischen Ninas Träumen und ihrem Alltag hin und her schlüpfte und hier wie dort Gestank hinterließ, Furcht und eine besondere Art von Katzengeruch, der sich von ihm loszulösen schien und sich ausbreitete, in der Kleidung hängenblieb und durch die Luft, durch Ninas Haut so tief in sie eindrang, daß sie flaschenweise Shampoo und Seife verbrauchte, um diese alles durchdringende Widerwärtigkeit abzuwaschen. Der Kater selbst ließ sich nicht mehr blikken, dafür erschien er ihr jede Nacht im Traum, wobei er virtuos seine Gestalt wechselte, aber Nina hatte gelernt, ihn zu erkennen in dem dunklen Nebel, der aus der Ecke auf sie zugekrochen kam, in einer Landschaft, die zweifellos mit ihm zu tun hatte, oder in einem Herrn, der ihr mitten in einer Menschenmenge auffiel wie in früheren Zeiten ein Geheimagent.

Susanna, die über alle Entwicklungen der Geschichte informiert war, wollte gerade nach Deutschland zu einem Kolloquium oder Symposium reisen und versprach Nina, dort unbedingt den kompetentesten Experten in ganz Europa um Rat zu fragen.

Eines Nachts erschien der Kater wieder leibhaftig. Wie er in die Wohnung gelangt war, blieb rätselhaft. Das Schlupfloch war vernagelt, Balkontür und Fenster geschlossen, der Kamin über jeden Verdacht erhaben, denn der Abzug führte direkt aufs Dach, und kein Kater der Welt, es sei denn, er war ein Insekt, hätte das dreieinhalb Meter lange vertikale Rohr zu überwinden vermocht. Außerdem war das Feuerloch des Kamins verkleidet. Um den Geheimgang des Katers ausfindig zu machen, hätte man wohl das ganze alte Haus auseinandernehmen müssen. Der Kater kletterte auf ein hochgelegenes Regal, brachte es in Schieflage und warf so die ganze dünnwandige schwarze Keramik runter, wunderschöne georgische Stücke, von Nina in ihrer Studentenzeit gesammelt. Nina, dem Grauen des Weltuntergangs entronnen, das sie im Traum vor einem dumpf klingenden schwarzen Abgrund erlebt hatte, schaltete das Licht ein und sah, daß der Boden mit Scherben übersät war und der Kater, der noch nicht auf die nur ihm bekannte Weise verschwunden war, in einer Ecke hockte und die Zähne fletschte wie ein Kettenhund. Das war eine so fließende Fortsetzung ihres Alptraums, daß sie nicht gleich begriff, wo sie sich befand, in einem neuen Traum oder bei sich zu Hause.

Nina sammelte die Scherben auf und murmelte dabei, ohne den Kopf zu wenden:

»Was bist du nur für ein Mistvieh? Wo kommen solche Banditen bloß her? Warum kommst du immer zu mir, was willst du, sag mir das mal!«

Dann holte sie ein halbes Huhn aus dem Kühlschrank und brachte es auf den Treppenabsatz:

»Geh, friß, und dann will ich dich hier nicht mehr sehen.«

Er hatte eigentlich kein Fressen gefordert, schlug es aber auch nicht aus. Träge ging er zu dem Hühnchen. Nina schloß die Tür hinter ihm. Sie wußte sehr gut, daß er sie nicht so schnell in Ruhe lassen würde.

Nach vier Tagen kam er wieder. Er saß im Sessel, als sei nichts geschehen, als sei das sein Stammplatz, und mitten auf der sandfarbenen Decke, die Nina gewaschen und auf dem Balkon gelüftet hatte, lag ein überzeugender Beweis seiner, des Katers Herrschaft über diese Wohnung und über Nina.

Inzwischen war Susanna aus Deutschland zurück und lud Nina zu sich ein. Susanna war diesmal irgendwie sanft und gütig, die ganze Wohnung atmete Wohlgerüche und Reichtum; Kerzen brannten. Zum Abendessen reichte sie eine lächerliche Kleinigkeit, Nina hätte sich geschämt, jemandem so wenig anzubieten. Dafür sah Susanna aus wie eine verwitwete Königin, in ein lila Gewand gehüllt, eine Art Umhang, ein violettes Tuch wie einen Turban um den Kopf geschlungen, das Make-up dunkel und so häßlich, daß man ihr beim besten Willen keine Koketterie unterstellen konnte. Sie aßen etwas blauen Rotkrautsalat, tranken dazu dunkelroten Hagebuttentee, alles Ton in Ton, und dann erklärte Susanna Nina etwas, was niemandem sonst in den Sinn gekommen wäre. Susanna betonte, das sei nicht nur ihre persönliche Meinung, sondern auch die besondere Sicht ihres Lehrmeisters. Es lief auf folgendes hinaus: Jeder Mensch hat bestimmte Aufgaben zu erfüllen, und höhere Mächte, Engel und ähnliches, zugleich aber auch die irdischen Lehrer, helfen ihm dabei. Doch wenn der Mensch sich sträubt, werden diese Aufgaben transformiert in etwas Gräßliches, Krankheiten zum Beispiel oder eben einen Kater. Ninas Kater sei also nicht so sehr ein Kater als vielmehr die Verkörperung einer geistigen Mißhelligkeit. Möglicherweise habe das gar nichts mit Nina zu tun, sondern mit dem Verhältnis ihrer verstorbenen Angehörigen.

»Das ist sehr ernst, Nina, das kostet viel Arbeit, ich selbst will Ihnen helfen, soweit ich kann, und Sie mit kompetenten Menschen bekannt machen«, schloß Susanna.

Nach diesem Gespräch und dem ganzen Lila fühlte sich Nina noch schlechter und überlegte sogar, ob sie nicht wirklich mit Tomotschka in die Kirche gehen sollte, schließlich war sie doch orthodox, als Säugling in der Kirche der heiligen Nina in Tblissi getauft, sie hatte sogar Taufpaten.

Wieder konnte Nina eine Nacht nicht schlafen, auch Tabletten halfen nicht.

Am nächsten Tag bestellte Mirkas, Ninas Chef und ein Freund des verstorbenen Serjosha, sie nach dem Mittag zu sich. Er hatte sie nach Serjoshas Tod in seinem Büro eingestellt, für gutes Geld, obwohl er damals keine Ahnung hatte, wie exakt und akkurat Nina jede Arbeit erledigte und daß sie als Sachbearbeiterin nicht mit Gold aufzuwiegen war.

Er hatte sie zu sich bestellt, und Nina fürchtete, ihr sei vielleicht ein Fehler unterlaufen. In der letzten Woche war ein sehr komplizierter Vertrag zu bearbeiten, gut möglich, daß sie da etwas durcheinandergebracht hatte. Aber als sie in sein Zimmer kam, verblüffte er sie sofort mit seiner Frage:

»Hör mal, Nina, bist du vielleicht krank? Du siehst gar nicht gut aus.«

Früher hatten sie sich geduzt, doch wenn sie jetzt miteinander sprachen, vermied Nina die Anrede möglichst. Sie war zwar seine Untergebene, kannte ihn aber zu lange, um zum »Sie« zurückzukehren.

»Es geht. Schlaflosigkeit.«

Er musterte sie: Sie war nicht sein Typ, aber zweifellos elegant. Schlank, früh ergraut, was sie nicht verbarg, immer in Schwarz. Natürlich, das Kinn zu lang, die Nase etwas zu groß für das Gesicht, die Wangen eingefallen, Ringe unter den Augen – aber sie hatte etwas, auf jeden Fall.

»Schaff dir einen Liebhaber an«, riet er ihr mürrisch.

»Ist das eine Dienstanweisung oder ein freundschaftlicher Rat?« Sie senkte den Blick, nicht aber den Kopf.

Dumme Gans, blöd und stolz.

»Schlaflosigkeit ist auch eine Krankheit. Vielleicht brauchst du Urlaub? Tunis, Kanarische Inseln, wo fahren denn die Mädchen so hin? Die Firma zahlt. Nimm eine Woche oder zehn Tage. Du siehst einfach furchtbar aus«, sagte er gereizt oder angewidert, und Nina reckte das Kinn noch höher.

Dann lächelte er schief, runzelte die Stirn und sagte in warmem, menschlichem Ton:

»Na was ist, was ist los mit dir? Was hast du für Probleme?«

Da fing die stolze Nina an zu weinen.

»Ach, du wirst es nicht glauben. Ein Kater macht mich fertig.«

Stockend und verworren erzählte Nina ihm die ganze Geschichte. Während er zuhörte, verflüchtigte sich sein Mitgefühl, und am Ende unterbrach er sie mit seiner üblichen Chefstimme:

»Also. Sobald er auftaucht, ruf mich über mein Handy an. Ich kümmere mich um ihn.«

Über Mirkas ging das Gerücht, daß er sich auf so etwas verstand.

Möglicherweise hatten die Gerüchte auch den Kater erreicht, denn ein paar Tage ließ er sich nicht blicken, obwohl er Ninas Wohnung durchaus nicht unbeachtet ließ. Einmal hatte Nina am Morgen die Schranktür nicht zugemacht, und das Mistvieh hatte das natürlich sofort ausgenutzt und in den Schrank gekackt. Die arme Nina mußte ihre gesamte Garderobe, und das war nicht gerade wenig, in die Reinigung schleppen, aber auch danach spürte sie immer noch den Katzengeruch, und das war schrecklich.

Doch dann kam der Tag, an dem der Kater sie wieder im Sessel empfing, als sei nichts gewesen. Sie rief sofort Mirkas an. Zwanzig Minuten später kam er, und bis dahin saß die zutiefst deprimierte Nina auf dem Hocker im Bad.

Wortlos ging Mirkas zum Sessel. Doch die beiden waren einander ebenbürtig: Im selben Augenblick, als Mirkas den Kater am Fell packte, krallte sich dieser in seinem Arm fest. Ein tiefes Gebrüll ertönte, und Nina konnte nicht ausmachen, wer es ausgestoßen hatte.

»Mein Gott!« rief Nina, als sie den zerkratzten Arm sah.

»Balkon!« bellte Mirkas, und Nina lief ihm voraus und öffnete die Balkontür.

Aber was soll das, dachte Nina noch, denn sie ahnte nicht, was Mirkas vorhatte, er kommt sowieso wieder zurück.

Mirkas hielt mit blutbefleckten Händen den Kater am Nacken, und der Kater kratzte ihn mit allen vier Pfoten. Nina schmiegte sich entsetzt an die Tür – Blut konnte sie nicht ertragen. Mirkas krächzte einen wüsten Fluch, holte weit aus und schleuderte den Kater über die Balkonbrüstung. Nina sah deutlich, wie der Kater nach dem Wurf ein Stück in die Höhe flog, im Flug die Vorderpfoten streckte und den Kopf einzog, in der Pose eines Kosmonauten im offenen Weltraum zu erstarren schien und aus dem Blickfeld verschwand. Gleich darauf gab es unten ein platschendes Geräusch, als hätte jemand eine Schüssel Wasser ausgeschüttet. Im dunklen Hof war nichts zu erkennen.

Als die erschütterte Nina Mirkas die tiefen Kratzer auswusch, sagte der nur kopfschüttelnd:

»So ein Vieh! Erschießen sollte man so was.«

Mirkas sah aus, als habe er soeben mit der Axt die alte Wucherin erschlagen.

Nina schlief die ganze Nacht wie ein Stein. Zum erstenmal seit langem schlief sie richtig aus. Doch kurz bevor sie aus dem Haus gehen wollte, erschrak sie plötzlich: Wenn nun der tote Kater unter ihrem Balkon lag, und sie mußte daran vorbei? Obwohl, Katzen waren ja bekannt dafür, daß sie im Flug das Gleichgewicht halten konnten, mit dem Schwanz rotierten wie mit einem Propeller und auf allen vieren landeten.

Doch vor dem Haus war kein toter Kater und auch sonst niemand. Nina verließ ihre Straße in Richtung Subowplatz.

Der Kater war verschwunden, für eine Weile oder für immer. Doch Ninas Stimmung wurde schlechter. Wahrscheinlich hatte Mirkas ihn doch umgebracht, und obwohl der Kater natürlich ein großes Scheusal gewesen war, hatte

Nina seinen Tod nicht gewollt. Sie wollte nur, daß er verschwand. Doch jetzt, nach diesem ganzen Alptraum, fühlte Nina sich leichter, und wenn sie von der Arbeit kam, hoffte sie sogar ein bißchen, das Mistvieh würde in ihrem Sessel sitzen.

Inzwischen rückte der Jahrestag von Serjoshas Tod heran. Sie mußte etwa dreißig Leute bewirten, und zwar anständig. Auch Mirkas hatte den Jahrestag nicht vergessen. Die ganze Woche war er gereizt, seine Hand eiterte, er bekam Antibiotika gespritzt, aber als er an Ninas Schreibtisch vorbeikam, legte er ihr einen Umschlag hin.

»Lädst du uns ins Restaurant ein oder nach Hause?«

Ninas Stolz litt entsetzlich – zu Serjoshas Lebzeiten hätte niemand sie so gedemütigt. Aber sie unterdrückte den Anfall unsinnigen Stolzes und strich sich das wundervolle Haar aus dem Gesicht. »Danke, Tolja.« Und kaufte noch ein Ferkel, Schnecken, ein Pfund Kaviar und noch dies und das.

Am frühen Morgen ging Tomotschka in die Kirche und bestellte eine Seelenmesse. Nina ging nicht in die Kirche – Serjosha hatte das alles nicht ausstehen können. Sie fuhr auf den Friedhof. Brachte Blumen hin. Der Grabstein stand schon, darum hatte Nina sich im zeitigen Frühjahr gekümmert: ein großer grauschwarzer Stein, grob und schlicht.

Am Abend war alles bestens: Die Tafel üppig und schön, wie Serjosha es liebte. Es kamen alle, die Nina sehen wollte: Serjoshas Freunde, sein Cousin mit Familie, seine alleinstehende Schwester, die von Nina nicht viel hielt, und Mirkas, nicht mit einer der Freundinnen, von denen er sich in letzter Zeit einige zugelegt hatte, sondern mit seiner Frau, der anspruchslosen Vika, und Nina freute sich darüber. Selbst der Rechtsanwalt Michail Abramowitsch kam, der Serjosha vor langer Zeit mal verteidigt hatte, als er in großen Schwierigkeiten steckte. Der Anwalt war inzwischen berühmt, trat ständig im Fernsehen auf, aber Serjoshas Jahrestag hatte er nicht vergessen. Alle sagten über Serjosha Gutes, manches stimmte sogar: über seinen starken Charakter, seinen Mut und seine Kühnheit, über sein Talent. Seine Schwester Valentina allerdings brachte es fertig zu erwähnen, daß Nina ihm keine Kinder geboren hatte. Aber Nina zuckte nicht mit der Wimper – diesen Punkt ihres Lebens hatte sie vor langer Zeit genug beweint. Und auch ihm verziehen, daß er sie, dumm und rasend verliebt, wie sie war, gezwungen hatte ... Ihre Mutter konnte ihm das nie verzeihen. Aber wozu jetzt daran denken, mit neununddreißig.

Die Gäste gingen spät, Ninas sagenhafte Bewirtung im Bauch, und hinterließen eine Tafel, die ihre festliche Schönheit noch nicht ganz eingebüßt hatte, und den Geruch teurer Zigaretten. Nina schickte Tomotschka nach Hause, die beschwipst war wie ein Schulmädchen und ständig etwas Besonderes sagen wollte, über Gott, was allen peinlich war. Allein geblieben, räumte Nina ohne Eile auf, wobei sie wie gewohnt im stillen mit Serjosha sprach. Und wie gewohnt, wie oft auch zu seinen Lebzeiten, antwortete er nicht.

Gegen vier legte sie sich in ihr sauberes, kaltes Bett, in die blau-grün karierte Bettwäsche, die sie in Berlin gekauft hatten, wo sie mit Serjosha vor drei Jahren war – ihre letzte gemeinsame Reise. Und obwohl sie diesmal keine Tabletten genommen hatte, schlief sie sofort ein, sobald sie warm geworden war, und schlief tief, wobei sich ihre Augäpfel unter den dunklen Lidern lebhaft bewegten, und gegen

Morgen, als die Zweige der großen Linde, die das Geländer ihres Balkons streiften, vom ersten Morgenwind erwachten und leise rauschten, hatte sie einen Traum, den erstaunlichsten Traum ihres Lebens: Sie stand im obersten Stock eines großen Landhauses, das noch nicht fertig war, denn von oben sah man die Räume im Erdgeschoß, Balken und Treppen, und das alles in mehreren Ebenen, die nicht ganz genau umrissen waren, und plötzlich vernahm sie Gesang. Eine Frauenstimme sang ein altes georgisches Lied.

Großmutter, erriet Nina, und gleich darauf erblickte sie sie.

Sie saß auf einem kleinen Hocker; eine braune Troddel des Kissens, das auf dem Hocker lag, hing fast bis zum Boden. Sie hatte eine schwarze Mütze bis tief in die Stirn gezogen, und dunkler Stoff umrahmte ihr helles Gesicht. Sie sang, aber ihr Mund war geschlossen, die Lippen bewegten sich nicht, und Nina begriff wieder mühelos, daß das eine andere Art von Gesang war, erzeugt nicht von den Stimmbändern, sondern von einem anderen Organ, das mit der Kehle nichts zu tun hatte, ohne das es aber überhaupt keinen Gesang gab. Sobald sie erfaßt hatte, von welchem Punkt des Sonnengeflechts dieser Gesang ausging, hörte sie, daß es zwei Stimmen waren, eine tiefe, Großmutters Alt, und ein Sopran, ihr eigener verlorener Sopran, aber noch schöner, reiner und seidiger als damals, als sie noch am Konservatorium studiert hatte. Der Klang ihrer zurückgekehrten und erneuerten Stimme war von besonderer Natur, er zog jeden an wie ein Magnet, das unfertige helle Haus füllte sich auf einmal mit Menschen, und es waren lauter Bekannte, obwohl Nina nicht von allen die Namen wußte. Das waren sie, die graubraunen Schatten, doch unter den Klängen dieses ungeahnten Gesangs wurden sie immer heller und deutlicher, wie auf Fotopapier, und auf einmal erkannte Nina zuerst ihre Mutter, dann Serjosha.

Nina kam genau in dem Augenblick die Treppe zu ihnen hinunter, als Mutter und Serjosha einander in der Menge erkannten und sich umarmten, als habe er lange auf dem Bahnsteig gestanden und auf sie gewartet, und endlich war der Zug angekommen. Mama, ganz dünn, sehr jung, noch von Serjoshas Armen umschlossen, erkannte sie plötzlich, lachte und rief: »Niniko!«

Mamas Ruf war Teil des georgischen Liedes, das nun kein georgisches mehr war; die Worte, die Nina durchaus verstand, waren in einer anderen Sprache.

Serjosha umarmte Ninas Schulter, der Geruch seiner Haut, seines Haars traf sie wie ein heißer Strahl, und sie sah, daß auch seine Nasenflügel bebten, und er neigte seinen Kopf zu ihrem Haar.

Jemand stieß leicht gegen ihr Knie, und als sie sich umwandte, sah sie einen riesigen Kater, der sich an ihren Beinen rieb und gestreichelt werden wollte. Das war er, der dreimalverfluchte Kater, der sie zur Verzweiflung gebracht hatte. Serjosha beugte sich hinunter und streichelte seinen asphaltschwarzen Rücken. Mama strich mit verwandtschaftlicher Geste Serjoshas umgeklappten Jackettkragen glatt. Aber damit nicht genug – von der Seite kamen Arm in Arm ihre beiden Freundinnen Tomotschka und Susanna auf sie zu. Ihre Gesichter waren wunderschön, und Nina freute sich und wußte auf einmal, daß beide früher schreckliche Idiotinnen gewesen waren, aber das war nun vorbei.

Taschen-Nele

Tante Nele verspürte den inneren Drang, sich sozial zu engagieren, aber das Leben stellte sie nie vor große Aufgaben, und so befaßte sie sich notgedrungen mit relativ kleinen Problemen, kümmerte sich zum Beispiel um die Sauberkeit im nordwestlichen Teil einer ziemlich großen Grünanlage. Eigentlich hätte ihre Energie für den ganzen Park gereicht, doch sie zog es vor, sich auf einen kleineren Abschnitt zu beschränken, dort aber für Perfektion zu sorgen. Tante Nele liebte die Perfektion.

Sobald der Matsch ein wenig getrocknet war, ging sie auf ihren Posten, eine noch ungestrichene Bank neben einem kaputten Springbrunnen, wo sie auf Ordnungsverletzer wartete. Unterwegs versank sie mit den Schuhen immer wieder in Pfützen, die unter Winterschmutz getarnt waren.

Der Frühjahrsputz vor den Feiertagen hatte noch nicht begonnen, und die Wege waren übersät mit ausgeblichenen Bonbonpapieren, aufgequollenen Zigarettenstummeln und kleinen, auf die Schnelle benutzten Utensilien unbehauster Liebe.

Es war eine tote Zeit, nur selten kam jemand in den Park, aber Nele begann ihre Saison im voraus, ein, zwei Tage vor dem ersten Besucher.

Diesmal kam als erster ein Mann mit Aktentasche, setzte sich nicht weit von Nele auf eine Bank, zündete sich eine Zigarette an und warf das Streichholz hinter sich. Nele erzitterte wie ein Jagdhund und feuerte den ersten Schuß ab:

»Bürger, bis zum Papierkorb sind es nur zwei Schritte, können Sie wirklich nicht ...?«

Der Bürger sah sie mit besorgtem, abwesendem Blick verständnislos an.

»Entschuldigen Sie, haben Sie etwas gesagt?«

»Ja«, sagte Nele deutlich und belehrend, »bis zum Papierkorb sind es nur zwei Schritte, und Sie werfen das Streichholz auf die Erde!«

Zu ihrer Überraschung lachte er, ging das Streichholz aufheben, das zwischen schmutziggrauem Müll frisch leuchtete, und warf es in den Papierkorb.

Die Alte wandte sich enttäuscht ab – solches Wild zu jagen lohnte nicht. Der Mann rauchte zu Ende und ging, nachdem er den Zigarettenstummel ordentlich weggeworfen hatte.

»Warum nicht gleich so«, sagte sie noch verächtlich, überzeugt, das nächste Streichholz würde er ohne ihre Aufsicht doch wieder neben den Papierkorb werfen.

Dann kamen drei aufgedunsene Tauben angelaufen. Sie sahen verkatert aus. Nele holte aus ihrer Einkaufstasche ein Konservenglas mit eingeweichtem Brot, das sie immer von ihren Nachbarn einsammelte, denn bei ihr selbst blieb kein Brot übrig. Sie knetete das Brot ein bißchen und teilte es in drei gleiche Portionen. Aber die dummen Vögel verstanden nichts von Gerechtigkeit oder waren vielleicht überzeugte Kollektivisten. Einander schubsend, stürzten sich alle drei auf das nächstliegende Häufchen und pickten es gierig auf; von den beiden anderen nahmen sie keine Notiz.

Nele versuchte, sie auf die Nahrung aufmerksam zu machen, blieb aber wie immer unverstanden.

Sie wartete bis zum Mittag, und als die kraftlose Sonne hervorkam, schleppte sie sich auf ihren krummen knochigen Beinen nach Hause. Sie war in Hochstimmung: Die Saisonpause war vorbei, und sie verspürte neuen Schwung. Zudem erfüllte sie nachmittags immer ihre wichtigste Pflicht im Leben: Verwandte besuchen. Das tat sie nach exaktem Plan: Ihre Schwester Marusja, Nichte Vera, Nichte Galja, Großnichte Tamara und Neffe Viktor bildeten den einen Zyklus; an der Spitze des zweiten stand ihr Bruder Naum, der mit seinem unverheirateten, nicht ganz glücklich geratenen Sohn Grigori zusammenlebte; dann folgten Neffe Alexander und Nichte Raja. Außerdem gab es noch die kinderlosen Schwestern Motja und Njusja. Der Kreis der Verwandten schloß sich mit Anna Markowna, die mit Nele zwar nur entfernt verwandt, in deren Augen aber trotzdem ihrer Besuche würdig war.

Da es relativ viele Verwandte waren, kam Nele zu jedem in der Regel nur einmal im Monat. Damit hatten sich alle abgefunden, denn sie begriffen, daß Nele eine Art Zement war, der verhinderte, daß die Familie endgültig auseinanderfiel.

Klein, sauber angezogen, mit weißen Locken, kam sie herein und sagte etwas, das zunächst wie ein Kompliment klang, zum Beispiel:

»Marusja, letztes Mal hast du so gut ausgesehen.«

In dieser Hinsicht war sie ein Genie: Nie sagte sie jemandem etwas Unangenehmes, nur Komplimente, die aber hatten alle irgendwie eine faule Stelle.

»Ach, was Schura für einen Sohn hat! Lauter Einsen in

der Schule! Aber man weiß ja, was die Schule heutzutage für ein Niveau hat!«

»Ach, Galja! Die Piroggen schmecken wunderbar! Wenn du wüßtest, was für leckere Kohlpiroggen Raja macht, man kriegt gar nicht genug davon!« lobte sie, während sie die von Galja gebackene Pirogge aß.

Wenn sie kam, war sie immer mit kleinen Einkaufstaschen behangen, und unter ihrem linken Arm klemmte eine große Damenhandtasche, von der sie sich nie trennte. Ihr verdankte sie auch ihren Spitznamen: Taschen-Nele.

Diese Tasche hatte eine reiche Tante, die in Zürich Zahnmedizin studierte, noch vor dem Ersten Weltkrieg aus der Schweiz mitgebracht. Ursprünglich war die Tasche braun gewesen, dunkelbraun, mit einem satten lila Schimmer und glänzend wie Seide. Mit den Jahren war sie erst immer dunkler geworden, fast schwarz, dann ergraute sie zusammen mit ihrer Besitzerin. Diese Tasche war mehrmals in Mode und wieder aus der Mode gekommen. Einen tiefen Riß auf der Rückseite hatte die Besitzerin sorgfältig geflickt – neunzehnhundertvierundvierzig war die Tasche Opfer eines räuberischen Angriffs mit einem Messer geworden. Das Schloß schmückten gefällige Pflanzenornamente des ausgehenden Jugendstils, in die sich die schmalen, knorrigen Hände der Besitzerin harmonisch einfügten. Ihre Haut und das abgetragene Leder der Tasche schienen vom selben ausgestorbenen Tier zu stammen.

Nele öffnete die kostbare Tasche nie vor anderen; aus einer der zahlreichen Einkaufstaschen aber holte sie immer ein selbstgemachtes Mitbringsel: Sauerkraut auf provenzalische Art, zubereitet nach einem raffinierten Rezept aus siebzehn Zutaten, darunter so seltsame Dinge wie Petersilienwurzel, Rosinen und Zitronenschale.

Manche Verwandte hielten den berühmten Kohl für das reine Gift, aber niemandem wäre es eingefallen, die Gabe abzulehnen, die gewöhnlich mit geheimnisvoller, erregter Miene überreicht wurde.

Neles Rente war, wie alle wußten, lächerlich gering, aber sie klagte nie über Geldmangel, sondern legte im Gegenteil die Würde einer reichen Verwandten an den Tag. Sie weihte ihre Nichten und später deren Töchter in die subtilen Geheimnisse der Haushaltsführung ein, denn sie hielt sich für eine Koryphäe in diesem erhabenen Genre.

»Man kauft wenig, aber nur das Beste«, klärte sie ihre unvernünftigen Nichten auf. Einmal erteilte sie Galja, ihrem Liebling, eine unvergessene Lektion in Sachen Lebensmittelkauf. Nele ging mit ihr an einem Sonntag auf den Tischinka-Markt, etwa eine Stunde vor Marktschluß.

»Zuerst muß man eine Runde machen und sich alles genau ansehen. Merk dir, wer die beste Ware hat. Bei der zweiten Runde, da weißt du schon, wer die beste Ware hat, nun interessierst du dich für die Preise. Und beim drittenmal kaufst du – eine todsichere Methode.«

Nele hastete mit glühenden Augen über den Markt, betrachtete und schmähte die Ware, lobte das Wetter, wünschte einer Ukrainerin, die es eilig hatte, ihren Zug zu schaffen, gute Gesundheit und beschimpfte einen finsteren Orientalen mit langem Gesicht als »verrückt im ganzen Kopf«; sie gestikulierte, wühlte in Petersilie, erklärte Galja nebenbei, daß man immer die Möhren mit rundem Ende wählt, betastete eine welke Zucchini, roch mit spitzer Nase an Gurken »mit Pusteln«, wie sie sagte, tadelte die Lake, zerrieb einen Tropfen Honig zwischen Daumen und Zeigefinger und flüsterte ihrer Nichte zu:

»Wenn der Honig rein ist, zieht er ganz ein, wenn ein Rest bleibt, dann ist er nicht rein!«

Bei einer unbedarften Oma aus einem Moskauer Vorort erstand sie Möhren, rote Rüben und zwei Rettiche für die Hälfte des bereits gesenkten Preises und bekam dazu noch die letzte krumme Zucchini geschenkt, die sie in ihre eigene Tasche packte, als rechtmäßige Provision für den Einkauf, den Galja bezahlte.

»Ich brauche hundertfünfzig Gramm«, verlangte sie von einer Verkäuferin, doch die, nicht an so kleine Mengen gewöhnt, klatschte eine Portion Quark auf die Waage, die fast dreihundert Gramm wog.

»Was soll ich mit so viel, ich brauche hundertfünfzig! Kann ich denn nicht so viel bekommen, wie ich brauche?« beharrte sie, und die phlegmatische Verkäuferin wickelte den Quark in weißes Papier und knurrte verächtlich:

»Schon gut, ich werd' nicht gleich verarmen.«

Nele sah Galja triumphierend an und verkündete flüsternd:

»Na, verstehst du? Köpfchen muß man haben! Köpfchen! Ich seh's ihr doch an, sie ist faul, die ist sogar zu faul, es wieder zurückzulegen. Und hundertfünfzig Gramm, das kriegen sie nie hin, es wird immer mehr!«

Galjas blasses Gesicht war voller nervöser roter Flecke, sie flehte Nele an zu gehen, aber die war nun in Fahrt. Sie wollte ihr Talent in seinem ganzen Glanz demonstrieren und versuchte, die Verkäuferin des staatlichen Feinkostladens auf dem Markt zu fünfzig Kopeken Preisnachlaß für das Gulasch zu überreden.

Galja erinnerte sich ihr ganzes Leben mit Entsetzen an

diesen Ausflug und erzählte noch ihren Töchtern davon. Neles Äußerungen an diesem Markttag gehörten zu den überlieferten Familienwitzen. Wenn von Möhren die Rede war, fragte unweigerlich jemand: »Mit rundem Ende?«, Gurken waren »pustelig« oder »überhaupt nicht pustelig«.

Nele lebte in tiefer Armut. Doch hätte jemand sie darauf angesprochen, wäre sie sehr erstaunt gewesen. Denn sie lebte genau so, wie sie wollte. Inmitten der zahllosen Menschen, die unter Zwängen lebten, durch diese und jene Fesseln gebunden, war sie so unabhängig einsam, daß sie sogar ihre verwandtschaftlichen Besuche als etwas betrachtete, das sie anderen schenkte, die den Umgang mit ihr, ihren Rat und ihre Belehrungen brauchten.

Ihre Armut hatte etwas von freudiger Entsagung, die Sauberkeit in ihrem schmalen Elfquadratmeterzimmer etwas Feierliches, sogar Herausforderndes: So steif stand die gestärkte weiße Serviette auf dem kleinen Tisch mit den gewachsten Beinen, so steril wirkte die weiße Tagesdecke auf dem Bett, so unpersönlich freundlich waren die strengen Schonbezüge auf den beiden weißen Stühlen.

In ihrer stolzen Armut hielt sie sich ungebrochen an ihren wichtigsten Grundsatz, nur das Beste zu kaufen. Darum war sie nicht zu faul, jeden zweiten Tag in Filippows Bäckerei zu fahren und ein Weißbrot zu kaufen, das beste auf der Welt – das reichte ihr für zwei Tage. Dann ging sie zu Jelissejew und kaufte hundert Gramm Schweizer Käse. Was den Käse anging, so hatte sie den Verdacht, daß es auf der Welt auch Besseres gab. Aber hier in Rußland war eben der Schweizer Käse von Jelissejew das beste.

Ansonsten ernährte sie sich von Weizen- und Buchweizengrütze, von denen sie behauptete, keiner könne die so gut kochen wie sie. Vermutlich stimmte das sogar. An ihre Grütze rührte sie etwas Speiseöl vom Markt, dazu aß sie ein Apfelviertel oder Zwiebelstückchen oder eine kleine Möhre mit rundem Ende.

Einmal im Jahr, zu Pessach, kaufte sie ein Huhn. Im Grunde war dieses Huhn ihr eigentliches Pessach. Am Tag des Einkaufs stand sie im Morgengrauen auf, rüstete sich lange und gründlich, steckte ein geflochtenes schwarzes Seil und einen Stapel Zeitungen in einen festen Seidenbeutel und verließ um fünf Uhr früh das Haus. Mit der ersten Straßenbahn fuhr sie von der Pokrowka-Straße bis zum Zwetnoi-Boulevard und war zwanzig Minuten vor der Öffnung am Zentralmarkt. Lange, manchmal an die zwei Stunden, wartete sie auf »ihren« Verkäufer, einen einäugigen brünetten Juden, der ein selten gewordenes Geschäft betrieb – den Handel mit lebender, gackernder Ware. Der Verkäufer hatte offenbar genau wie Nele seine eigenen wunderlichen Lebensmaximen. So setzte er nie mehr als ein Huhn auf den Ladentisch. Nele wiederum, ihren Grundsätzen folgend, konnte kein noch so prächtiges Huhn kaufen, wenn sie nicht auch alle anderen gründlich betastet hatte.

Sie wartete, bis der Alte gemächlich das dicke graue Tuch abgetrennt hatte, das an den großen ovalen Korb genäht war, ohne hinzusehen, in den Korb langte und das erste Huhn an den zusammengebundenen Beinen herausholte. Nele stützte ihren Ellbogen auf den Ladentisch und sagte im gleichgültigen Ton eines zufälligen Passanten:

»Ach, sieh mal an, dich gibt's ja auch noch. Was ist das, ein Huhn?«

Der Einäugige würdigte sie keiner Antwort.

Nele preßte ihre antike Tasche mit dem linken Arm fester an sich und befaßte sich mit dem Huhn. Ihre Manipulationen erinnerten an eine ernsthafte medizinische Untersuchung. Sie sah dem Huhn in die starren Augen, öffnete den Schnabel, blickte in den Hals, befühlte Brust und Sterz. Sie breitete seine Flügel aus und schien dabei mit ihrem Röntgenblick seine Vogelseele zu durchleuchten. Dann schob sie das Huhn achtlos beiseite.

»Und das ist alles, was du hast?« fragte sie verächtlich.

Der Einäugige langte wortlos in den Korb und holte das nächste Huhn heraus.

»Was zeigst du mir denn da? Das pack gleich wieder weg!« sagte Nele beleidigt. Der Verkäufer preßte seine ohnehin schmalen Lippen noch fester zusammen und holte ein weiteres Huhn unter dem Ladentisch hervor.

Sie wählte das Huhn aus wie eine Braut für den einzigen Sohn, mit dem Schauder großer Verantwortung und der Angst vor einem nicht wiedergutzumachenden Fehler. Sie kannte ihre unerklärliche Schwäche für schwarz-grau gefleckte Hühner und bemühte sich, objektiv zu sein, damit diese Schwäche ihre Treffsicherheit nicht beeinträchtigte. Schließlich konnte auch ein weißes oder ein rostbraunes Huhn sich als das würdigste erweisen.

Die pingelige Kundin weckte in dem Alten Gereiztheit, gemischt mit wachsendem Respekt. Auch er verstand etwas von Hühnern, von ausgesuchten, mit reinem Korn gefütterten tadellosen Pessachhühnern. Er wußte, die Alte würde wirklich das beste Huhn auswählen, und überlegte im stillen, welches das wohl sein würde. Er kannte sie seit vielen Jahren und wußte, daß sie sich nie irrte.

Schließlich stand die Auserwählte fest. Ein langes Feilschen begann. Nele holte nagelneue Geldscheine aus ihrer geliebten Tasche, die Zarenbraut, noch immer unnatürlich kopfunter, wechselte den Besitzer, und Nele packte das Huhn in viele Zeitungen, dann in ein sauberes weißes Tuch, dann in den Beutel und schließlich in die Einkaufstasche.

Nach dieser umständlichen Operation fuhr Nele nach Malachowka zum Schächter, reihte sich ein in die Schlange der zwei Dutzend Glaubensschwestern vor einem unscheinbaren Schuppen im Hinterhof eines soliden zweigeschossigen Hauses, händigte einem kleinen dicken Juden mit Jarmulke das sprachlose Opfer aus und wartete, bis der Schächter über dem Huhn das kurze Entschuldigungsgebet gesprochen und seine arme dumme Vogelseele freigelassen hatte, die, wie es hieß, in dem bißchen Blut wohnte, das sein noch schlagendes Herz stoßweise auf ein Zinkblech strömen ließ.

Den ganzen komplizierten Glauben ihrer Vorfahren, die unzähligen Verbote und Beschränkungen, die im Laufe der Jahrtausende ihren einst rationalen Sinn eingebüßt hatten, sah Nele in diesem hirnlosen reinen Vogel, der das Opferlamm verkörperte.

Damit endeten im übrigen alle erhabenen Assoziationen, denn nun begann die schnöde Kochkunst. Ein einziges Huhn wurde unter Neles geschickten Händen zu einer Vielzahl von Speisen: Bouillon mit Matze-Knödeln, gefüllter Hühnerhals, Hühnerklopse, Leberpastete und sogar Sülze. Wie sie das alles schaffte? Sie schaffte es eben. Zwischen den Hühnergerichten entstanden nebenbei auch noch gefüllter Fisch und in Honig gekochte Teigmandeln.

Dann verpackte sie alles in Gläser und Töpfe. Was warm gehalten werden mußte, wickelte sie ein. Sie band alles fest zu, legte zusammengerolltes Zeitungspapier zwischen die Gefäße, damit nichts umkippte, und fuhr zu ihrem Bruder Naum, um mit ihm Pessach zu feiern. Eine Flasche süßen Rotwein kaufte er.

Naum war ein zweifach verwitweter, hoffnungsloser Pechvogel. Nach dem frühen Tod seiner ersten Frau hatte er ein zweites Mal geheiratet, damit die neue Frau seine noch minderjährigen Kinder aufzog, aber sie erkrankte bald an einem bösartigen, langsamen Krebs und starb mehrere Jahre lang, ohne der Familie von Nutzen zu sein, im Gegenteil, Naum verbrauchte seine letzte Kraft für hilfloses Mitleid mit ihr. Sein Pech erstreckte sich auch auf die Kinder, besonders auf seinen Sohn Grigori, der gesund und normal geboren wurde, seit einem erlittenen Stromschlag aber schwachsinnig war.

In dieses Leidenshaus trug Nele ihre Pessachgaben, um, nachdem Naum flüchtig die bekannte Geschichte des Auszugs aus Ägypten vorgelesen hatte, in aller Ruhe am festlichen Tisch zu sitzen und die weise eingerichtete Weltordnung zu genießen, in der alles seinen Platz hatte: Hast und Geschäftigkeit ebenso wie ein würdiges Festmahl, der Alleinige Gott und sein Engel, der wie ein Briefträger die Häuser der Kinder des auserwählten Volkes aufsuchte, und auch der schwachsinnige Grigori, der über das ganze von Hühnerfett glänzende Gesicht lächelte.

An dem Tag, von dem hier die Rede ist, verließ Nele mit drei Taschen voller Pessachspeisen das Haus, um zu Naum zu fahren, und schlug die falsche Richtung ein. Sie ging bis zur Ecke, suchte die Straßenbahnhaltestelle und fand sie nicht. Die Kreuzung, die ihr beinah seit der Kindheit vertraut war, erkannte sie nicht.

Sie erschrak. »Mein Gott! Wie bin ich denn in eine fremde Stadt geraten?« Dabei sank sie langsam zu Boden, die braune Tasche fest an sich gepreßt und die wertvollen Netze umklammernd.

Mit Tasche und Netzen wurde sie vom Krankenwagen in die Notaufnahme des einstigen Jekaterina-Krankenhauses am Peterstor gebracht.

Mit Nele war etwas Entsetzliches passiert: Die einfache, stabile und vernünftig eingerichtete Welt hatte ihren inneren Zusammenhang eingebüßt und war nicht mehr zu erkennen. Nele sah die grünbunte Iris des Arztes, der sich über sie beugte, den weißen Kragen seines Kittels, der vor zuviel Stärke glänzte, die Bartstoppeln, die während seines Vierundzwanzig-Stunden-Dienstes an seiner dunklen Wange gewachsen waren, die Pusteln der geweißten Wand, die Seite eines Medikamentenschranks und das Fensterkreuz, aber das alles war voneinander losgelöst, es ergab kein zusammenhängendes Bild.

Nele wollte einen Gedanken, der ihr immer wieder entglitt, zu Ende denken, ihn in Worte fassen, aber es gelang ihr nicht. Alles, was blieb, war das Gefühl, sie sei noch klein, habe sich verirrt und müsse in einer ganz wichtigen Angelegenheit eilig irgendwohin. Die Taschen hatte man ihr weggenommen, und sie bewegte ständig die Finger der linken Hand, die etwas vermißte.

Gedemütigt und beraubt lag die kleine Nele auf dem schmalen Bett, von quälendem Unverständnis gepeinigt. Die Fragen, die ihr gestellt wurden, hörte sie nicht. Eine ältere Krankenschwester öffnete Neles braune Tasche und wühlte mit langen Fingern darin herum. Neles Blick fiel auf die Tasche, und sie weinte langsame Tränen.

Die Krankenschwester holte eine in dunkles Papier gewickelte Cremedose aus der Tasche, einen kleinen Schlüsselbund und einen abgegriffenen Ausweis. Nele war identifiziert.

Sie kam in die Neurologie zur Untersuchung. Ihre Unruhe wuchs. Die arme Nele erkannte nichts, als hätte sie mit einem Schlag ihr gesamtes Leben vergessen. Als die Krankenpflegerin ihr Wasser brachte, erinnerte sie sich nicht gleich, wie man schluckte. Sie nahm das Wasser in den Mund und stockte qualvoll. Die erfahrene Pflegerin klopfte ihr auf die Kehle, und Nele schluckte.

Im Arztzimmer berieten zwei Ärzte, welcher Teil ihres Gehirns geschädigt sei. Der eine meinte, es handele sich um eine Blutung im Stammhirn, der andere vermutete keine Blutung, sondern einen heftigen Gefäßspasmus, der den Blutkreislauf des Gehirns beeinträchtigt habe.

Während die jungen Ärzte den medizinischen Fall erörterten, kam etwas Licht in Neles Kopf, und das quälende Karussell zusammenhangloser Bilder innen und außen wurde langsamer, bis schließlich ein einziges Bild daraus hervortrat, zusammen mit dem dazugehörigen Wort: Tasche. Nicht Tasche allgemein, sondern die bewußte braune Tasche. Sie sagte ziemlich laut:

»Tasche! Tasche!«

Ihre Augen flehten.

»Ich hab's doch gesagt, ein Spasmus!« triumphierte der eine Arzt. »Die Sprache funktioniert noch!«

Bis tief in die Nacht wiederholte sie das einzige Wort, das ihr geblieben war. Sie versuchte aufzuspringen, wegzulaufen, sie zappelte und warf sich hin und her. Damit sie nicht aus dem Bett fiel und sich verletzte, wurde sie festgebunden.

Sie glaubte, die Tasche schon in der Hand zu haben,

wollte sie nicht hergeben und rief immerzu: »Tasche! Tasche!«

Sie wußte: Je lauter sie schrie, desto mehr gehörte ihr der lederne Lumpen mit dem verschnörkelten Muster auf dem Hornverschluß.

Eine vertraute Stimme sagte zärtlich und traurig immer wieder:

»Hör auf, hör auf, laß doch!«

Aber Nele gab bis zum Schluß nicht auf. Sie starb, den linken Arm angewinkelt und die Finger um den unsichtbaren Verschluß geklammert.

Am nächsten Morgen holten die traurigen Nichten Galja und Raja und der alte Naum in zu kurzen weiten Hosen Neles bei der Einlieferung aufgelistete Sachen aus dem Krankenhaus ab. Galja nahm die braune Tasche mit der gesondert aufgeführten unbedeutenden Geldsumme, Naum die verspäteten Pessachspeisen.

Zu Hause würde er die Taschen auspacken, die Brühe in der Thermosflasche noch warm vorfinden und das restliche von Nele gekochte Essen zum Totenmahl auf den Tisch stellen und damit einen groben Verstoß gegen den jüdischen Brauch begehen, denn von alters her wird nach dem Tod eines Angehörigen streng gefastet und keineswegs getafelt.

Raja erledigte in diversen Trauerinstituten die Formalitäten, und Galja erkundigte sich auf dem Friedhof in Wostrjakowo, welche Papiere nötig waren, um Nele neben ihren Schwestern, Brüdern und Eltern zu beerdigen.

Am Abend kam Galja zu Naum. Raja war schon da. Naum hatte das kleine Lämpchen angemacht, das immer an Todestagen von Verwandten brannte. Die beiden setzten sich an den wackligen Tisch. Grigori ging freudig lächelnd Teewasser aufsetzen. Als er draußen war, sagte Naum feierlich zu seinen Nichten, wobei er sich vor allem an die kluge, ein wenig pedantische Galja wandte:

»Meine Lieben! Nele ist gestorben. Sie hat sich nicht gequält. Möge die Erde ihr leicht sein. Fahrt zu ihr nach Hause, bevor die Nachbarn ihr Zimmer ausgeräumt haben und die Hausverwaltung es versiegelt, und sucht gründlich.«

»Was denn suchen, Onkel Naum?« fragte Raja verständnislos.

»Erstens, ein Testament.« Raja zuckte die Achseln, aber Naum fuhr streng fort. »Und zweitens, unsere Nele hat von der Großmutter Brillantohrringe geerbt. Solche Brillanten!« Er formte mit Daumen und Zeigefinger einen Ring, in den eine Walnuß gepaßt hätte.

Galja staunte. »Was für Brillanten, Onkel Naum, sind Sie verrückt? Wir waren doch immer arm!«

»Ja, so war das eben. Die Ohrringe, die waren da. Spanischer Schliff. Unübertroffen!« Naum küßte seine Fingerspitzen. »So wahr ich lebe! Großmutter ist bei Nele gestorben. Und Nele war ein schlaues Mädchen, hat die Ohrringe an sich genommen. Als die Schwestern danach gefragt haben, hat sie gesagt: ›Davon weiß ich nichts! Daß ich Großmutter gepflegt habe, sie gefüttert und ihre Wäsche gewaschen, das weiß ich. Aber wo die Brillanten sind, das weiß ich nicht!‹ Na, versteht ihr?« beharrte Naum. »Sucht zwischen der Wäsche, in den Strümpfen, na, wo Frauen eben was verstecken, weiß ich wo.«

Galja blickte mürrisch aus dem Fenster und stand auf.

»Ich gehe, Onkel Naum. Sascha ist auf Dienstreise, die Kinder sind allein zu Hause.«

Sie ging.

Bis zum späten Abend erledigte Galja ordentlich, mechanisch und ohne nachzudenken die nie endende Hausarbeit.

Dann setzte sie sich hin, nahm die Tasche der alten Nele in die Hand und sah sie traurig an. Sie öffnete sie. Darin lagen uralte Arztrezepte, ein kleiner Schlüsselbund und eine in Pergamentpapier eingewickelte Cremedose. Sie wickelte das Papier auf. In der Dose war so etwas wie Vaseline, die oberste Schicht war geronnen.

»Arme Nele!« dachte Galja mitleidig und kippte das Kleinzeug aus der alten Tasche auf eine Zeitung. »Was kann ich jetzt noch für sie tun? Nichts.«

Doch plötzlich fiel ihr etwas ein. Sie fegte den ganzen vergammelten Kram wieder in die Tasche zurück.

Sie wußte, wie sie Nele einen Gefallen tun konnte: Bei der Beerdigung würde sie ihr unauffällig die Tasche in den Sarg legen.

So geschah es auch. Grauer Rauch verwehte über dem Schornstein des Krematoriums, und die greise Nele, im Lichtschein ganz durchsichtig, trippelte eilig den Himmelspfad hinauf, unterm linken Arm, fest an sich gepreßt, den Schatten der Tasche, in der nun für immer die Schatten der Brillanten lagen, endgültig bewahrt vor Behörden und Verwandten.

Die Orlow-Sokolows

Auf den ersten Blick fielen sie nicht weiter auf – sie waren beide klein, nicht besonders schön und so intensiv miteinander befaßt, daß sie sich völlig abkapselten. Doch auf den zweiten Blick sah man, daß sie die erste Geige spielten. Und dann war es völlig unmöglich, sich auf den ersten Eindruck zu besinnen. An der Fakultät kannte jeder sie nur als Paar; seit den Aufnahmeprüfungen waren sie zusammen, obwohl sie die in verschiedenen Gruppen ablegten. Nach den Prüfungen, derweil die anderen Abiturienten ihre Punkte zählten, fuhren sie zu ihm auf die Datscha. Pünktlich am einundzwanzigsten Juli – die Prüfungen lagen in dem Jahr sehr früh – kamen sie zurück. Vor der gefürchteten Tafel, an der die Ergebnisse aushingen, standen alle Prüflinge bange zitternd, bis auf drei. Die dritte war die farblose Paukerin Tonja Kolossowa, eine Nichte des Dekans, wie sie später erfuhren. Klar, wer die beiden anderen waren: Andrej Orlow und Tanja Sokolowa.

Die Namen paßten wunderbar zu ihnen und verschmolzen schnell zu einem, so daß die beiden bald von allen die Orlow-Sokolows genannt wurden.

In den fünf Tagen, die sie auf der Datscha verbrachten, wo sie das Bett nur verließen, um im Dorfladen Wein und irgendwas Eßbares zu kaufen, fanden sie heraus, daß sich an den Fingern abzählen ließ, worin sie verschieden waren: Tanja hörte Klassik, Andrej mochte Jazz, er liebte Majakowski, sie konnte ihn nicht ausstehen. Und schließlich, lächerliche Kleinigkeit: Er war ein Süßmaul, und sie aß am liebsten Salzgurken.

Ansonsten stimmte alles überein: Sie waren beide halbblütig, mütterlicherseits Juden; beide Mütter – ein witziges Detail – waren Ärztinnen. Allerdings hatte Tanjas Mutter, Galina Jefimowna, ihre Tochter allein großgezogen, und die beiden waren ziemlich arm, während Andrejs Familie gutsituiert war; dafür war bei ihm die Stelle des fehlenden Vaters mit einem Stiefvater besetzt, zu dem er ein schlechtes Verhältnis hatte. Der Wohlstand der Familie und die relativ üppigen materiellen Güter, mit denen die Mutter Andrej überschüttete, demütigten deshalb Andrejs früh erwachten Mannesstolz. Seit seinem fünfzehnten Lebensjahr verdiente er kriminelles Geld mit Frauenuhren und amerikanischen Jeans, die gerade ihren Siegeszug von Brest bis Wladiwostok antraten. Als Andrej ihr das beichtete, verschluckte sich Tanja vor Lachen.

»Kapital und Arbeit!«

Sie betrieb ein artverwandtes Geschäft – während er Jeans verkaufte, schneiderte sie Hemden vom Typ »button down« und nähte echte Labels ein. Schließlich, so ihre Überlegung, mußten die jungen Menschen, die das Jeansniveau erreicht hatten, unweigerlich auf das Problem des »richtigen« Hemdes stoßen, das Knöpfe mit vier – nicht zwei! – Knopflöchern auf dem Kragen hatte und einen Aufhänger auf dem Rücken.

Tanja nähte die Hemden in drei Größen, ohne Anprobe. Wenn sie von morgens bis abends ohne Pause arbeitete, in der Regel sonntags, schaffte sie vier Stück. Vier mal vier machte sechzehn. Seit ihrem fünfzehnten Lebensjahr nahm sie kein Geld mehr von ihrer Mutter, sondern versorgte sich selbst.

Sport? Ja, natürlich waren sie Sportler, alle beide. Andrej Boxer, Tanja Turnerin. Und beide hatten zur gleichen Zeit aufgehört, als sie sich für eine berufliche Karriere entscheiden mußten. Andrej schaffte es noch in die erste Leistungsklasse, war auf dem Weg zum »Meister des Sports«, Mitglied der Moskauer Juniorenmannschaft im Fliegengewicht. Tanja hörte etwas eher auf, kurz vor der ersten Leistungsklasse. Das reichte ihr.

Bei Anbruch des vierten Tages – oder der vierten Nacht – ihres Zusammenlebens gestanden sie einander, daß sie immer große Partner bevorzugt hatten: Sie waren beide klein, von hoffnungsloser Linksaußen-Größe.

»Ich bin also nicht dein Typ?« fragte Tanja spöttisch.

»Nein, überhaupt nicht. Ich stand immer auf lange Leiden.«

Tanja lachte. »Ja, ich auch. Du bist auch nicht mein Typ.«

Eine beinahe übertriebene Geradlinigkeit. Man hätte meinen können, sie wären mit allen Wassern gewaschen. Natürlich hatten sie schon das eine oder andere erlebt, aber nicht allzuviel, und das war kaum über Andeutungen hinausgegangen. Doch sie wußten genug, um den Wert der hochgradigen Übereinstimmung zu ermessen, die es sonst nur bei Zwillingen gibt: Jeder Atemzug, jeder Aufstieg und Fall, jede Regung im Schlaf und der Augenblick des Erwachens stimmten überein. Nachts wachten sie auf und gingen zum Kühlschrank – selbst der Hunger überkam sie zur selben Zeit. Sie krallten sich ineinander, verschmolzen zu einem Ganzen wie zwei Tropfen Quecksilber, nein, besser, denn gerade ihre wunderbare Unterschiedlichkeit erzeugte ja die klingende Spannung, die grellen Explosionen, die geheimnisvollen Augenblicke seliger Leere, in denen die Welt stillstand.

Sie waren Glückskinder, alles gehörte ihnen: Zwei kleine sportliche Körper voller Kraft und blitzartiger Reaktionen, ein messerscharfer, flexibler Verstand und das Selbstbewußtsein des Siegers, das noch keinen Kratzer abbekommen hat. Das saß tief in ihnen – schließlich hatten sie beide kurz vor dem Erreichen ihrer Grenzen mit dem Sport aufgehört, einen Schritt vor der möglichen Niederlage. Nun rüsteten sich beide für den Kampf auf dem neuen Feld der wissenschaftlichen Karriere, und zwar in der besten Hochschule, an einer der schwersten Fakultäten. Sie glaubten, Berge versetzen zu können, ja, die Berge schienen sich vor ihnen zu verneigen und ihrem Willen zu beugen.

Das erste Studienjahr war schwer – vollgepackt mit mehreren Grundlagenfächern, einer Unzahl Vorlesungen und Laborstunden. Sie bestanden sämtliche Prüfungen im ersten Semester mit »Sehr gut«, bestätigten ihre Erstklassigkeit und bekamen ein Leistungsstipendium.

Im ganzen Studienjahr gab es niemanden mehr, der ihnen gegenüber gleichgültig gewesen wäre. Die einen fühlten sich durch sie provoziert, andere zu ihnen hingezogen – alle fanden sie interessant. Selbst in der Kleidung unterschieden sie sich von den anderen.

In den Ferien hatte Tanja ihre erste Abtreibung, nach allen Regeln der ärztlichen Kunst, sogar schmerzarm, eine Seltenheit damals. Das war ihre erste gemeinsame Unannehmlichkeit, und sie gingen daraus ohne sichtbare Verluste hervor, noch fester zusammengeschweißt. Der

Gedanke an ein Kind lag ihren hochintelligenten Köpfen fern, das war absurd, nein, eine Krankheit, die so schnell wie möglich beseitigt werden mußte. Alla Semjonowna, Andrejs Mutter, eine gute Frau ohne Arg, die aktiv an dieser medizinischen Unternehmung mitwirkte, empfand mehr moralische Skrupel als das junge Pärchen. Alla Semjonowna hatte mit ihrem zweiten Mann keine Kinder, und wer wußte besser als sie, wie erstaunlich stark und rätselhaft zart die ganze weibliche Maschinerie war, die hauchdünnen Röhrchen mit den mikroskopischen Öffnungen und das zottige rosige Epithel, das mal gierig aufnahmebereit, mal voller entschiedener Abwehr war für die winzige Zelle, aus der ein Kind entstand – ihr Andrej, sie selbst und das Kind, das einmal ihr Enkelkind werden sollte.

Sie mochte Tanja, obwohl deren starker Charakter und Unabhängigkeit sie auch erschreckten. Und die freundliche Gleichgültigkeit, mit der sie ihr, Alla Semjonowna, und ihrem berühmten Mann, dem beinahe-Akademiemitglied Boris Iwanowitsch begegnete – als sei es ihr völlig egal, ob sie ihnen gefiel oder nicht.

»Sie sind sich doch im Grunde sehr ähnlich«, sagte sie zu ihrem Mann, »sie sind ein Paar, Boris, ein Paar.«

Boris hob sein asketisches bleiches Gesicht von der Zeitung und stimmte seiner Frau zu, wobei er ihren Gedanken ein wenig deformierte:

»Und ob, ein gleiches Paar Stiefel.«

Er hatte Allas Kind nicht liebgewinnen können, bemühte sich auch nicht sonderlich darum. Ihm, dem achten Kind eines armen Bauern, war der jüdische Kinderkult zuwider.

Galina Jefimowna, der ebenfalls nichts verschwiegen

wurde, bewunderte ihre Tochter, sie versuchte nie, ihr etwas vorzuschreiben; sie staunte nur, woher ihre Tochter einen so starken Charakter und so glänzende Gaben hatte.

Wohl von Sokolow, vermutete sie, obwohl ihr an Sokolow, der sie vor langer Zeit verlassen hatte, nichts dergleichen aufgefallen war. So oder so, Galina Jefimowna weinte zwei Monate lang still vor sich hin, sah Tanja mit verstohlenem Hundeblick an und begriff nicht, wie diese mit ihren knapp neunzehn Jahren so ohne jede Angst und Scham sein konnte. Als Galina Jefimowna andeutete, es wäre vielleicht gut, die Beziehung zu Andrej zu legalisieren, zuckte Tanja nur kühl die Achseln und fragte:

»Wozu denn?«

Die Ferien waren selbstverständlich verdorben. Anstatt wie geplant in den Bergen Ski zu laufen, blieben sie eine Woche auf der Datscha und umarmten sich mit äußerster Vorsicht. Der mißliche Vorfall war für sie ohne moralische Bedeutung, brachte aber gewisse Unbequemlichkeiten mit sich, die sie künftig gern vermeiden wollten.

Dann ging das Studium weiter, mit ziemlich harten Anforderungen. Im ersten Semester hatten sie immer zusammen gelernt, entweder in der Bibliothek oder bei Andrej zu Hause. Sie bekamen beide überall beste Noten, doch es erwies sich, daß Andrej den klügeren Kopf hatte. Bei den Grundlagenfächern machte sich das weniger bemerkbar, aber Aufgaben löste er freier, mit größerer Flexibilität. Tanja fühlte sich durch seine Überlegenheit immer wieder verletzt, besonders, wenn er sich über ihre Langsamkeit und Begriffsstutzigkeit wunderte. Eines Tages führte das zu einer leichten Verstimmung. Zwar versöhnten sie sich danach sofort, doch fortan lernte Tanja allein, zu Hause in ihrer Gemeinschaftswohnung, unter den Augen ihrer Mutter, bei sanftem Radiogebrumm.

Die Frühjahrsprüfungen bestanden beide wieder mit »Sehr gut«, und nun wurden auch die Dozenten auf sie aufmerksam: zwei aufgehende Sternchen. Nur eins stand ihrer glänzenden Zukunft im Wege: Beide mißachteten die gesellschaftliche Arbeit, und zwar nicht still, sozusagen passiv, sondern auf ganz offene und für die anderen kränkende Weise. Auch in diesem Punkt waren sie sich völlig einig: Der Staat taugte nichts, die Gesellschaft war verkommen, aber sie würden in dieser Gesellschaft leben müssen, und leben wollten sie ohne Abstriche, ihren überdurchschnittlichen Fähigkeiten angemessen.

Die Frage war nur, bis zu welchem Grad sie sich dem System würden beugen müssen und wo sie die Grenze zogen, über die sie nicht hinausgehen wollten. Sie waren beide im kommunistischen Jugendverband, und das betrachteten sie als ihren äußersten Kompromiß. Eine typische Haltung der Generation der sechziger Jahre, nicht unvermittelt entstanden, sondern durch den Einfluß Älterer, zum Beispiel ehemaliger Frontsoldaten wie Andrejs Stiefvater. Er war ein grundehrlicher, aber vorsichtiger Mensch, ein begeisterter Jünger der Atomforschung, die damals eine mächtige und blühende Zukunft verhieß und nicht katastrophale Schande. Intellektuelle wie er hielten die Wissenschaft für den liberalsten Lebensbereich – in dieser Hinsicht sollten sie noch zutiefst enttäuscht werden. Feindliche Radiosender brachten bereits Solshenizyn-Lesungen, Samisdat-Erzeugnisse gingen von Hand zu Hand, und Tanja und Andrej fügten sich mühelos und triumphierend in das Doppelleben, das Wissenschaftler unterschiedlichster Disziplinen führten.

Nach dem Praktikum fuhren die beiden Sternchen ins Baltikum, schwammen anderthalb Monate lang im kalten Meer, schliefen auf schneeweißem Sand unter edlen Kiefern, tranken scheußlichen Rigaer Likör und tanzten auf den gefährlichen Tanzböden von Jurmala. Dann nahm Vilnius sie auf, und Litauen gefiel ihnen besser als Lettland, vielleicht, weil sie hier eine interessante Gruppe junger Moskauer kennenlernten, alle etwa fünf Jahre älter als sie, und aus dieser Preference- und Strandbekanntschaft entstand eine dauerhafte Freundschaft. Bis zum Ende des Studiums feierten sie jedes Silvester, jeden Geburtstag in diesem neuen Kreis, zu dem ein junger Arzt gehörte, ein debütierender Schriftsteller, ein Physiker aus dem Physikalisch-Technischen Institut, dem Andrej nacheiferte, eine junge Schauspielerin, deren Ruhm gerade aufging, den Zenit aber nie erreichen sollte, ein kluger Philosoph, der sich später als Spitzel erwies, und ein Ehepaar, für alle die Inkarnation eines idealen Paares.

Im Herbst hatte Tanja noch eine Abtreibung, schnell und reibungslos. Alla Semjonowna meckerte diesmal ein bißchen, organisierte aber wieder alles. Tanja gehörte schon zur Familie; selbst Boris Iwanowitsch, den außer seiner Alla und dem Essen nichts interessierte, empfand Sympathie für Tanja: Das Mädchen hatte Köpfchen.

Von einer Dienstreise aus Amerika brachte er für alle Geschenke mit. Für Tanja eine weiße Jeans. Erstaunlicherweise paßte sie wie angegossen. Die zufriedene Tanja drehte sich vor dem Spiegel, Andrej lachte und sagte:

»O Gott, nun müssen wir wohl heiraten.«

Tanja ließ das Hinterndrehen, wandte ihren kleinen Kopf auf dem langen, schlanken Hals Andrej zu und sagte mit einem Anflug von Hochmut:

»Müssen wir nicht.«

Sie lebten das dritte Jahr zusammen, vom Heiraten war mangels Notwendigkeit nie die Rede. Sie genossen alle Vorzüge der Ehe, und deren Nachteile, die mit Pflichten und gegenseitiger Verantwortung zu tun hatten, betrafen sie nicht.

Andrej hatte nun einen sicheren Vorsprung vor Tanja, sie lag dicht hinter ihm, in seinem Kielwasser, und hatte sich beinah damit abgefunden. Die Zensuren waren nicht mehr so wichtig wie in den unteren Studienjahren. Die Studenten waren einem Lehrstuhl oder Labor zugeordnet, die aktivsten von ihnen konnten schon erste Veröffentlichungen vorweisen. Und wer schnell Karriere machen wollte, saß in Partei- oder Gewerkschaftsleitungen, stimmte ab, führte Protokoll und entschied über die Zuteilung von Urlaubsplätzen, Stör oder Karten fürs Neujahrsfest im Kreml.

Tanja Sokolowa und Andrej Orlow wollten nichts von dem, was da zugeteilt wurde. Sie hatten alles, was sie brauchten. Selbst wissenschaftliche Publikationen, jeder eine. Sie waren zwar jeweils nur Koautor, neben dem Leiter ihres Labors, aber selbstverständlich ohne jede Schummelei. Ihre Gemeinsamkeit festigte sich trotz der unabhängigen wissenschaftlichen Arbeiten immer mehr, denn sie beide hatten wider Erwarten einen eher unspektakulären Lehrstuhl gewählt, nicht die theoretische oder die Kernphysik, die gerade in Mode waren. Die Kristallographie lag an der Nahtstelle von Physik, Chemie und Mathematik. Tanja plagte sich mit Spektrophotometern, Andrej saß nachts im Rechenzentrum an einem riesigen Rechner, der damals eine ganze Etage einnahm.

Nach dem vierten Studienjahr wurden vier Plätze für

eine Reise nach Bulgarien gebucht, an den Goldenen Strand, und beide Paare, jung und alt, fuhren zusammen in Urlaub.

Nach ausgiebigem Faulenzen und Sonnenbaden in Bulgarien, wo sie ein Zimmer neben den Eltern bewohnten, in einem Hotel, in dem es keine Rolle spielte, ob sie verheiratet waren, kehrten sie nach Moskau zurück. Nach einer weiteren, inzwischen schon Tradition gewordenen herbstlichen Abtreibung setzten sie ihr Studium fort. Galina Jefimowna wagte diesmal zu äußern, Andrej sei ein ganz schönes Schwein. Tanja ging auf das Thema nicht weiter ein, fauchte aber:

»Das klär' ich selber, ja?«

Das letzte Jahr brach an, die Aspirantur lockte, und die Orlow-Sokolows brauchten außer der nötigen Punktzahl auch eine Empfehlung von den für die gesellschaftliche Arbeit zuständigen Instanzen, die sie beide so konsequent ignorierten. Und die würden ihnen nicht nur ihre Inaktivität ankreiden – auch Tanjas Pseudo-Lederröcke, ihre kniehohen Stiefel, ihre ganze Aufmachung wurde negativ gewertet.

Tolja Poroschko, der Komsomolsekretär des Studienjahres, verkündete vor aller Ohren, er würde alles unterschreiben, Hauptsache, in der Empfehlung stünde schwarz auf weiß: »Beteiligte sich nicht an der gesellschaftlichen Arbeit der Fakultät.«

Tolja stammte aus der Westukraine und war nach dem Wehrdienst zum Studium gekommen. Ein bösartiger Schönling und Dummkopf, zudem mit einem ausgeprägten antisemitischen Spürsinn, besser als jede Kaderabteilung. Die Orlow-Sokolows hatte er auf den ersten Blick gefressen. Er bestand auf seiner Formulierung, was beinah automatisch hieß, daß die beiden keine Aspirantur bekommen würden.

Doch die Orlow-Sokolows machten ihrer Abstammung alle Ehre und bewiesen satanische Schläue: Andrej, der eine Qualifikation als Boxschiedsrichter besaß, machte sich in dieser Eigenschaft am Sportlehrstuhl nützlich; und Tanja, noch schlauer, leitete schon zwei Jahre einen Gymnastikzirkel an der Patenschule. Alles aus Berechnung natürlich. Der Sportlehrstuhl schrieb ihnen ein großartiges Zeugnis, das ihnen aktive gesellschaftliche Arbeit bescheinigte. Und Poroschko mußte klein beigeben und sah zugleich wieder einmal die Allmacht der jüdisch-freimaurerischen Verschwörung bestätigt.

Mit den Kristallen stand alles bestens. Tanja und Andrej erforschten die gerade in Mode gekommene Symmetrie, und in den Kristallen geschahen mit der Symmetrie wahre Wunder. Andrej baute Modelle, spiegelte und wendete sie, und wenn dann aus rechts hätte links werden müssen, gab es jedesmal eine kleine Störung, eine winzige Abweichung, die der Leiter ihres Lehrstuhls entdeckt hatte und die nun die Orlow-Sokolows rasend aufregte; sie arbeiteten bis spät in die Nacht, und zwar nicht aus Eigennutz, sondern aus Leidenschaft.

Die zwei Aspirantenstellen, die dem Lehrstuhl zugeteilt wurden, waren verdientermaßen für die beiden vorgesehen. Das wußten alle. Aber Ende Mai, nach der Diplomverteidigung, wurde eine Stelle gestrichen. Der Lehrstuhlleiter, ein anständiger und kluger Mann, bestellte die Orlow-Sokolows zu sich. Er schätzte die beiden und wußte, was für eine Prüfung das für sie war. Er hatte bereits eine passable Praktikantenstelle in einem Akademieinstitut organisiert, zum gleichen Thema und auch von ihm betreut. Die Entscheidung wollte er den beiden überlassen, obwohl er selbst für Andrej war.

Sie hörten ihn an, wechselten einen Blick und dankten ihm. Sie baten um einen Tag Bedenkzeit. Schweigend gingen sie zur Metro. Sie wußten beide, daß Andrej die Aspirantur bekommen würde, aber jeder überließ dem anderen den ersten Zug. An der Metro hielt Andrej es nicht mehr aus:

»Du entscheidest.«

Äußerlich wirkte das großzügig.

»Ich habe mich schon entschieden«, sagte Tanja lächelnd.

»Sehr schön. Was übrigbleibt, nehme ich.« Sie waren einander ebenbürtig. Keiner zuckte auch nur mit der Wimper.

Nach ein paar Stationen stupste sie ihn mit ihrem kurzgeschorenen Kopf ans Ohr, ein intimes Zeichen zwischen ihnen, und stand auf.

»Ich fahr' nach Hause.«

»Wir wollten doch ...« Sie wollten am Abend tatsächlich jemanden besuchen.

»Ich komme von zu Hause hin, ein bißchen später.« Sie ging auf ihren turmhohen Absätzen davon. In ihre Schuhe, wußte Andrej, stopfte sie vorn ein dreieckiges Stück Watte, denn sie waren immer zu groß, sie fand kaum Schuhe, die ihr paßten.

Winzige Füße, eine tiefe Narbe unterm Knie, ein schmaler behaarter Streifen auf dem flachen Bauch, große Brustwarzen, die die Hälfte der kleinen Brüste einnahmen; Arme und Beine ein bißchen kurz, genau wie die Finger. Ein wunderschöner Hals. Ein bezauberndes ovales Gesicht.

Sie ging und nahm das alles mit sich fort, und er fuhr in übler Stimmung nach Hause, gereizt und gekränkt. Sie müßte doch verstehen, daß er ... Doch genau darüber sprachen sie nie.

Am Abend trafen sie sich bei Freunden. Es war langweilig. Andrej hatte einen Anfall bösartigen Humors und verulkte ein paarmal die Gastgeberin, wodurch es aber kein bißchen lustiger wurde. Sie gingen spät, beide unzufrieden. Andrej nahm ein Taxi, sie fuhren zu ihm. Die Wohnung der Orlows war zwar geräumig, aber unbequem. Die beiden großen Zimmer der Eltern waren Durchgangszimmer, Andrej wohnte in einem Neunquadratmeterraum. Boris Iwanowitsch litt an Schlaflosigkeit, und die Wasserrohre heulten klagend, wenn man den Hahn aufdrehte. Sich zu waschen, wenn die Eltern schon im Bett lagen, wäre also unmenschlich gewesen.

Im Dunkeln, zu zweit auf dem schmalen Sofa, das keinen Platz ließ für Gekränktsein, sprach er sie an, sobald er spürte, daß er nicht abgewiesen wurde:

»Du bist ein Dummchen, Tanja. Ich bin doch ein Mann. Setz auf mich. Sei nicht bockig. Ich liebe dich. Wir haben doch alles, alles gemeinsam.«

Sie antwortete ihm nicht. Sie waren vollkommen eins. Doch als die totale Übereinstimmung erschöpft war, sagte Tanja traurig und ausdruckslos:

»Ich glaube, mich hat's schon wieder erwischt.«

Er schaltete das Licht ein und zündete sich eine Zigarette an. Sie verkroch sich vor dem Licht unterm Kissen.

»Na siehst du. Wenn du mich fragst: Krieg das Kind. Ein Mädchen, ja?«

»Na klar. Du die Aspirantur, ich ein Baby und Windeln.«

Sie weinte nie. Doch hätte sie geweint, dann jetzt. Und er spürte das.

Tanja trat die Stelle am Akademieinstitut an, trieb ab und packte ihre Sachen für die Ferien im Süden. Andrej blieb noch, er mußte die Aufnahmeprüfungen für die Aspirantur ablegen. Vor Tanjas Abreise holten sie sich einen Termin beim Standesamt. Andrej hielt das für notwendig. Die Stimmung war trotzdem miserabel. Beide taten nicht ganz das, was sie wollten, und nahmen sich das insgeheim gegenseitig übel.

Andrej brachte Tanja zum Bahnhof. Sie fuhr nicht allein. Ein Teil ihrer Truppe war schon in Koktebel, nun fuhr der Rest, fröhlich und komfortabel – für einen horrenden Mehrpreis hatten sie zwei Abteile gebucht.

Sie küßten sich auf dem Bahnsteig, und sie stieg ein. Sie beugte sich hinunter und winkte ihm. So behielt er sie in Erinnerung in diesem letzten Augenblick ihres Zusammenlebens: in einem roten Männerhemd mit aufgeknöpften Ärmeln, einen ellenlangen wehenden Schal um den schmalen Hals. Das war ihr ureigener Chic, sie trug gern Ausgefallenes, Individuelles, und alle eiferten ihr nach.

Der Zug fuhr bereits an, da rief er ihr nach:

»Paß auf, daß du dich nicht in Vitka verliebst!«

Das war ein Dauerscherz in ihrer Truppe: Alle Männer warnten ihre Frauen vor Vitka. Der junge Schriftsteller kam in Mode und wurde von vielen Mädchen umschwärmt.

»Wenn ich mich verliebe, teile ich es dir sofort mit! Per Telegramm!« rief Tanja, schon unterwegs in Richtung Süden.

Zu Andrej Orlow kehrte Tanja Sokolowa nicht mehr zurück. Nach zehn Tagen rief sie an, mitten in der Nacht, und weckte Boris Iwanowitsch, der Andrej am nächsten Morgen gründlich die Meinung sagte. Aber das spielte keine Rolle mehr.

Tanja erklärte Andrej, sie werde nicht zu ihm zurückkehren, sie wisse nicht, ob sie überhaupt nach Moskau zurückkäme. Jetzt führe sie in eine andere Stadt. Und überhaupt – mach's gut.

Andrej, der genau wußte, was passiert war und warum, sagte verschlafen:

»Danke, daß du angerufen hast, Tanja.«

Sie schwieg eine Weile in den Hörer und wurde weich:

»Wie laufen die Prüfungen?«

»Alles o. k.«

Wieder schwieg sie, denn mit solchem Gleichmut hatte sie nicht gerechnet.

»Na dann, mach's gut.«

»Mach's gut.«

Er legte als erster auf.

Alla Semjonowna lief zu Galina Jefimowna. Sie kannten sich bereits flüchtig, waren einander aber nicht sonderlich sympathisch. Galina Jefimowna mochte Andrej nicht, und Alla Semjonowna, eigentlich a priori zu verwandtschaftlicher Freundschaft bereit, war wegen des mangelnden Enthusiasmus seitens der künftigen Schwiegermutter ihres Sohnes beleidigt. Boris Iwanowitsch hatte sich in der Akademie gerade um eine Genossenschaftswohnung gekümmert, und alles lief relativ glatt: Da Tanja nun ebenfalls an der Akademie arbeitete, konnte die Wohnung auf ihren Namen beantragt werden. Und nun plötzlich dieser Anruf, wo doch alles entschieden und die Hochzeit schon geplant war. Andrej lag den ganzen Tag auf dem Sofa und rauchte. War er etwa schuld, daß es nur eine Aspirantenstelle gab?

»Die Tanja mit ihren Fähigkeiten, die promoviert doch noch vor Andrej«, plapperte Alla Semjonowna.

Galina Jefimowna machte große Augen. Sie wußte weder von dem Anruf noch von Tanjas neuen Plänen. Sie war so tief und aufrichtig enttäuscht, daß die gütige Alla Semjonowna sich innerlich sofort mit ihr aussöhnte. Warum sollten sie sich auch streiten? Sie würden zusammen Enkelkinder großziehen, verdammt noch mal! Sie verabredeten, daß Galina Jefimowna Bescheid geben würde, sobald Tanja auftauchte.

Sie tauchte ein paar Tage später auf, am Telefon. Sie teilte ihrer Mutter mit, alles sei bestens und sie rufe nicht von der Krim an, sondern aus Astrachan. Die Verständigung war schlecht, Tanja versprach einen langen, aufregenden Brief. Galina Jefimowna schrie etwas von Andrej, aber da brach die Verbindung ab.

Ja, genau, die Verbindung ist abgebrochen, dachte Galina Jefimowna, und ihr wurde bange um Tanja – sie lebte so spontan, so unbekümmert. Warum Astrachan? Wozu Astrachan?

Bei Astrachan, in einem Fischerdorf auf einer einsamen Wolgainsel, lebte die Familie des Schriftstellers Vitka. Sein Vater stammte von hier und hatte Karriere gemacht, es bis zum stellvertretenden Direktor des Naturschutzparks Askanija-Nowa gebracht. Er war vor einigen Jahren gestorben, aber es gab noch einen Haufen weiblicher Verwandtschaft. Den Stoff für seine ersten Erzählungen hatte Vitka hier in Achtuba gefunden.

Das Dorf war ein Wildererparadies, ein Reich von Fisch und Kaviar, seichtem Wasser und dichtem Schilf. Jeder Junge beherrschte das Motorboot wie ein Fahrrad, und Tanja jagte mit ihrem Schriftsteller jeden Morgen ganz früh mit aufheulendem Motor zu einer entfernten seichten Stelle stromaufwärts und staunte immer wieder, wie er im dichten Schilf, in kaum erkennbaren Flußarmen ohne Orientierungszeichen den Weg fand und sie jedesmal zu der länglichen, löffelförmigen Insel brachte, deren runder Sandstrand Wolgawasser schöpfte. Heißer gelber Sand, Tausende kleine Fische im seichten Wasser und eine neue Liebe – dieser riesige, fast eins neunzig große Mann. Alles an ihm war anders, gut, sehr gut, wenn auch nicht ganz im Takt, nicht ganz im gleichen Tritt, aber das waren Lappalien, das würde schon noch. Er konnte nicht genug staunen über ihre Kleinheit; er nahm ihren winzigen Fuß in seine Hand, und der verlor sich darin. Er war, obwohl erst dreißig, schon ziemlich abgeklärt; aus nicht ganz grundloser Unsicherheit hatte er häufig die Frauen gewechselt. Doch neben dieser winzigen Person war er ein Gigant, und ihr Abenteuer war aufregend – schließlich hatte sie seinetwegen ihren Bräutigam verlassen. Und daß Vitka Andrej gut kannte, ihn als jüngeren Kameraden schätzte, beim Preference immer gegen ihn verlor und sich schon öfter bei ihm zu Hause betrunken hatte, das machte die Sache noch aufregender.

Tanjas rasiertes Schamhaar war noch nicht nachgewachsen, als sie wußte: Sie war wieder schwanger.

Jetzt kriege ich das Kind! Sie war erfüllt vom Triumph schadenfroher Rache.

Fast einen Monat lang aalte sie sich mit dem Schriftsteller im Sand. Inzwischen konnte sie keinen Fischgeruch mehr ertragen, und Kartoffeln waren in dieser Gegend wertvoller als Stör.

Er legte ihr die Hand auf den flachen Bauch – wo sollte das alles Platz haben? Er war besorgt: »Es wird doch ein großes Kind!«

Was in ihrem Bauch vorging, interessierte ihn brennend, er liebte bereits, was dort wuchs, und sorgte sich darum. Beim Einschlafen zog er Tanja an seine Schulter und verschloß mit der Hand den stachligen muskulösen Ein- und Ausgang.

Sie heirateten auf dem Standesamt der Siedlung, die Prozedur dauerte fünf Minuten. Die Freundin seiner Cousine leitete die bescheidene Einrichtung. Sie brauchten kein Aufgebot zu bestellen, sie gingen einfach mit ihren Ausweisen hinein, zahlten einen Rubel zwanzig und bekamen eine Heiratsurkunde und einen lila Stempel. Natürlich genau an dem Tag, für den die Hochzeit mit Andrej geplant war.

Den Gedanken an Andrej vertrieb Tanja. Dabei dachte sie immer wieder: Oh, das muß ich ihm unbedingt erzählen!

Tanjas Haut wurde braun, schälte sich, wurde wieder braun. Erst Mitte August kehrte Tanja nach Moskau zurück. Ohne jede Vorwarnung brachte sie Viktor direkt vom Bahnhof mit nach Hause und verkündete Galina Jefimowna:

»Mama, mein Mann. Viktor.«

Galina Jefimowna war verblüfft. Nein, diese Tanja, sie machte, was sie wollte!

Er sah nicht besonders gut aus, ihr Mann: ein Bauerngesicht, dünnes Haar, das sich über der derben Stirn teilte. Aber groß war er, und das beeindruckt kleine Frauen immer. Er sprach erstaunlich kultiviert und hatte Manieren.

Galina Jefimowna ging mit dem Teekessel in die Küche und kam lange nicht wieder. Als Tanja hinterherging, um nach ihr und dem Teewasser zu sehen, fand sie ihre Mutter bitterlich weinend auf der Fußbank neben dem Bad sitzen. Andrej tat ihr leid!

Die Flamme unterm Teekessel hatte sie vergessen anzuzünden.

Nun begann der Ernst des Lebens. Tanja trat ihre erste Stelle an. Am selben Tag kam Andrej ins Institut und holte sie ab. Er wußte nicht, daß Tanja verheiratet war. Tanja und Viktor hatten den gemeinsamen Freunden nichts gesagt, ihre Ehe war noch geheim.

»Setzen wir uns irgendwohin«, schlug Andrej vor.

»Hier ist eine Bank«, sagte Tanja und setzte sich.

Er sagte zu ihr, sie solle aufhören mit dem Unsinn. Sie sagte ihm, daß sie geheiratet hatte.

»Viktor?« erriet er, denn sie verstanden beide etwas von Symmetrie.

»Ja.«

»Na schön, dann fahren wir jetzt zu ihm und holen deine Sachen, damit es keine Zweideutigkeiten mehr gibt«, sagte er mit einer Sicherheit, daß Tanja einen Augenblick glaubte, sie würde jetzt genau das tun.

»Ich bin schwanger, Andrej.«

»Spielt keine Rolle. Treibst du eben noch mal ab. Zum letztenmal.« Er zuckte die Achseln.

Das ging zu weit.

»Nein«, sagte Tanja sanft. »Ich kann nicht mehr.«

Er holte eine Zigarette heraus und zündete sie an.

»Und das alles wegen der Scheißaspirantur?« fragte er, und das war wie eine Ohrfeige.

Aber Tanja hatte selbst lange darüber nachgedacht. Außerdem wußte sie schon, daß sie das Institut bald verlassen würde, daß die Kristalle sie nur interessierten, solange Andrej bei ihr war, doch nun war das alles zerbrochen und zerfallen, und es war ihr völlig egal, warum in einer Druse linksdrehende Kristalle entstanden, in einer anderen rechtsdrehende. Sie wußte noch nicht, daß einer der beiden Jungen, die sie zur Welt bringen sollte, Linkshänder sein würde. Seltsam, seltsam und phantastisch!

Blödsinn und Zufall: Hätte Andrej gesagt, nimm du die Aspirantur, ich nehme die Praktikantenstelle, wäre sie dann bei den Kristallen geblieben?

Alles war verkehrt und schiefgelaufen, aber nun war es passiert. Was gab es da noch zu sagen?

Sie stand auf, legte einen Finger auf seinen Scheitel und fuhr über die Stirn bis zum Kinn hinunter. Dort machte sie einen Punkt.

»Nein, Andrej, nein. Amour perdu.«

Das nächstemal sahen sie sich nach elf Jahren auf der Krim. Der Rest ihrer einstigen Truppe traf sich noch einmal dort, am Ferienort ihrer Jugend. Der Physiker war nach Amerika ausgereist, das ideale Ehepaar gab es nicht mehr, denn er war mit dem Auto verunglückt und sie hatte jetzt eine neue, noch idealere Familie. Dafür waren andere, durchaus sympathische Menschen dazugekommen. Durch gemeinsame Bekannte wußten Tanja und Andrej schon vorher, daß sie sich diesen Sommer sehen würden.

Andrej kam mit seiner Frau und seiner fünfjährigen Tochter, Tanja mit den beiden zehnjährigen Zwillingen, dürren Jungen mit Brille, die sie bereits überragten. Ihr Mann war in Moskau geblieben, um einen Roman über das Leben der Fische zu schreiben. Über alle anderen Tiere hatte er schon geschrieben – das war seine Art Widerstand gegen die Wirklichkeit, die allerdings nichts gemein hatte mit der »Animal Farm«.

Tanja hatte sich weniger verändert als Andrej. Er war dick geworden, was bei seiner Größe unverzeihlich war, und habilitierter Doktor. Tanja trug keine Bikinis mehr, sondern einteilige Badeanzüge, denn ihr früher so bezaubernder Bauch war von groben sowjetischen Kaiserschnittnarben zerfurcht. Ansonsten war sie unverändert: Sie lief am Strand auf den Händen, trug extravagante Kleider und stopfte sich noch immer Watte in die Schuhe.

Alle waren mit ihren Kindern da. Sie gingen in nahe und entfernte Buchten, brachten den Kindern Schwimmen und Preference bei. Andrej und Tanja redeten nur in Gesellschaft miteinander, vor vielen Leuten, und wechselten kein einziges persönliches Wort. Tanja fing ab und zu einen besorgten Blick von Andrejs Frau Olga auf, aber das amüsierte sie nur. Olga war groß und hatte eine auffallende Figur; sie war beinah eine Schönheit, vom Typ hübsch und dumm. Er herrschte sie ab und zu an, und sie klapperte mit den tuscheschweren Lidern und schmollte. Die Tochter war ein süßes kleines Mädchen.

Ein paar Tage vor der Abreise plante die Truppe eine Wanderung zu einer entlegenen Bucht, mit Übernachtung. Die Kinder liebten solche Unternehmungen. Tanja erklärte gleich, daß sie nicht mitkomme, aber ihre Söhne bettelten so, daß die ideale Familie sie auf eigene Verantwortung mitnahm. Ihr Sohn, im selben Alter wie Tanjas Söhne, hatte sehr gebarmt, weil er seine besten Freunde nicht vermissen wollte. Tanja, erschöpft von der ständigen Gesellschaft, beschloß, den Tag in Einsamkeit zu verbringen, sich von dem unablässigen Geschwätz zu erholen. Sie und Andrej hatten nichts verabredet, sie wußte nicht einmal, daß auch er dageblieben war.

Nachdem Tanja die Kinder am frühen Morgen verabschiedet hatte, verbrachte sie den ganzen Tag mit Thomas Mann im stickigen Zimmer, schlief immer mal ein, wachte wieder auf, schlief wieder ein. Erst gegen Abend stand sie auf, duschte – das Wasser im Speicher hatte sich im Laufe des Tages erwärmt – rasierte sich die Achselhöhlen, legte eine Gesichtsmaske aus einer überreifen Gurke auf, kochte sich einen Kaffee und setzte sich mit ihrer Tasse an den Tisch im Garten. Da kam Andrej.

»Hallo, Tanja, was treibst du so?«

»Ich trinke meinen Morgenkaffee. Willst du auch eine Tasse?« antwortete sie ungezwungen und wußte auf einmal, daß sie den ganzen Monat auf diesen Augenblick gewartet hatte.

»Ich trinke keinen Kaffee. Davon kribbeln mir die Ohren.« Das hatten sie früher immer gesagt. »Komm, trinken wir lieber was Ortsübliches.«

Sie gingen zur Weinstube. Tanja schlenkerte mit den offenen Ärmeln ihres weißen Männerhemdes und war beschwingt und fröhlich. Sie tranken Weißwein, dann Portwein, dann klebrigen Dessertwein, um das Unausweichliche hinauszuzögern.

Alle hatten Zimmer gemietet, Andrej aber lebte wie ein General in einem separaten kleinen Haus auf dem Gelände eines Militärsanatoriums, dessen Chefarzt ihm für eine Unsumme Diensträume zur Verfügung gestellt hatte.

Sie gingen die Uferpromenade entlang, eine Haaresbreite Abstand zwischen sich, redeten vage übers Wetter, und noch hielt die dünne Haut überm Abgrund, gab aber bereits heftig nach. Sie hatten alle Weinstuben absolviert und waren auf dem Weg ins Sanatorium, nicht zu Tanjas Quartier. Sie gingen durch den Hintereingang, über knirschenden Kies direkt zu einem kleinen Häuschen inmitten von rosa Sträuchern. Die Tür war offen, Licht machten sie nicht.

»Aber ich bitte dich, kein Wort.«

Oh, wie konnte ich das vergessen, die Metallklammer hinter den Vorderzähnen, die fixiert werden mußten. Nein, ich hab's nicht vergessen, die Zunge dahin, hinter die Klammer.

Mein armes geliebtes Haus, verlassen, in fremde Hände gegeben. Die Treppe, die Stufen, die Tür. Deine Wände, dein Ofen.

Was hast du angerichtet? Was hast du angerichtet? Anstelle der drei könnten wir zusammen eins haben. Oder nicht nur eins. Was haben wir angerichtet?

Nicht zwei einzelne Zellen strebten da zueinander, um sich gedankenlos fortzupflanzen, nein, jede Zelle, jedes Haar, das ganze Wesen dürstete danach, in den anderen einzudringen und in der Vereinigung zu verharren. Es war ein Leib, der da schrie und bitterlich weinte.

Bitterlich und wortlos weinte er bis zum Morgen. Dann besann er sich. Sie hatten noch einen ganzen Tag bis zum Abend. Sie aßen etwas und krochen unter das zerknüllte Laken. Tanja fuhr Andrej mit dem Finger vom Scheitel bis zum Kinn.

Andrej sah alles deutlich vor sich: Die anderen kommen von der Bucht zurück; sie packen ihre Sachen, fahren nach Moskau. Er bringt sie nach Hause und zieht mit Tanja und deren Jungen in die Datscha. Im Winter ist es kalt. Das Auto versinkt in Schneewehen. Mit einer Holzschaufel räumt er den Weg zum Tor. Fährt die Jungen zur Schule. Olga und die Tochter – keine Ahnung, wie ... Sie zerrt Vera in den Kindergarten.

Vitka wird natürlich ausziehen. Mit Freuden sogar. Und zu irgendeiner Regina ziehen. Ich kann mir Andrej gar nicht in unserer Wohnung vorstellen. Seinen roten Frotteebademantel hat er bestimmt nicht mehr. Früh trinkt er keinen Kaffee, sondern Tee. Die Kristalle, ja, richtig, die Kristalle. Das ist vielleicht das wichtigste, was wird mit denen?

Und Tanja wünschte sich das mehr als alles auf der Welt, das wußte er genau. Darum schwieg er. Auch sie schwieg. Und wieder hielt sie es nicht mehr aus:

»Na, was ist?«

Das konnte man auslegen, wie man wollte, zum Beispiel: Zeit abzuhauen.

Der Leib hatte ausgestöhnt.

Olga hat so eine tolle Figur – Brust, Taille, Beine. Nein, er brauchte sich nichts vorzumachen. Er strich mit dem Finger über Tanjas Gesicht.

»Amour perdu, steh auf.«

Sie sprang leichtfüßig auf, lachte und schüttelte den Kopf. Das kurze Haar hatte ihr besser gestanden.

»Nein, das glaub' ich dir nicht. Nix perdu.«

»Und wenn, was soll's, Tanja?«

Sie zog ihr weißes Hemd an, schlüpfte in ihre turmhohen Schuhe und ging.

Olga kehrte am nächsten Morgen das Haus. Aus einer Ecke fegte sie ein dreieckiges Stück Watte hervor.

»Was ist das für ein Dreck?«

Andrej warf ihr einen kurzen Blick zu – oh, die ahnungslose dumme Kuh. Aber woher sollte sie das auch wissen, sie hatte schließlich Größe neununddreißig.

»Irgendwie hab' ich die Nase voll vom Urlaub. Vielleicht hauen wir ein bißchen eher ab? Sagen wir, morgen?«

Olga sträubte sich nicht.

»Wie du willst, Andrjuscha.«

Ein auserwähltes Volk

Am siebten Oktober, am Vorabend des Gedenktages für Sergius von Radonesh, schleppte Sinaida ihren schlaffen, wallenden traurigen Leib zur Kirche und blieb im Niemandsland stehen, hinter den kleinen Verkaufsbuden, aber noch vor der Kirchenbalustrade, dem Feld der Bettler.

Einen Monat war es her, seit sie ihre Mutter begraben hatte; das Beerdigungsgeld, noch von der Mutter gespart, war alle, für die Totenfeier hatte sie noch achtzehn Rubel von ihrer Invalidenrente dazulegen müssen. Mit Geld konnte Sinaida nicht umgehen. Mama hatte immer eingekauft, solange sie gesund war, und kaum wurde sie krank, ging alles drunter und drüber, selbst das Essen wurde knapp.

Bis zu Mamas Tod brachte Maria Ignatjewna aus dem ersten Stock immer mal Suppe oder was anderes zu essen, da ging es noch, aber seit Mama tot war, blieb sie weg, war beleidigt: Sie wollte Mamas chinesische Strickjacke haben, und Sinaida mochte sie nicht hergeben. Nein, sie selbst konnte sie nicht anziehen – Mamas Sachen waren Sinaida viel zu klein, Mama war winzig und dürr wie eine Schabe, und Sinaida war so breit, daß sie nicht in die Straßenbahn paßte. Die Jacke behielt sie, weil es ein Andenken an Mama war. Eine grüne chinesische Jacke mit stoffbezogenen Knöpfen und Blumenstickereien auf den Schultern.

Es gab noch eine Jacke, eine blaue, aber die war auch weg, weil Mama darin begraben werden wollte. Mama war eine Frostbeule, fürchtete die Kälte im Grab und wollte darum in der blauen Strickjacke und mit Wollsocken begraben werden. Sinaida tat, was Mutter ihr aufgetragen hatte, und Maria Ignatjewna ging leer aus, darum war sie nun böse.

Außerdem hatte Mutter gesagt, Sinaida solle auf die Gottesmutter vertrauen und, wenn das Geld alle war, zur Kirche gehen und sich dort hinstellen. »Gute Menschen werden dir in deinem Elend helfen um der Mutter Gottes willen.«

Nun war Sinaida also gekommen und stand hier. Stehen fiel ihr noch schwerer als laufen, sie fand, ihre Hauptkrankheit sitzt in den Beinen, obwohl die Kreisärztin sagte, in den Nebennieren.

Zwei Bettler an der Balustrade, direkt vor der Kirche, saßen auf Klappstühlen, aber für Sinaida waren solche Stühle nichts, die würden sie nicht aushalten.

An den Füßen trug Sinaida weiche, vorn aufgeschnittene Filzlatschen, zu denen sie zu Hause noch Galoschen für nasses Wetter hatte. Die Socken hatte Mama ihr gestrickt, aus Bauernwolle, schön weit; und Trainingshosen trug Sinaida, denn Strümpfe bekam sie nicht über ihre wulstigen Beine gezogen. Obendrüber trug sie einen neuen, grell rostroten Kaftan und die gute Jacke – in ihrem Unverstand hatte sie ihre besten Sachen angezogen, wie sonst in die Poliklinik, weil sie ja unter Menschen ging.

So stand sie da, an ihr vorüber gingen Großmütter und ein paar jüngere Frauen mit Taschen, auch ein paar ganz junge, aber niemand gab ihr etwas. Sie stand wohl an der falschen Stelle oder machte etwas verkehrt. Eine halbe Stunde verging, ihre Beine brannten wie Feuer, und sie hatte großen Hunger. Da fiel ihr ein, daß im Büfett noch eine Packung Nudeln stand. Sie ging langsam nach Hause, fassungslos, daß Mama sie so angeführt oder sie selbst sich so geirrt hatte: Keiner hatte ihr in ihrem Elend um der Mutter Gottes willen ein Almosen gegeben.

Am nächsten Morgen besann sich Sinaida, daß sie den Leuten gar nicht gesagt hatte: Um der Mutter Gottes willen. Sie wollte wieder hin, aber es war schon zu spät, die Messe war vorbei.

Dafür stand Sinaida am nächsten Morgen früh auf und rüstete sich für den Kirchgang. Wieder war ein Feiertag, der des Evangelisten Johannes, und das Wetter war schön, ungewöhnlich warm und sonnig für diese Zeit. Wieder zog Sinaida ihren feuerroten Kaftan an und die gute Jacke, wieder kam sie nicht darauf, sich ärmlicher zu kleiden. Sie band sich ein dünnes rosa Tuch um den Kopf und watschelte über die Hauptstraße.

Vor der Kirche waren diesmal mehr Menschen, und Bettler standen eine ganze Reihe da. Sinaida ging etwas näher heran, aber nicht zu nahe, sie genierte sich. Nun würde sie daran denken, daß sie nicht einfach so bitten mußte, sondern um der Mutter Gottes willen. Aber keiner der Vorübergehenden sah zu ihr hin, und sie wußte nicht, wie sie jemanden ansprechen sollte.

Schließlich kam eine gebrechliche Alte vorbei, mit Brille und Stock, blieb bei Sinaida stehen und gab ihr ein stumpfes Kopekenstück.

»Um der Mutter Gottes willen«, sagte Sinaida unpassend, aber die Alte antwortete ganz selbstverständlich:

»Der Herr sei mit dir!«

Sinaida freute sich und betrachtete ihre Kopeke, eine ganz gewöhnliche Kopeke, aber immerhin geschenkt.

Mama hat's ja gesagt, dachte Sinaida. Nun kam eine schwarzgekleidete langnasige Frau auf hohen Absätzen und mit einer furchteinflößenden dunklen Brille, legte ihr ein Zweikopekenstück in die Hand und bat:

»Bete für das Seelenheil von Jekaterina.«

»Vielen Dank, das tu' ich«, sagte Sinaida und bekreuzigte sich. Sie wußte nicht, wie sie richtig antworten mußte, aber offenbar war das der Frau mit Brille egal.

Es kamen noch immer Menschen, nicht in Massen, sondern einzeln oder zu zweit, und Sinaida sammelte eine ganze Handvoll Münzen, allerdings vor allem Kleingeld. Ihre Beine brannten heftig, und sie war sehr hungrig. Sie wollte nach Hause gehen, vorher aber noch in der Kirche der Gottesmutter für den Beistand danken.

Sinaida kraxelte zum Kirchenportal, das Treppensteigen fiel ihr schwer. Ihr schien, als riefe sie jemand – »He, du!«, aber sie kannte hier niemanden. Sie bekreuzigte sich an jeder Tür dreimal und ging hinein. Kaufte eine Kerze für dreißig Kopeken – es war noch genug Geld übrig, mindestens ein Rubel –, stellte sie vor der Gottesmutter von Kasan auf – wie früher Mama immer – und humpelte zum Ausgang.

Neben der Opferlade stieß die Alte, die die Kollekten sammelte, sie heftig in die Seite und zischte:

»Bleib stehen, wie sich's gehört, wo willst du hin, das ist der Cherubimgesang!« Aber Sinaida verstand nicht, warum die Alte mit ihr schimpfte, und schlurfte mit krummem Rücken zur Tür.

Sie trat aus der Kirche; die Stelle, wo die Alte sie gestoßen hatte, schmerzte noch, und plötzlich – ein Pech nach dem andern! – stürzte sich noch eine Alte auf sie, eine mit einem karierten Kopftuch und einem fetten Muttermal unterm Auge. Eine von denen, die auf dem einträglichsten Platz gestanden hatten, direkt vor den Stufen. Sie verdrehte Sinaida das Handgelenk, so daß alle Münzen auf die Erde fielen.

»Komm ja nicht wieder her, sonst brechen wir dir die Beine!«

Dabei traktierte sie Sinaidas Rücken mit ihrer schrumpeligen Tasche.

Ein lahmer Alter erhob sich vom Boden, trat von der anderen Seite neben sie, beschimpfte sie mit einem schlimmen Ausdruck und drohte ihr mit dem Stock.

»Los, los, weg hier!«

Sinaida kniff die Augen zusammen und blieb stehen. Ihre Beine waren wie gelähmt, Oberschenkel und Waden brannten wie Feuer.

»Hau ab, geh, du hast hier nichts zu suchen, wir sind hier schon genug!« trieb eine winzige Alte mit einer abgewetzten Fellmütze sie an.

Sinaida wäre ja gern weggelaufen, aber die Beine trugen sie nicht, knickten ein, und sie plumpste mitten auf den Weg; wie ein riesiges zerzaustes Huhn saß sie da, die molligen weißen Arme schützend über den Kopf gelegt.

Auf einmal hörte sie über sich eine heisere Stimme wüten:

»Ach, ihr Schakale, ihr gierige Aasbande! Kotowa, du bist ein Dreckstück! Seit zwanzig Jahren stehst du hier und kannst den Hals nicht vollkriegen! Wirst wohl alles mit ins Grab nehmen! Und du alter Sack, was willst du, du Faschistenknecht? Na komm, steh auf!«

Eine harte Hand packte Sinaida an der Schulter und zog sie hoch.

»He, der Frau ist schlecht, helft mir sie aufheben!« brüllte die Stimme, und fremde Hände zogen Sinaida hoch, schleppten, schleiften sie zu einer Bank und setzten sie hin. Nun erst öffnete sie die Augen. Vor ihr stand ein kleiner, breitschultriger, wie sie glaubte, Junge – aber nein, es war kein Junge, sondern eine Frau, die aussah wie ein Kerl, in Hosen, mit schrägen Augenbrauen und einem Räubergesicht. Ein rotblonder Haarschopf sah unter einem bigotten weißen Kopftuch hervor. Die geblähten Nüstern zitterten.

»Schon gut, schon gut, denen werd' ich die Hammelbeine langziehen! Bettlerbande! Komm ruhig her, und stell dich hin, wo du willst, keiner hat seinen Platz gepachtet! So was, die reinste Mafia, wie in Sizilien! Wo soll ein armer Krüppel denn hin! Schlimmer als die Miliz!« schrie die seltsame Frau. »Hör nicht auf sie! Wenn einer was von dir will, dann sag gleich: Die Katja Rotfuchs hat's mir erlaubt!«

Katja Rotfuchs stützte sich auf zwei gewaltige Krücken. Als ihr Zorn abgekühlt war, beugte sie sich zu Sinaida hinunter und fragte:

»Woher kommst du denn?«

Sinaida wollte antworten, aber die Zunge gehorchte ihr nicht.

»Wo wohnst du denn?« fragte Katja. »Bist du taub?«

Sinaida schüttelte den Kopf.

»Ich wohne hier, gleich über die Straße.«

»Wieviel Prozent schwerbeschädigt?« erkundigte sich Katja sachlich.

»Sechzig«, antwortete Sinaida freudig.

»Aha.« Katja nickte zufrieden.

»Meine Mama ist gestorben. Vor einem Monat hab' ich sie begraben«, setzte Sinaida das Gespräch fort.

»Und meine will und will nicht sterben«, sagte Katja bedauernd.

»Hier, nimm, drei Rubel. Trinkst du?«

»Nei-ein«, entgegnete Sinaida erstaunt.

»Nimm schon! Wenn du nicht trinkst, reicht das bis Mariä Schutz. Morgen komm nicht. Komm am Vierzehnten, oder am Dreizehnten zur Abendmesse. Da bin ich auch hier. Wenn einer was will, dann sag: Katja Rotfuchs hat's gesagt! Wie heißt du denn?«

»Sinaida«, antwortete Sinaida schüchtern.

»Sinaida, sie sind so beschränkt, kaum zum Aushalten. Manche sind bösartig wie die Köter. Ach was, Köter, schlimmer als Köter! Aber wenn man sie anbrüllt, ziehen sie den Schwanz ein. Fast alles nur Schnorrer, echte Bettler gibt's hier kaum. Aber du komm ruhig her, hab keine Angst!« Katja half Sinaida, den Leib aus der tiefen Parkbank hochzuhieven, in der diese versunken war wie in einer Falle. Dann ging Sinaida ihres Weges; sie spürte Nässe in den Pantoffeln und Kälte im ganzen Unterkörper.

Abgekühlt und irgendwie sogar leichter an Gewicht, schob Sinaida ihren schlaffen Körper in die Wohnung, setzte sich gleich im Flur auf einen Hocker, zog sich das Tuch vom Kopf, drehte es zu einem Seil zusammen, zu einer Puppe, klagte: »Du Arme, du Arme!« und fing an zu weinen.

Sinaida war schwach. Auf Mama war sie früher oft böse, weil die sie nicht dauernd essen ließ. Appetit hatte Sinaida ständig, das war ja ihre Krankheit, und Mama zügelte sie immer. Dann setzte sich Sinaida auf den Hocker im Flur, drehte aus ihrem Tuch eine Puppe und sagte zu Mama:

»Ich gehe weg von dir, ich gehe weg.«

»Wo willst du denn hin, du Mehlsack? Wohin denn, du Nimmersatt?« brummte Mama dann gleichmütig.

Für Sinaida war diese Puppe aus Stoff ein bißchen sie selbst, Sinaida in klein, und sie flüsterte:

»Wir fahren weg. Im Frühling, da fahren wir weg, nach Anapa.«

In Anapa war Sinaida mal im Sanatorium, als sie zehn war und ihre Krankheit gerade erst anfing.

Als Sinaida sich von ihrer Angst und Kränkung erholt hatte, zog sie ihre nasse Trainingshose aus und ging ins Bad, um sie zu waschen. Sie badete ihre riesigen durchscheinenden Hände im Seifenwasser und seufzte – nichts konnte sie. Früher hatte Mama alles gemacht, und nun mußte sie selber.

Ihre Gedanken waren unförmig, aufgedunsen und schwerfällig; sie dachte an ihr künftiges Bettlerleben, an das, was sie jetzt essen würde, und an Katja Rotfuchs, die sie vor den bösen Menschen beschützt hatte.

Zu Mariä Schutz und Fürbitte ging Sinaida wieder in die Kirche. Sie wurde nicht mehr weggejagt. Sie bekam viel Geld zusammen, fast vier Rubel. Während sie da stand, mit dem Rücken an die Balustrade gelehnt, hielt sie die ganze Zeit nach Katja Rotfuchs Ausschau, konnte sie aber nicht entdecken.

Als das Geld alle war, kam sie wieder, erbettelte wieder Geld, aber Katja traf sie nicht. Die alten Frauen jagten sie nicht weg, eine begrüßte sie sogar, rückte ein Stück beiseite und sagte zu einer anderen:

»Mach Platz für die Elefantin, rutsch nach links.«

Nun hatte Sinaida wieder ihren alten Spitznamen: Elefantin. Sie war ja tatsächlich eine Elefantin, schon in der Schule wurde sie so gehänselt. Als sie noch ein Kind war, ärgerte sie sich darüber, jetzt aber klang es vertraut.

Erst beim drittenmal traf Sinaida Katja wieder. Katja kam den Asphaltweg heraufgehumpelt, der schräg zur Kirche führte. Sie verlagerte das Gewicht immer auf das eine Bein, wobei das andere, mit dem orthopädischen Schuh, ziemlich hoch zur Seite geworfen wurde. Katja nickte Sinaida zu und ging in die Kirche hinein.

Wahrscheinlich steht sie in der Vorhalle, dachte Sinaida. Sie wollte auch gern nach drinnen, aber sie hatte Angst, die Alte mit dem Muttermal würde sie wieder wegjagen. So stand sie, in Nachdenken versunken, fast eine Stunde. Anfangs spürte sie ein Kribbeln in den Beinen, dann waren sie wie taub. Geld bekam sie wenig, am wenigsten von allen. Das hatte sie schon früher bemerkt und fand es auch ganz richtig: Ein Dünner erregt immer mehr Mitleid als ein Dicker.

Sinaida zögerte noch eine Weile, dann beschloß sie, Katja in der Kirche zu suchen. Sie sah sie am linken Seitenaltar stehen, in einer Schlange vor dem Beichtvater. Sie wirkte streng, unter dem tief in die Stirn gezogenen Kopftuch sah kein Haar hervor. Sie trat zu dem graubärtigen, gelbhäutigen Priester, er sprach lange zu ihr, sie schüttelte den Kopf und dann, zu Sinaidas großer Verwunderung, redete sie. Der Alte schüttelte immerzu den Kopf, dann legte er ihr das mattgoldene Epitrachelion auf den Kopf. Sie küßte seine gelbe Hand und humpelte zur heiligen Pforte.

Sinaida fing sie ab, zupfte sie am Ärmel, aber Katja sah sie mit abwesenden bernsteinfarbenen Augen an und sagte: »Nachher, nachher.« Da erdröhnte die ganze Kirche von mächtigem Gesang: »Ich glaube«, und Katja wandte sich von ihr ab und fiel mit zarter Stimme ein, »an den einen Gott, den Vater, den Allherrscher, den Schöpfer des Himmels und der Erde, alles Sichtbaren und Unsichtbaren.« Katja sang mit gefühlvollen Pausen, Tiefen und Höhen, und es schien, als führe sie ganz allein alle diese Menschen einen gewundenen steilen Pfad hinauf.

Als der Gesang zu Ende war, sprach wieder der Priester, dann übernahm der Chor, schließlich sang die ganze Kirche das Vaterunser. Das kannte Sinaida, das hatte Mama ihr beigebracht. Es war sehr stickig und eng, die Menschen waren nicht mehr vereinzelt, sondern wie ein gewaltiges, aus zitternden Tröpfchen zusammengeflossenes Wesen, und Sinaida spürte, wie alles zu einem dicken Nebel wurde, aber er war nicht feucht, und er duftete wie Honig. Die Kerzenflammen schienen in der Luft zu zerschmelzen, alles war auf einmal süß, einschläfernd, und das ganze Leben draußen, auf der Straße, verschwamm wie Regenbogenschillern in einer Pfütze, und das goldene Hier verdichtete sich immer mehr, bis es schließlich genauso körperlich war wie sie selbst, und sie löste sich vom Boden und schwebte zwischen den goldenen Säulen, Bögen und schwankenden Heiligenscheinen, und der Dunst, den sie mit der Hand berührte, war zärtlich und liebevoll.

Sie merkte gar nicht, daß sie längst neben anderen auf einer breiten, bequemen Bank saß. Wer sie hergeführt und hingesetzt hatte, wußte sie nicht. Hier auf der Bank fand Katja sie.

»Na, wie steht's, jagen sie dich nicht mehr weg?« fragte Katja, die sich zu ihr hinuntergebeugt hatte.

»Nein.« Sinaida strahlte.

»Na, dann ist's ja gut.« Katja wollte schon gehen, besann sich aber und fragte: »Hast du was zusammengekriegt? Na, dann komm!«

Sie gingen zusammen hinaus, die watschelnde Sinaida und die kleine Katja, die wie ein verdorrter krummer Baum aussah.

»Gehen wir doch zu dir«, schlug Katja vor, und Sinaida freute sich: Sie bekam nie Besuch, außer Tante Pascha, Mamas Schwester.

Auf dem Weg kaufte Sinaida Brot und Eis, ganz viel Eis. Jetzt, seit Mama tot war, aß sie, soviel sie wollte, und besonders gern Eis. Mutter hatte ihr keins gegeben, sie hatte immer gesagt: »Viel zu süß für dich!« Aber Sinaida geizte nicht mit Zucker.

In der Wohnung begutachtete Katja mit scharfem Auge und feiner Nase alles, bemerkte den lange nicht gewischten Fußboden und sagte:

»Ich kann mich auch nicht richtig bücken, ich wische den Boden immer im Kriechen. Leg mich auf den Bauch und krieche rückwärts. Soll ich's für dich machen?«

Sinaida genierte dieses Angebot. Und wozu überhaupt? Es ging auch so. Katja sah auch in das zweite Zimmer, hinter dem Durchgangszimmer. Das betrat Sinaida seit Mamas Tod nicht mehr, darin hatte sie nichts zu suchen. Während Katja sich umsah, machte Sinaida Essen: Sie bröckelte gekochte Kartoffeln und Schmelzkäse in eine Schüssel und goß Kefir darüber. Das hatte sie sich selbst ausgedacht, es gefiel ihr, war Vorsuppe und Hauptgericht in einem und mußte nicht gekocht werden. Sie zerbröselte alles, und fertig. Essen war für Sinaida ein großer Trost. Nur wenn sie kaute, fühlte sie sich wohl. Sobald sie das Essen hinunterschluckte, schien ein großes Tier in ihrem Bauch sich zu regen, das forderte: Mehr! Mehr!

Sie wollten sich schon zum Essen hinsetzen, da sprang Katja auf, gestützt auf eine Krücke – da sah Sinaida, daß Katja ohne Stütze überhaupt nicht laufen konnte, sondern sofort umfallen würde –, humpelte in den Flur und kam mit einer verschlissenen Stofftasche zurück, ließ den Verschluß laut aufschnappen, holte eine Viertelliterflasche hervor und stellte sie auf den Tisch.

»Am Feiertag darf man«, sagte sie belehrend, aber Sinaida dachte gar nicht daran, ihr etwas zu verbieten. Sie suchte Schnapsgläser, fand keine und nahm Tassen aus dem Schrank. Katja rümpfte die Stupsnase.

»Dann hol lieber Wassergläser.«

Sinaida stellte zwei Gläser auf den Tisch und verteilte die Bröckchensuppe auf zwei Teller. Katja polkte mit ihrem dicken Daumennagel den Verschluß von der Flasche und goß in beide Gläser etwas ein. Sinaida stöhnte; sie trank keinen Wodka.

»Zuviel?« fragte Katja verwundert. »Wenn du nicht willst, dann laß«, erlaubte sie nachsichtig, stieß mit Sinaida an, sagte: »Mit Gott, Sina«, bekreuzigte sich und kippte den Wodka in den offenen, fast zahnlosen Mund. Sinaida roch an ihrem Glas und nippte daran – es schmeckte nicht und brannte in der Kehle.

Katja leerte schnell ihren Teller und aß auch von dem Eis, in Maßen, ohne großen Genuß. Sie wartete, bis Sinaida das Eispapier abgeleckt hatte, räumte den Tisch ab, stellte die Teller ins Abwaschbecken und sagte bedeutungsvoll:

»So.«

Sinaida hob das eisbeschmierte Gesicht und war mit halboffenem Mund bereit zum Zuhören.

»Geh dich waschen!« befahl Katja, aber Sinaida ging

nicht, sie wischte sich den Mund mit einem Lappen ab – das reichte. Und Katja begann:

»Also, Sina, was ich dir sagen will.« Ihre Stimme klang feierlich und vielversprechend. »Deine Mutter ist gestorben, du selber bist nicht gerade klug«, Sinaida nickte dazu, das war die Wahrheit, »und außerdem auch noch krank«, besiegelte Katja ihr Urteil. »Es war richtig von dir, daß du zur Kirche gekommen bist. Aber warum bist du gekommen?« Katjas Frage verlangte keine Antwort. »Zum Betteln bist du gekommen. Und das war richtig so. Dort betteln eine Menge Leute. Die meisten sind bloß Schnorrer. Das ist keine Kunst. Aber du, Sina, du sollst keine Schnorrerin werden, sondern eine richtige Bettlerin.«

Nein, so wie Katja werde ich nie, dachte Sinaida, begeistert von ihrer neuen Freundin. Und ihre Stimme – mal dröhnend laut, wie damals, als sie auf die Alten losgegangen ist, und dann auf einmal kindlich und voller Gefühl, wenn sie das Gotteslob singt.

Katja redete weiter:

»Nach mir darfst du nicht gehen, ich bin ein Sonderfall, ich gehör' weder hierher noch dorthin, bin überall das fünfte Rad am Wagen. Ich war auf der Ingenieurschule, dann bin ich von Krankenhaus zu Krankenhaus, und wo ich noch überall gewesen bin, das kannst du dir im Traum nicht vorstellen. Nach mir darfst du nicht gehen. Sag mir vor allem: Was fehlt dir, Sinaida?«

Sinaida runzelte die Stirn, zog die Augenbrauen zusammen, überlegte und sagte:

»Heute habe ich alles, Katja.«

Katja lachte zufrieden.

»Na also, ich habe dich ganz richtig eingeschätzt! Selten sagt mal jemand: Ich habe alles. Gewöhnlich wollen alle mehr. Alles wollen sie, rasen vor Wut, leiden, hassen bis auf den Tod, und das nur vor Neid, weil ein anderer etwas hat, was sie nicht haben! Verstehst du?«

»Aber ja!« stimmte Sinaida gewichtig zu, geschmeichelt von der Bedeutsamkeit des Gesprächs. Vor Aufregung war sie ganz rot geworden.

»Ich bin nicht neidisch, ich kann mit ihren Sachen sowieso nichts anfangen. Ich bin doch so dick!«

»Einfältig bist du, Sinaida, einfältig«, sagte Katja enttäuscht. »Na schön, aber glaubst du an Gott?«

Sinaida rutschte verlegen auf ihrem Hocker hin und her.

»Na?« fragte Katja streng.

Sinaida drehte aus dem Lappen eine Puppe.

»Ach du, bist ein Gottesmensch und glaubst nicht an Gott«, sagte Katja, nun vollends enttäuscht.

»Ich glaube an die Gottesmutter«, flüsterte Sinaida mit gesenktem Kopf, wie eine schlechte Schülerin im Unterricht.

»Na«, fragte Katja im Lehrerinnenton, »dann sag mir doch, von wem ist sie denn die Mutter?«

Sinaida war beleidigt und sagte leise:

»Von ihrer Tochter die Mutter.«

Da erstarrte Katja. Sie riß die gelben Augen weit auf und hob die Arme, so daß eine Krücke, die sie ans Fensterbrett gelehnt hatte, zu Boden polterte.

»Was? Von ihrer Tochter? Was für eine Tochter? Von unserm Jesus Christus ist sie die Mutter! Sina, du bist ja schlimmer als ein Tatare! So was, von der Tochter!«

Sinaida war nun puterrot, und in ihrem Kopf dröhnten Glocken.

»Jesus Christus, Gottes Sohn, ist nur zu einem Zweck auf die Erde herabgekommen: Um den Menschen zu sagen, daß sie nicht wie die Tiere sein, daß sie einander lieben sollen, sie aber haben ihn gefangen und dem Tod anheimgegeben, getötet haben sie ihn, Sina! Dann haben sie sich besonnen, aber zu spät. Zu spät! Er ist auferstanden – und weg war er. Auf und davon!«

Katja langte nach Sinaidas Glas, leerte es, schwieg eine Weile und schüttelte den Kopf.

»Du trinkst nicht, dann laß es! Trink ich's eben! Alle Menschen, Sinaida, haben von einem mehr, von anderem weniger: Schönheit, Verstand, verschiedenste Güter. Hör zu, wie das bei mir war. Damals, als ich rauskam, entlassen wurde.« Katja faßte in die Stofftasche, holte noch eine Viertelliterflasche hervor und schielte mißtrauisch zu Sinaida, doch die saß gutmütig da, ohne die geringste Verwunderung oder Mißbilligung.

Wieder polkte Katja geschickt den Verschluß ab, goß sich das Glas voll und leerte es in einem Zug. »Ich bin aus Chimki, ein Vorort von Moskau, und weil sie mir kein Moskau-Verbot aufgebrummt hatten, durfte ich auch wieder dorthin zurück. Ich also nach Hause, aber meine Mutter will mich nicht anmelden. Meine Mutter war noch nicht alt, sah gut aus, schwarze Augen und Brauen – Zigeunerblut, weißt du. Ich versteh' nicht: Warum will sie mich nicht anmelden? Wir hatten eigentlich nie besonderen Krach miteinander. Später hat man's mir erzählt, Sina. Ich hatte nämlich einen Kerl, Sina, der war so was wie mein Mann, älter als ich, aber ganz in Ordnung. Also, als ich in den Knast kam, übrigens seinetwegen, da hat meine liebe Mutter ihn sich gekrallt. Dabei hatte sie auch ohne meinen Vitka jede Menge Kerle, keine Ahnung, was sie ausgerechnet von dem wollte. Jedenfalls, Mutter nimmt mich nicht auf, ohne festen Wohnsitz krieg' ich keine Invalidenrente, ich weiß nicht, wohin, Arbeit gibt's ohne polizeiliche Meldung auch nicht – ich kann mich glatt hinlegen und sterben. Aber sie bleibt stur. An Klamotten besitz' ich nur das, was ich auf dem Leib hab': Wattejacke und zerrissene Stiefel. Eine Freundin von mir wohnte in Nowo-Datschnaja, ich also dahin, aber sie ist weg, ausgezogen. Ich komme am Sawjolowoer Bahnhof an, humpele irgendwie bis zur Metrostation Nowoslobodskaja. Da hör' ich Glocken läuten. Na, denke ich, gehst du mal in die Kirche. Warum nicht? Bin ja schließlich auch getauft. Zumute ist mir – zum Aufhängen. Ich rein, steh' da. Geld hab' ich keins, nicht mal für eine kleine Kerze. Die Kirche ist gerammelt voll, irgendein Feiertag, welcher, weiß ich nicht mehr. Ich steh' nur da und denke: Warum, lieber Gott, hast du mich so unglücklich zur Welt kommen lassen? Ein Krüppel, bettelarm, von der eigenen Mutter verstoßen, und der Kerl – na schön, zum Teufel mit dem. Aber daß ausgerechnet sie ihn mir weggeschnappt hat, die eigene Mutter, das tut weh. So denke ich und werde immer wütender auf Ihn: Was tust Du nur? Ist das etwa gerecht? Warum bin ich so übel dran, und bei anderen, die keinen Deut besser sind als ich, ist alles in braunster Butter? Falls Du, sag' ich zu Ihm, für mich das Himmelreich vorgesehen hast, also, das kann mir gestohlen bleiben, ich hätte lieber jetzt gleich, in diesem Augenblick ... So steh' ich da und wüte, komme immer mehr in Fahrt. Und tu' mir selber leid – weil ich ein Krüppel bin, weil Gott mir weder Schönheit noch sonst irgendwas mitgegeben hat.« Katja schniefte, Sinaida drehte mit kläglichster Miene immerzu ihren Lappen, Katja packte mit ihren kurzen Fingern erneut die Flasche beim Hals, goß aber nicht nach.

»Plötzlich höre ich hinter mir Metall klappern, klickklack; ich dreh' mich um, da stellt eine Alte ein Klappbett auf. Die hat sie wohl nicht alle, denk' ich. Und kuck' gar nicht mehr hin. Dann, nach einer Weile, macht was quietsch-quietsch. Ich dreh' mich um, und was ich da sehe, Sina, das glaubst du nicht. Auf dem Klappbett sind drei Kissen aufgetürmt, und mit dem Kinn auf dem Kissenberg liegt da – ist nicht Frosch und ist nicht Maus, sieht fast wie ein Untier aus – eine Frau, eingehüllt in eine Kinderdecke, die nicht ganz über die Füße reicht, verpackt wie ein Wikkelkind, mit Bändern verschnürt. Nur das Gesichtchen kuckt raus unter einem schwarzen Tuch, aber die Augen brennen wie Feuer, genau wie bei der Bojarin Morosowa; kennst du natürlich nicht, ein schönes Bild von Surikow, einem Maler. Ich habe ein Gedächtnis, Sina, was ich einmal gesehen hab', das behalte ich ein für allemal. Alles. Also, sie liegt da, die Augen glühen. Mir wird ganz heiß. Und die Alte nimmt sie hoch wie ein Kind, hievt sie sich auf den Rücken, den Kopf stützt sie mit der Schulter ab, er baumelt ganz kraftlos runter. Nicht größer als eine Siebenjährige ist die Frau, die Decke ist überall ein bißchen zu kurz, die Füße in Wollsocken kucken raus, winzige Füßchen, die nicht zum Laufen taugen. Die Alte trägt sie zur Beichte. Und ich, Sina, ich immer hinterher, wie eine Zicke am Strick. Als ob sie mich zieht. Die Alte trägt sie also zum Priester, und der spricht ganz lange Gebete, damals sah ich ja noch nicht durch, erst später hab' ich gelernt, was er da spricht und warum. Jetzt kenne ich den Gottesdienst inund auswendig, Wort für Wort, aber damals hatte ich von dem ganzen Kirchlichen noch keine Ahnung. Nach dem Gebet ist er gleich zu ihr, sagt irgendwas. Und sie antwortet wie ein Mäuschen – pieps, pieps! Sina, da ging in mir drin – so was hatte ich noch nie erlebt – ein Jucken los, im

Hals, in der Brust und direkt im Herzen; ich hätte mit der Hand reinfahren und mit den Nägeln alles aufkratzen können, so schlimm war das. So was aber auch, so was aber auch! Weder Beine noch Arme, keine menschliche Stimme, sie wird getragen wie ein Sack. Und da ist in mir was geplatzt, und dann ging's los. Geheult hab' ich, Sina, Rotz und Wasser! So leid hat sie mir getan, ich kann dir gar nicht sagen, wie sehr.« Katjas Lippen zuckten, sie schneuzte sich, wischte sich die Augen und fuhr streng fort: »Und dann, Sina, habe ich alles über sie erfahren: Das ist die Nonne Jewdokija, die Alte ist ihre Mutter, ist auch Nonne geworden, aber sie leben natürlich draußen, was sollen sie im Kloster mit denen. Ja, sie hat wirklich ein schlimmes Los! Mein Gott, wofür? Und da ging mir ein Licht auf, Sina! Jeder, der sie ansieht, denkt doch nur eins: Das ist ein Unglück, viel schlimmer als meins, schlimmer geht's nicht, meine Lage ist noch zu ertragen. Sie muß ich bedauern, nicht mich. Da habe ich begriffen, Sina, warum der Herr solche wie uns, Krüppel, Elende und Mißgeburten auf die Welt schickt! Verstehst du mich, Sina?«

Sinaida saß da wie erstarrt. Mit offenem Mund und schielenden Augen hörte sie Katjas Worte, vernahm sie aber nicht, doch ihr Sinn drang auf eigentümliche Weise in sie ein, durch die Haut oder durch die Luft.

»Zum Vergleich, als Beispiel, zum Trost, ich weiß nicht, wie ich dir das sagen soll«, erklärte Katja. »Die Menschen sind doch böse, es tröstet sie, wenn sie sehen, daß es einem anderen noch schlechter geht. Sieh mal, es gibt berühmte Schauspielerinnen, die sind wunderschön, ganz auf Rosen gebettet, am Zeitungskiosk kann man die kaufen, und wenn du dir so eine ansiehst, wird dir speiübel – nein, es gibt keine Gerechtigkeit. Ist aber da auf der einen Seite so eine Schauspielerin, die alles hat, und auf der anderen Schwester Jewdokija auf dem Klappbett – dann geh in dich! Wo der Herr dich hingestellt hat, da sollst du auch stehen! Ach, denke ich, gut! Das ist mein Platz: Als Krüppel steh' ich vor der Kirche, die Leute kommen vorbei, jeder sieht mich an und sagt sich: Gott sei Dank, daß meine Beine gesund sind und nicht ich mit ausgestreckter Hand hier stehe! Bei einem anderen regt sich vielleicht das Gewissen, daß er Gott nicht genug dankt für seine Wohltaten. Auf die Schnorrer, Sina, auf die achte nicht, die haben nur eins im Sinn: Geld. Ein richtiger Bettler aber, Sina, das ist ein Gottesmensch, er dient dem Herrn! Ein auserwähltes Volk sind sie, die Bettler!«

Sinaida fiel in Halbschlaf. Ihre Augen waren offen, aber sie sah und hörte Katja nicht. Sie träumte: Sie sitzt auf der Erde, ihre Beine sind schlank und braungebrannt, und der Boden ringsum ist übersät mit blauen und lila Blumen, hart und schon ein wenig welk, aber ungewöhnlich leuchtend. Die Blätter und Stiele sind hart und stechen ihre nackten Beine, aber dieses Stechen ist lustig, wie das Prickeln von Limonade, und Sina steht auf und läuft geradewegs über die Blumen, der Boden federt leicht, und ihre Füße scheinen aus etwas Festerem gemacht als der nachgiebige Boden, über den sie geht.

Katja aber redete und redete, doch immer leiser, immer schneller und undeutlicher:

»Und nun loben wir Ihn. Er schickt uns Krankheiten, und wir loben Ihn! Er schickt uns Armut, und wir loben Ihn! Jeder Atemzug ist Lob.« Mitten im Satz legte Katja ihren Kopf auf die karierte Tischdecke. Ihre große, männliche Rechte lag auf dem Tisch, in der herabhängenden Linken staute sich dunkles Blut.

Sinaida aber ging noch immer über die leuchtenden harten Blumen, und von der Seite kam hinter einem großen Stein Mama hervor in der blauen Strickjacke mit den Blumenstickereien auf den Schultern – obwohl Sinaida genau wußte, daß diese Blumen auf der grünen Jacke waren, der chinesischen. Mama lief schräg über die Wiese, kam aber immer näher, sie winkte Sinaida, sie lächelte, und sie war jung.

Die arme Verwandte

Jeden Einundzwanzigsten, wenn er nicht auf einen Sonntag fiel, bekam Anna Markowna zwischen Mittagessen und Teetrinken Besuch von ihrer entfernten Cousine Asja Schafran. War der Einundzwanzigste ein Sonntag und demzufolge die ganze Familie zu Hause, kam Asja am Zweiundzwanzigsten, am Montag, denn sie schämte sich ihrer Armut und ihrer Geistesschwäche.

Gegen vier klingelte sie an der Tür und vernahm kurz darauf aus dem Innern der Wohnung schwere Schritte und ein sinnloses: »Wer da?« – am albernen Kichern vor der Tür und am Datum mußte Anna Markowna erkennen, daß es Asja war.

»Ich bin's, Anetschka, ich war gerade in der Gegend, da habe ich gedacht, ich schau' mal vorbei, ob du da bist.« Asja küßte Annas mollige Wange, kicherte unaufhörlich und schwatzte wortreich und unaufrichtig, denn nichts war offensichtlicher, als daß sie, Asja, wegen ihrer monatlichen Unterstützung gekommen war.

Sie waren einmal in eine Klasse gegangen, in den gleichen graublauen Schulkleidern, genäht vom besten Schneider in Kaluga, auf der üppigen Brust das Gymnasiumsabzeichen mit den Buchstaben »KFGS« – ein früher Vorbote der Jahre später allgemein um sich greifenden Abkürzungsmanie. Doch die filigranen Buchstaben standen nicht etwa für »Kommunalfonds« für »G« und »S«, was Gesundheit und Soziales heißen mochte, sondern nur für das Kalugaer Frauengymnasium von Frau Salowa, eine private Einrichtung, die sich erlaubte, reiche jüdische Mädchen zu unterrichten, so viele es eben gab in der raren jüdischen Bevölkerung des durch und durch russischen, halb ländlichen Kaluga – auf den Straßen des künftigen Zentrums der Kosmosforschung liefen noch dreiste Ziegen herum.

Anna war eine Musterschülerin mit dickem, über die Schulter geworfenem Zopf; in ihren Heften war die letzte Seite genauso schön und sauber wie die erste. Asja war nicht so lerneifrig wie Anna. Französische Verben, endlose Datenketten und hübsche kleine Theoreme flogen bei ihr zum einen von federnden, unbändigen blonden Locken halbverdeckten Ohr rein und zum anderen wieder hinaus, während sie mit spitzem Bleistift eine Karikatur des gemeinen Geschichtslehrers Semjon Afanasjewitsch zeichnete. Asja war ein lebhaftes, fröhliches und hübsches Fräulein, aber niemand außer Anna Markowna kannte sie noch so.

Die albern geschminkte Asja, die leicht mit dem Kopf wackelte, zog den mit schwarzen Seidenbändern verzierten aprikosenfarbenen Mantel aus, der einmal Anna Markowna gehört hatte – sie gab Asja immer ihre abgelegten Sachen und hatte sich längst damit abgefunden, wie schnell, manchmal mit einem einzigen Handgriff, Asja ihre respektablen Kleider zu den Lumpen einer Verrückten machte. Die von Asja angenähten schwarzen Bänder hatten sich stellenweise gelöst, hingen einzeln und zu Schlaufen verknotet herum, und das Ganze sah aus wie ein witziges Faschingskostüm, als wollte sie als Notenheft gehen.

Unter dem grünen Barett quoll etwas Schwarzes, Struppiges hervor, ein Hybrid aus Schleier und Pony, und auf Asjas Lippen lag ständig der Keim eines Lächelns, jeden Moment bereit, zu erlöschen oder in unterwürfigem Kichern aufzugehen.

»Komm rein, Asja«, sagte Anna Markowna freundlich und majestätisch und geleitete sie in das Speisezimmer. Auf dem Sofa lag Anna Markownas Mann Grigori Wenjaminowitsch. Er fühlte sich unwohl, war früher aus der Uni nach Hause gekommen und hatte die beiden Vorlesungsstunden seines glänzenden Histologie-Kurses einem fähigen, aber ziemlich schlampigen Assistenten überlassen.

Bei Asjas Anblick machte er säuerlich »Hm!«, fragte sie nach ihrem Befinden, ging, ohne ihre Antwort abzuwarten, nach nebenan ins Schlafzimmer und zog die verglaste Doppeltür hinter sich zu.

»Grischa fühlt sich unwohl«, erklärte Anna Markowna sowohl seine Anwesenheit zu Hause als auch seinen Abgang.

»Ich bin nur auf einen Sprung vorbeigekommen, Anetschka. Im Kaufhaus gibt es chinesische Thermoskannen. Ich habe ein paar gekauft«, log sie, »sie sind sehr schön. Mit Vögeln drauf. Soll ich dir auch eine kaufen?«

»Nein, danke, ich habe eine, und ich brauche sie Gott sei Dank nicht.« Bei Thermoskannen dachte sie nicht an schöne Picknicks im Grünen, sondern an Krankenhausbesuche.

»Wie geht's Irotschka?« fragte Asja nach Annas Enkelin. Sie brauchte sich nicht jedesmal neue Fragen auszudenken, sie fragte systematisch nach allen Familienmitgliedern, und gewöhnlich antwortete Anna Markowna darauf kurz, geriet aber auch manchmal in Fahrt und erzählte Einzelheiten, die eigentlich für bedeutendere Gesprächspartner bestimmt waren. Diesmal traf gleich Asjas erste Frage ins Schwarze, denn Irotschka hatte gestern verkündet, sie werde heiraten, und die ganze Familie, völlig überrumpelt, war in Aufruhr und ein bißchen verärgert. Darum erzählte Anna Markowna nun ziemlich ausführlich von diesem Ereignis, wobei sie das Für und Wider sorgfältig gegeneinander auflistete.

»Ein guter Junge, sie sind seit der Schule befreundet, er ist auch im zweiten Studienjahr, am Luftfahrt-Institut, hat gute Leistungen, sieht nicht schlecht aus, nur furchtbar lang und dünn, ist rettungslos in Irotschka verliebt, ruft fünfmal am Tag an; sehr musikalisch ist er – hat nie ein Instrument gelernt, und hier setzt er sich ans Klavier und spielt nach dem Gehör jede Melodie. Die Familie, die ist natürlich, verstehst du«, Asja wackelte verständnisvoll mit dem Kopf, »sehr einfach. Der Vater ist Hausmeister, Invalide. Es heißt, er trinkt.« Bei diesen Worten kicherte Asja, diesmal ganz passend; und Anna Markowna fuhr fort: »Aber die Mutter ist eine hochanständige Frau, sie verdient wirklich Respekt. Vier Kinder, die beiden großen Jungen studieren, die beiden Kleinen, Zwillinge, ein Junge und ein Mädchen, sind ganz reizend.« Bei Anna Markowna waren ausnahmslos alle Kinder ganz reizend. »Ich habe sie gesehen: sauber, adrett und wohlerzogen. Serjoshas Mutter kenne ich schon lange, sie war Sekretärin in Irotschkas Schule. Jedenfalls kann ich nichts Schlechtes über sie sagen. Er ist natürlich noch sehr jung, ein armer Schlucker, es wird noch dauern, bis die beiden auf eigenen Beinen stehen, aber darum geht es gar nicht. Grischa meint, sie müssen allein leben. Zu

Hause ausziehen! Kannst du dir das vorstellen? Irotschka, die muß doch studieren, und da soll sie einkaufen, kochen und waschen, womöglich kriegt sie noch ein Kind und schmeißt das Studium hin! Das würde ich mir nie verzeihen!«

Schließlich besann sich Anna Markowna, daß das alles Asja überhaupt nichts anging. Doch die saß selig auf dem schwarzen Eichenstuhl, die geschminkte Wange in die Hand gestützt, lächelte glücklich, klapperte ungeduldig mit den Wimpern, paßte eine Lücke in Anna Markownas Wortschwall ab und sagte:

»Anetschka, sie können doch bei mir wohnen!«

»Nicht doch, Asja!« reagierte Anna ganz ernst, nachdem sie sich Asjas langgestrecktes Zimmer am Ende des gewundenen Flurs, neben der Küche, vorgestellt hatte. Das war keine Behausung, das war ein Trödelladen. An den Wänden überall wahllos eingeschlagene Nägel aller Größen, an einem ein Männermantel, am nächsten eine weiße Bluse, am dritten eine Postkarte oder ein Bund Kräuter. Ein unmöglicher Geruch, ganz die Wohnung einer Verrückten; und obendrein überall stapelweise Zeitungen, für die Asja eine ganz unerklärliche Leidenschaft hegte.

Anna Markowna lachte – wie hatte sie im ersten Moment ernsthaft daran denken können?

Asja erwiderte das Lachen artig, dann fragte sie:

»Warum denn nicht? Ich habe einen Wandschirm. Ich würde ihnen Frühstück machen. Sie können ruhig bei mir wohnen.«

Anna Markowna winkte ab.

»Schon gut, das wird sich finden. Irotschka hat schließlich Eltern. Sollen die sich einmal im Leben etwas einfallen lassen; er hat sich nämlich dran gewöhnt« – unmerklich wurden die Eltern auf den Schwiegersohn reduziert, der in der Familie nicht sonderlich gut gelitten war –, »daß er immer alles auf dem Tablett serviert kriegt. Laß uns Tee trinken, Asja«, schlug Anna Markowna vor und rief durch die offene Tür: »Nina, setzen Sie bitte Teewasser auf!«

»Und was gibt's bei dir Neues, Asja?« fragte Anna Markowna höflich und desinteressiert.

»Gestern war ich bei Berta. Sie möchte Matthias einen Mantel kaufen, aber er will nicht. Raja aus Leningrad ist bei ihnen zu Besuch. Sie hat Fotos von ihren Enkelinnen gezeigt.«

»Wie alt sind sie denn?« wollte Anna Markowna wissen.

»Die eine ist schon groß, eine richtige Braut, die andere etwa zwölf.«

»Ach was! Wie schnell die Zeit vergeht!«

Sie schwatzten über dies und das, Anna Markowna herablassend, mit dem Gefühl, ihre verwandtschaftliche Pflicht zu erfüllen, Asja eifrig und reinen Herzens.

Die Haushälterin Nina brachte den Tee und stellte ihn auf einen Untersetzer. Sie war eine Schönheit mit schulterlangem dauergewellten Haar, das an den Schläfen von zwei Spangen gehalten wurde.

Die Damen setzten ihr Gespräch auf französisch fort, was Nina jedesmal in stille Wut versetzte. Sie war überzeugt, ihre Herrin beschimpfe sie auf jiddisch.

»Unsere neue Haushälterin. Ein sehr gutes Mädchen. Die Nichte von Dusja, aus ihrem Dorf. Die hat sie uns nach ihrer Hochzeit als Geschenk geschickt«, sagte Anna Markowna lachend.

»Sie ist sehr schön«, sagte Asja, die Nina bewundernd ansah.

»Ja«, bestätigte Anna Markowna stolz, »eine echte russische Schönheit.«

Anna Markowna hatte ein Händchen dafür, Mädchen vom Lande, ihre Haushälterinnen, gut unterzubringen. Sie gingen zur Abendschule, dafür sorgte Anna Markowna, sie besuchten irgendwelche Kurse, dann heirateten sie und kamen an Feiertagen mit ihren Kindern und Männern zu Besuch.

Den Tee tranken sie aus kostbaren blauen Tassen. In rosa Schälchen aus eigentümlichem Glas, das aussah wie angeschlagen, füllte Anna Markowna grüne Stachelbeerkonfitüre, nach einem besonderen Rezept eingekocht, das sie für ihr ureigenes hielt.

»Was für schöne Konfitüre!« rief Asja begeistert.

»Weißt du noch, unsere Hauswirtschaftsstunden damals?«

»Natürlich, die hat die Salowa selbst gegeben. Ich konnte immer alles am schlechtesten«, sagte Asja mit paradoxem Stolz. »Weißt du noch, wir haben ihr zum Namenstag immer eine Geburtstagstorte gebacken.«

»Ja, ja.« Anna Markowna besann sich plötzlich, daß sie schon zu viel Zeit verschwendet hatte. »Ich habe hier was für dich zurechtgelegt. Hier, ein Nachthemd, sehr durabel, mußt du nur ein bißchen stopfen, Kamelhaarhandschuhe von Grischa und noch ein paar Kleinigkeiten.« Sie ersparte sich niedere Details, denn auf dem Stuhl lag ein Packen geflickter Frauenunterwäsche.

Die prähistorische Tasche mit dem großen Schnappverschluß aus Schildpatt schluckte geschwind sämtliche Wäschestücke plus vier in Servietten eingewickelte Kuchenstücke und eine Dose Fisch. Das einstündige Rendezvous näherte sich seinem Höhepunkt und seiner Lösung. Anna Markowna stand auf, ging ins Schlafzimmer, klapperte dort mit Schrankschlüsseln und kam kurz darauf zurück, in der Hand einen schon vorher bereitgelegten Umschlag mit einem großen bunten Hundertrubelschein.

Sie übergab den Umschlag mit einem Anflug von Feierlichkeit. »Das ist für dich, Asjenka.« Asja, die viel größer war als Anna Markowna, wurde rot wie ein Kind und beugte sich hinunter, um den Vorgang ins richtige Verhältnis zu rücken: Sie, die kleine Asja, empfing ein Geschenk von ihrer großen, älteren Cousine. Sie nahm den Umschlag mit beiden Händen. Am gekrümmten Handgelenk ihrer Rechten hing die prallgefüllte Tasche, und sie versuchte, sie gleichzeitig herunterzunehmen, aufzumachen und den Umschlag hineinzustopfen.

Das Rendezvous war beendet. Anna Markowna brachte den Gast in den Flur, küßte Asja in einer Aufwallung von Herzlichkeit auf die geschminkte Wange, und Asja, beflügelt von einer Erleichterung, die ihre aufrichtige Liebe und ihren grenzenlosen Respekt für die Cousine ein wenig schmälerte, lief, ja hüpfte beinah die zwei Treppen hinunter, eilte auf ihren flinken, mageren Beinen die Dolgoruki-Straße entlang bis zum Gartenring und war nach vierzig Minuten in der Kostjanski-Gasse, bei ihrer Freundin Maruska Fomitschowa.

Auf den wackligen Tisch, der an der feuchten Wand lehnte, schüttete sie ihre Geschenke. Nach kurzem Schwanken bei den Kamelhaarhandschuhen legte sie auch die dazu, und unter den Stapel geflickter Wäsche schob sie den großen grauen Umschlag.

»Nicht doch, nicht doch, Asja Samolna, du verwöhnst mich«, murmelte die halbseitig gelähmte Greisin.

Und Asja Schafran, unsere geistesschwache Verwandte, strahlte.

Ein langes, langes Leben

Drei Jahre waren vergangen, seit Natalja Andrejewna ihre greisen Eltern verloren hatte, die kurz nacheinander von ihr gegangen waren, ganz leicht, ohne besondere Krankheiten, ohne Leiden, gleichsam aus Müdigkeit und weil ihre Lebensuhr abgelaufen war.

Natalja Andrejewna ging selbst schon auf die Fünfzig zu. Eigenes Eheglück war ihr nicht beschert. Schon fast eine alte Jungfer, hatte sie einen gewissen Sergej geheiratet, doch die Ehe hielt nur ein paar Jahre. Dann verließ Sergej sie, nicht auf einen Schlag, sondern ganz allmählich, beinah unmerklich.

Natalja Andrejewna nahm das nicht allzu schwer; ihr Leben hatte sich durch die Heirat kaum verändert. Sie lebte wie zuvor weiter mit ihren Eltern zusammen, fragte jeden Morgen: »Wie hast du geschlafen, Papa? Wie hast du geschlafen, Mama?« Diese übergroße Anhänglichkeit fand Sergej zunächst nur befremdlich, dann ärgerte sie ihn. Und so ging ihre Ehe in Kinderlosigkeit und stiller Gereiztheit zu Ende, gab einfach den Geist auf. Sergej verschwand und tauchte erst nach sechs Jahren wieder auf, um die Scheidung zu verlangen. Bei ihm hätten sich neue Umstände ergeben. Natalja willigte leichten Herzens ein, die Scheidungsklage zu unterschreiben.

Als Sergej in dieser offiziellen Angelegenheit die Familie aufsuchte, in der er einst gelebt hatte, staunte er, wie unverändert das Leben der drei war, und auf einmal fand er sie alle – die beiden kahlstirnigen Alten und Natascha selbst – sehr anziehend, gerade wegen dieser ruhigen Beständigkeit. Selbst ihre harmlosen Neckereien, die ihn einst so gereizt hatten und ihm unecht vorgekommen waren, stimmten ihn weich.

»Ach, Sergej Afanassjewitsch, Sie haben ja zugenommen!« sagte Klawdija Ignatjewna lächelnd. »Aber das steht Ihnen! Andrjuscha, der nimmt auch zu, bloß ihm steht das gar nicht.«

Andrej Iwanowitsch schüttelte den Kopf und breitete die molligen Arme aus. »So bist du, Klawdjuscha, dir kann man's nicht recht machen. Früher war ich dir immer zu dünn, jetzt bin ich dir zu dick!«

Klawdija Ignatjewna lachte. »Das ist doch ewig her – zu dünn! Und überhaupt, das warst du nie!«

»Doch, doch, er war dünn, das weiß sogar ich noch, Mama!« verteidigte Natalja ihren Vater, und Sergej gab es einen Stich, denn er verglich unwillkürlich diese bedächtige, herzliche Welt mit seiner neuen Familie, in der es immer hektisch zuging.

Tatsächlich zugenommen hatte Natalja Andrejewna. Aber auch ihr stand das. Voller Rührung betrachtete Sergej die braune Strickjacke, dieselbe wie vor sechs Jahren. Da allerdings irrte er, es war nicht ganz dieselbe – Natalja hatte sie vor kurzem neu gestrickt, mit etwas mehr Wolle. Übrigens wäre Andrej auch das, hätte er es erfahren, in diesem Augenblick liebenswert vorgekommen.

Er ließ seine Ex-Frau die Scheidungsklage unterschreiben, trank Tee mit Erdbeerkonfitüre und selbstgebackenen Keksen, verabschiedete sich und ging, im Herzen leichtes Bedauern, das sich im übrigen verflüchtigte, noch bevor er die Bushaltestelle erreichte. Dann dachte er kaum noch an diese Familie und an Natalja, es sei denn, er wurde durch verschlungene Gedanken an sie erinnert.

Natalja war keineswegs traurig über ihre Ehelosigkeit – solange die Eltern lebten. Solange sie lebten, richtete Natalja auf sie ihre ganze zärtliche potentielle Mutterliebe, ihre treue Frauenliebe – alle Liebe, die sie geben konnte. Gerührt betrachtete sie den zarten Flaum auf der Glatze ihres Vaters, schnitt der Mutter die dicken Fußnägel und bewunderte dabei die noch immer schmalen Fesseln. Die Falten, die rosa und blauen Venen auf den schlaffen Wangen, der Verschleißgeruch des Alters – das alles weckte in Natalja schmerzhaftes Mitleid.

Nun, da die arme Natalja allein war, vermißte sie das glückliche, von der stets gegenwärtigen Angst um die beiden sterblichen Alten erfüllte Leben, das all ihre bewußten Jahre ausgemacht hatte. Fremde zu lieben hatte sie nie gelernt, enge Freundinnen besaß sie nicht – ihre Altersgefährtinnen, mit unzähligen Sorgen belastet, konnten Nataljas einzige, kindlich unschuldige Leidenschaft für die Eltern nicht verstehen. Sie waren sogar ein wenig beleidigt, wenn sie von ihren Sorgen um Schwindelanfälle, Sodbrennen und Gichtknötchen ihrer beiden Alten erzählte. Verglichen mit echten Katastrophen wie Allergien, Windpocken und schlechten Zensuren in Schönschreiben erschienen Nataljas Ängste den anderen aufgebauscht und belanglos. Nein, Freundschaften gelangen Natalja Andrejewna nicht, weder zu Lebzeiten ihrer Eltern noch nach deren Tod.

Doch ihre Kollegen mochten sie. Sie war ruhig, wälzte nie ihre Arbeit auf andere ab, kochte in der Mittagspause

Tee für alle, die nicht in die Kantine gingen, und wies niemanden ab, der sich fünf Rubel borgen wollte.

Natalja Andrejewnas Arbeit war nicht schwer. Sie leitete, wie es in der Abteilung hieß, die Riemengruppe: Sie verteilte Treibriemen in der Branche. Treibriemen waren natürlich Mangelware; aus dem ganzen Land kamen Versorgungschefs angereist, um welche zu erstehen, zu ergattern, zu beschaffen. Natalja Andrejewna sorgte für eine gerechte Verteilung. Die Dienstreisenden katzbuckelten vor ihr, wie übrigens vor allen Mitarbeitern des staatlichen Versorgungsamtes. Es gab viele Knotenpunkte und Mechanismen, ohne die die Produktion stillstand. Die Angereisten gingen von Schreibtisch zu Schreibtisch mit unterwürfigem Lächeln, Bitten und kleinen Bestechungsgaben in Form von Geschenken und Souvenirs aus entlegenen Provinzen. Natalja hatte Mitleid mit den Dienstreisenden, half ihnen, so gut sie konnte, und erwarb auf diese Weise im Laufe ihres zwanzigjährigen Dienstes viele gute Bekannte in der ganzen Russischen Föderation. Von den Besuchern wurde sie womöglich noch mehr gemocht als von ihren Kollegen. Sie war so bedächtig und freundlich, daß allein ihr Anblick die vom Herumlaufen erschöpften Dienstreisenden beruhigte und ihnen die Spannung nahm.

Natalja Andrejewna hatte auch eine gesellschaftliche Funktion: Sie war Sozialverantwortliche, was bedeutete, daß sie für die Geburtstage von Kollegen Geld sammelte und jedes Jahr die Karten für die Silvesterfeier im Kreml verteilte – mit wichtigeren Fragen befaßten sich andere. Und hier beginnt unsere Geschichte.

Eines Morgens wurde Natalja Andrejewna in das Gewerkschaftskomitee gerufen, wo man ihr mitteilte, Wladimir Stepanowitsch Maslennikow sei gestorben. Er hatte früher einmal bei ihnen gearbeitet, war aber schon lange in Rente, und seitdem hatte keiner wieder etwas von ihm gehört.

»Einer unserer ältesten Mitarbeiter«, erklärte man ihr. »Wir müssen Anteilnahme zeigen. Das Gewerkschaftskomitee stellt zwanzig Rubel zur Verfügung, sammeln Sie bitte in der Abteilung noch etwas. Jemand müßte zur Beerdigung gehen. Vielleicht Sie?«

Natalja Andrejewna war fast die einzige in der Abteilung, die Wladimir Stepanowitsch noch gekannt hatte. Er war ein finsterer, altmodisch anmutender Greis mit ständigem Schnupfen und steif gebügelten weißen Taschentüchern.

Widerwillig gab jeder Kollege fünfzig Kopeken. Für einen Kranz reichte es nicht. Doch dann rief jemand aus dem Gewerkschaftskomitee an und teilte freudig mit, ein Kranz würde aus dem Fonds des Direktors gestellt, es sei schon ein Kurier unterwegs, den Kranz samt Schleife mit angemessener Aufschrift zu bestellen.

Am nächsten Morgen ging Natalja, die für diesen Tag von der Arbeit freigestellt war, mit der Quittung in das Bestattungsinstitut, wo man ihr den in Papier eingeschlagenen Kranz aushändigte. Alle anderen Kränze standen an der Wand, nur ihrer war verpackt. Inklusive einer Peinlichkeit, wie sich noch zeigen sollte.

Mit dem unhandlichen, aber ordentlich verschnürten riesigen Paket fuhr Natalja in die Pathologie des zweiundfünfzigsten Krankenhauses. In einem kleinen Raum waren die Angehörigen des Verstorbenen versammelt. Natalja dachte immer, er sei allein gewesen, nun sah sie, daß er eine zahlreiche, sehr anständig aussehende Familie hatte. Hauptperson war die Schwester des Verstorbenen, mit der er die letzten Jahre zusammengelebt hatte. Die alte Frau trug der Witterung entsprechend einen grauen Regenmantel und eine sonderbare Kopfbedeckung: einen kleinen Hut und darüber einen schwarzen Baumwollschal, der Trauer andeuten sollte. Ihr Gesicht war weiß gepudert. Sie sah verwirrt und irgendwie hilfesuchend aus. Die zahlreichen jungen Angehörigen, vermutlich Großnichten und -neffen, hielten wunderschöne Herbstasternsträuße. Die jungen Leute begrüßten einander freudig und unterhielten sich.

Staunend betrachtete Natalja diese gar nicht traurigen Gesichter, diese sachliche Beerdigung, dachte an ihre geliebten Eltern, und tief im Herzen wunderte sie sich und bedauerte Wladimir Stepanowitsch, um den niemand weinte.

Auch um mich wird niemand weinen, dachte sie leichthin und mitleidlos und wickelte die aufwendige Papierverpackung von dem mitgebrachten Kranz.

Es war ein ganz gewöhnlicher Kranz. Genauso einen, mit einer weißen Schleife, auf der stand: »Ruhe in Frieden, lieber Onkel Wolodja«, hielt ein pickliger Jüngling in viel zu kurzer Hose und Jacke.

Natalja bückte sich, um das steife Seidenband zu richten, und las fassungslos: »Dem lieben Wla imir Spepanowitsch Maslen ikow von seinen Kollegen«. Die beiden fehlenden Buchstaben im Vor- und Familiennamen fielen nicht sonderlich auf, aber »Spepanowitsch«!

Es waren so viele Fehler, daß Natalja nicht einmal entsetzt sein konnte; es war eher komisch. Sie versuchte, die Schleife so zu drapieren, daß die Fehler in den Falten verschwanden, aber das war gar nicht so einfach. Während sie sich mühte, die Schlamperei des betrunkenen Schreibers zu kaschieren, rollten zwei Männer in blauen Kitteln einen fahrbaren Tisch herein. Darauf stand ein Sarg, in dem der dunkelgelbe Wladimir Stepanowitsch Maslennikow lag. Früher hatte nur sein fast kahler Schädel diesen braungelben Farbton – er färbte sich nämlich die spärlichen Haare –, der nun auf das ganze Gesicht übergegangen war.

Auf den Sarg wurden die schönen Herbstblumen gelegt. Natalja stellte den vertrackten Kranz bescheiden ans Fußende. Maslennikows Schwester holte ein kleines Handtuch aus der Tasche und wischte sich damit die Nase ab. Natalja spürte plötzlich Tränen auf ihren Wangen. Es waren trügerische Tränen, die einem anderen Anlaß galten. Sie beweinte noch einmal flüchtig ihre unwiederbringlichen Verluste, Papa und Mama. Alle folgten dem Sarg zu einem Bus. Ein paar ungeduldige Angehörige machten sich aus dem Staub, der Rest stieg in den Bus.

Maslennikows Familie war schrecklich unbeholfen. Es waren zwei Busse bestellt, obwohl auch einer mehr als genug war. Der zweite wurde wieder weggeschickt.

Natalja wollte sich unauffällig davonmachen, aber als sie sah, wie wenig Leute geblieben waren und wie verstört die oberste Greisin aussah, stieg sie in den Bus. Sie fuhren in das neue Krematorium in Mitino.

Auch dort verlief alles hastig, flüchtig, mit lauter Fehlern und Pannen. Das war wohl das Schicksal des verstorbenen Pechvogels. Die Trauerrednerin, die anstelle eines Totengebets einen lieblosen Standardtext verlas, forderte versehentlich auf, Abschied zu nehmen von Nikolai Wassiljewitsch. Was aber kaum jemand bemerkte.

Eine große grauhaarige Frau, vermutlich eine der Nichten, verteilte völlig überhöhte Trinkgelder an das Trauerpersonal. Dem Fahrer steckte sie hastig fünfzig Rubel zu, damit er sie alle zu der Wohnung fuhr, wo der Leichenschmaus stattfinden sollte.

Sie bat auch Natalja mitzukommen.

»Onkel Wolodja hat Sie sehr geschätzt, Natalja Andrejewna«, sagte sie.

Natalja war unsäglich erstaunt, denn sie hatte geglaubt, daß nicht einmal der verstorbene Maslennikow wußte, wie sie mit Vor- und Vatersnamen hieß, geschweige denn seine Nichte.

Natalja stieg in den Bus. Dort saßen schon drei, vier einander mehr oder weniger ähnelnde alte Frauen, ein knochiger Greis und mehrere Neffen, alle im mittleren Alter, wie Natalja, alle groß, langnasig, mit länglichen Gesichtern und einem Anflug fader Vornehmheit, den, wie sich Natalja erinnerte, auch der verstorbene Maslennikow hatte. Sie fuhren durch ganz Moskau, in einen entlegenen Außenbezirk. Natalja, die seit zwanzig Jahren nicht über die Grenzen des Gartenrings hinauskam, war verblüfft von der Weite der Reise. Bis zur Timirjasew-Akademie kamen ihr die Orte noch vage bekannt vor; hier endete Moskau für Natalja. Doch nun sah sie, daß hinter der Akademie zwischen Ödflächen und Bahnübergängen ganze Hochhäusermeere lagen. Erst nach vierzig Minuten erreichten sie ein neues Wohnviertel mit sonderbaren rundlichen Häusern, die ihr außerirdisch vorkamen.

In einer Zweizimmerwohnung wirtschafteten zwei weitere langnasige Frauen. Zahlreiche von den Nachbarn zusammengeholte Küchentische bildeten eine lange Tafel. In großen Porzellanschüsseln lagen unansehnliche fertig gekaufte Speisen. Der ganze Tisch stand voller übelriechender Salate, angebrannter Hühnchen und harter Piroggen. Es waren nur halb soviel Leute da wie Besteck, und Natalja dachte: Gut, daß ich mitgekommen bin.

Die grauhaarige Nichte führte ein bißchen Regie; die Schwestern des Verstorbenen saßen wie Spatzen auf der Stange nebeneinander, alle graubraun und traurig. Sie gossen Wodka ein und tranken, ohne anzustoßen. Eine der Alten stöhnte und sagte überraschend laut:

»Was sind wir nur für eine Familie! Wenn einen doch wenigstens mal einer zur Hochzeit einladen würde! Immer nur Beerdigungen, nichts als Beerdigungen!«

Ein ältliches stupsnasiges Männlein mit grauem Haarschopf, schmalem Gesicht und herabhängendem Schnauzbart, das neben Natalja saß, lachte leise und flüsterte ihr vertraulich ins Ohr:

»Was will die alte Schachtel auf einer Hochzeit?«

Natalja sah den Mann erstaunt an. Sie hatte ihn vorher gar nicht bemerkt. Sie lächelte vage und schwieg. Sie war überhaupt nicht sehr gesprächig.

Nach einer weiteren halben Stunde auf dem unbequemen dreibeinigen Hocker entschloß sich Natalja zum Aufbruch. Sie stand auf, bedankte und verabschiedete sich und ging in den Flur, ihren Mantel holen. Ihr Tischnachbar kam hinterher, reichte ihr den Mantel und sagte:

»Ich bringe Sie.«

»Danke, das ist nicht nötig«, sagte Natalja erstaunt, denn sie war solche Umgangsformen nicht gewöhnt.

»Ich muß sowieso mit dem Hund raus«, erklärte er seine Absicht.

Sie verließen die Wohnung. Er trug ein kariertes Baumwollhemd und Pantoffeln an den Füßen. Er klopfte gegen die Nachbartür.

»Augenblick, ich zieh' mir nur was an.«

Er verschwand, Natalja stand wartend allein im Treppenhaus und kam sich ein bißchen dumm vor.

Nach ein paar Minuten erschien das Männlein wieder. Das heißt, zuerst kam ein Hündchen herausgesprungen. Ein süßes, hübsches Hündchen! Natalja lächelte übers ganze Gesicht, und das Hündchen lächelte zurück. Die Hundeaugen waren braun, warm und freundlich. Es war ein nicht mehr junges, ziemlich fülliges Weibchen mit buntem, für die Jahreszeit zu dickem Fell und weißer Schnauze.

»Nein, bist du süß!« sagte Natalja Andrejewna zu dem Hündchen.

»Belotschka!« sagte der Mann stolz. »Die Freundin meiner rauhen Tage. Meine Familie!«

Das Hündchen stellte ein Ohr auf und nickte leicht.

»Sie ist klug«, bemerkte Natalja.

»Klug?« versetzte das Herrchen. »Und ob, die hat Köpfchen! Und Seele!«

Sie stiegen in den Fahrstuhl. Der Hund stellte sich taktvoll quer vor sie, um Natalja nicht das Hinterteil zuzuwenden.

»Haben Sie Wladimir Stepanowitsch gut gekannt?« fragte der Mann. Er trug eine abgewetzte Jacke und hielt seine Mütze in derselben Hand wie die Leine.

»Nein, nicht sehr. Na ja, er war ein ruhiger Mann, schweigsam und kultiviert und so«, Natalja suchte nach Worten, »so für sich.«

»Ich habe zehn Jahre lang Tür an Tür mit ihm gewohnt«, sagte er, »der Mann war ein Wunder: Hat nicht geraucht, nicht getrunken, nicht randaliert, hatte zu hohen Blutdruck und hat sich zweimal am Tag mit seiner Schwester gestritten. So war das.«

Dieser Mann war keineswegs einfältig, sondern sogar ziemlich gewitzt und erinnerte Natalja an einen Jahrmarktsnarren aus vergangenen Zeiten.

Sie stiegen aus dem Fahrstuhl und gingen zur schweren Eingangstür. Er stieß mit weltmännischer Geste die Tür auf, und auch das Hündchen ließ ihr erstaunlicherweise den Vortritt.

»Einen Augenblick bitte, wenn Sie erlauben«, bat der Mann, ließ den Hund von der Leine und stellte sich plötzlich vor:

»Ich heiße Iwan Leontjewitsch.«

Natalja nickte. Das Hündchen knickte die kurzen Hinterpfoten ein, hockte sich hin wie ein Bauernweib, dann klatschte sein Herrchen in die Hände, tat, als wolle er es einholen, und das Hündchen rannte freudig im Kreis, wobei es sich immer wieder umsah.

»Ich bringe Sie nicht zur nächstgelegenen Haltestelle, sondern ein Stück weiter. Hier ist gleich die Endhaltestelle, und der Weg dorthin ist angenehmer«, sagte Iwan Leontjewitsch leichthin, als wären sie alte Bekannte. »Das ist doch wirklich dumm – ich bin eigentlich Hauptstädter, in der Pretschistenka mitten im Zentrum geboren, und auf meine alten Tage hat es mich hierher verschlagen, wie in die Verbannung.« Er lächelte, lachte sogar, dann neigte er den Kopf näher zu ihr, hauchte ihr frischen Wodkadunst ins Gesicht und sagte:

»Sie sind auch eine waschechte Moskauerin. Wissen Sie, ich erkenne einen Moskauer nicht nur an der Sprache, sondern sogar an den Gesten. Seine Gesten, wissen Sie, die sind irgendwie rund.« Wieder lachte er und entblößte dabei die oberste Zahnreihe mit einer breiten Lücke darin. Beim Lachen warf er den Kopf ein wenig in den Nacken, und Natalja bemerkte einen beim Rasieren übersehenen Streifen grauer Haare an seinem Hals. Er faßte Natalja mit seiner schmalen, festen Hand unter und sagte plötzlich nachdenklich:

»Zu Ihnen würden zwei Namen passen, Tatjana und Natalja. Natalja noch besser.«

»Natalja Andrejewna«, sagte sie lächelnd und wurde mit einemmal fröhlich.

»Ja, natürlich, Natalja. Richtig, Natalja! Die Tatjanas, die sind spitzer, nicht so weich. Ja, ja, Natascha.« Wieder freute er sich.

Die dicke Belotschka kam angelaufen und sprang an Natalja hoch, umklammerte mit den Vorderpfoten ihre Knie.

»Was machst du denn da, Belotschka? Schämst du dich nicht?« tadelte Iwan Leontjewitsch und beugte sich hinunter, um Nataljas Mantel abzuklopfen. »Wie sie sich freut! Sie gefallen ihr! Wissen Sie was, Natalja Andrejewna, gehen wir zu mir Tee trinken!« schlug er vor und blieb stehen, um ihre Antwort abzuwarten.

Da begriff Natalja, daß zwischen ihnen in dem Augenblick, da er sich am Tisch neben sie gesetzt hatte, eine Beziehung begonnen hatte, eine unsichtbare Bewegung aufeinander zu. Auch sie blieb stehen und bemerkte plötzlich, daß die Luft zwischen ihnen weicher und dünner geworden war als die entfernte Luft um sie herum, in der im schwindenden Licht seltene Passanten an ihnen vorbeigingen.

»Gut«, stimmte Natalja zu und erschrak sofort über ihre Bereitwilligkeit: Was sollte dieser Iwan Leontjewitsch von ihr denken, den sie im stillen »Herrchen« nannte?

Dann blickte sie noch einmal in sein nicht mehr junges

Gesicht voller kleiner roter Äderchen und hagerer Runzeln, auf seine Entennase und beruhigte sich.

Sie liefen zurück zu dem Haus, aus dem sie vor kurzem erst gekommen waren, und fuhren in die elfte Etage hinauf. Die Tür der Maslennikows war nur angelehnt, und Natalja dachte, es wäre peinlich, würde jemand bemerken, daß sie zurückgekehrt war und zum Nachbarn ging. Iwan Leontjewitsch dachte dasselbe, schloß darum schnell die Tür auf, ließ die um sich blickende Belotschka vorgehen, schob Natalja in seine Wohnung, schlug schnell die Tür zu, und beide lachten.

»Wie die Schulkinder, nicht wahr?« sagte er und zog ihr den Mantel aus. Sie spürte die Berührung seiner leichten, hageren Hand und antwortete nicht. In der Wohnung roch es vertraut: nach altem Haus, nach Holz, Hausstaub, Büchern und vielen Jahren.

Natalja stand unentschlossen im Flur und überlegte, ob sie die Schuhe ausziehen sollte.

Der Hausherr winkte ab. »Nein, nein, nicht doch! Kommen Sie herein. Wir sind doch hier nicht im Orient. Wir behaupten doch immer, daß wir im Westen leben. Gehen Sie hier rein, ich setze Teewasser auf.«

Sie trat ins Zimmer und sah sich um. Es war eine seltsame Behausung, vollgestellt mit alten, ramponierten Möbeln. Die schmalen Fensterbretter waren verbreitert worden und beherbergten unzählige Blumentöpfe mit schlichten Pflanzen wie Geranien und Veilchen. Eine riesengroße Agave wuchs in einem Topf in der Ecke. Ein eichener Schreibtisch, der eigentlich kein Schreibtisch war, sondern ein Sekretär mit Rolladen, war ebenfalls voller Pflanzen. In zwei Schränkchen aus Birnbaum standen Bücher und Geschirr durcheinander. Ein altes Bett aus Mahagoni, ein wackliger kleiner Tisch – alles war mit einer dikken Staubschicht bedeckt, aber die Blätter der Pflanzen glänzten frisch, wie nach einem Regenguß. Mitten im Zimmer stand wie ein Ikonenpult ein Reißbrett mit diversen Utensilien. An den Wänden hingen Porträts. Eins zeigte ein kreidebleiches junges Mädchen in einem verwaschenen rosa Kleid, filigran gemalt, in einem abgeblätterten Rahmen aus karelischer Birke, das andere einen Offizier mit über die Ohren gekämmtem Haar, der eine rote Uniform mit silbernen Schulterstücken trug. Er hatte die gleiche Entennase wie Iwan Leontjewitsch.

Natalja betrachtete die Porträts, und das Hündchen blieb höflich neben ihr, als wäre es zu Erläuterungen bereit.

»Na dann«, sagte Iwan Leontjewitsch, der mit dem Knie die Tür aufstieß und mit ausgestreckten Armen ein Tablett hereintrug, »gleich gibt's Tee.« Dann unterbrach er sich: »Aber warum stehen Sie denn noch? Ach, ich ungehobelter Klotz habe Ihnen nicht einmal einen Platz angeboten!«

Er stellte das Tablett auf den kleinen Tisch und schob einen ausladenden Sessel davor.

»Setzen Sie sich, Natalja Andrejewna.«

Natalja setzte sich in den Sessel. Er war wider Erwarten sehr bequem. Ihr Gastgeber schob das Tablett mit den beiden Tassen und der Zuckerdose zu ihr hinüber. Das Porzellan war alt, antik, angeschlagen und voller Risse, einer Tasse fehlte ein Henkel, die Untertasse paßte nicht dazu, alles war verschieden, gehörte aber dennoch zusammen, genau wie bei ihr zu Hause.

»Möchten Sie vielleicht ein Stück Käse?« fragte der Gastgeber ein wenig hektisch.

»Um Gottes willen, ich habe doch gerade gegessen!« lehnte Natalja ab.

»Aber ich kenne eine Person, die Käse nie ablehnt«, sagte Iwan Leontjewitsch spöttisch, und Belotschka stellte ein Ohr auf. »Obwohl diese Person von Käse, Pardon, Verstopfung bekommt«, fügte er streng hinzu und legte dem gespannt wartenden Hund ein kleines Stück Käse hin.

Draußen war es inzwischen völlig dunkel geworden, und Natalja dachte ein wenig verwundert, was sie eigentlich hier machte, sie müßte längst zu Hause sein, statt dessen saß sie wer weiß wo und fühlte sich auch noch wohl dabei.

»Das ist meine liebe Mutter, Warwara Alexejewna«, sagte Iwan Leontjewitsch mit einem Kopfnicken zu dem Frauenporträt. »Der Himmel sei ihr gnädig.«

Er stand vor dem Bild, betrachtete es aufmerksam, wie zum erstenmal, drehte sich dann zu Natalja um, faltete die kräftigen Finger und sagte, verwundert wie ein Kind:

»Aber warum sollte er nicht?«

Natalja durchströmte eine warme Welle unerwarteten Verstehens: Oh, das kannte sie, das kannte sie sehr gut. Gedanken an die wunderbaren Orte, an denen ihre wunderbaren Eltern jetzt wandelten. Aber konnte man darüber etwa mit jemandem reden? Sie sah den knochigen ältlichen Mann an, der irgendwie pubertär wirkte, und ahnte, daß auch er das kannte.

»Meine Eltern sind seit drei Jahren tot«, sagte sie, und beide fühlten sich so innig zueinander hingezogen wie zwei Kinder, die sich in der Menge verirrt hatten und sich nun aneinander klammerten.

»Ach, Sie Arme, Sie Arme«, bedauerte Iwan Leontjewitsch Natalja. »Meine liebe Mutter ist schon vor achtzehn Jahren von mir gegangen.«

Er setzte sich neben Natalja, unter die Familienporträts, zwischen das rosa-lila Mädchen und die grellrote Uniformjacke des Gardekavelleristen. Sein Gesicht war von einem beunruhigenden gemischten Farbton, der sowohl Rosa-Lila als auch Rot und totes Blau enthielt.

»Wissen Sie, Natascha – erlauben Sie mir, Sie so zu nennen –, ich stamme aus dem Offiziersstand, und der war in Rußland ja bekanntlich adelig. In unserem Geschlecht waren alle Männer Narren und Draufgänger, Dummköpfe und Haudegen. Aber *comme il faut*, wie mein Großvater mütterlicherseits immer sagte.«

Ohne sich umzudrehen, deutete er hinter sich. »Der da, der Gardekavallerist Alexej Leontjewitsch. Meine liebe Mutter war eine geborene Balakirewa. Ich bin zur falschen Zeit auf die Welt gekommen. Und vielleicht auch am falschen Ort. Als ich das Alter fürs Militär hatte, war der Krieg vorbei, und ich ging als Ingenieur zu den Pioniertruppen. Alles mögliche habe ich projektiert und gebaut: Flugplätze, Zufahrtswege, Brücken, Latrinen, Luftschutzbunker. Weiß der Teufel was alles.« Er unterbrach sich: »Verzeihen Sie!« Er verschwand in der Küche, Glas klirrte, dann kam er zurück.

»Ja, wovon habe ich gesprochen? Ja, der Mythos des Offiziersstandes. Der Mythos der Offiziersdynastien. Den russischen Offiziersstand gibt es längst nicht mehr. Nur noch eine Lakaienbande ohne Ehre, ohne Gewissen, ohne Würde.«

Die ganze Nacht erzählte Iwan Leontjewitsch von seinen Eltern, von entfernten Verwandten mit Adelstiteln, vom Offiziersleben in der Kaserne mit seinem finsteren

Gefängnisalltag, von stillem und lautem Suff und von seinen beiden Ehen, eine absurder als die andere: die erste mit einer Garnisonskrankenschwester, einer zu Ausschweifungen neigenden Drogensüchtigen mit Goldzähnen, und die zweite, im Suff geschlossen, mit einer kleinen durchreisenden Schauspielerin, die ihm nach einem Jahr weglief und ihm ihren fünfjährigen Sohn daließ, der nun bereits erwachsen war und seinen Pflegevater vergessen hatte.

Während er erzählte, sah sie deutliche Bilder vor sich: den Balchasch-See, seinen salzigen Sand und die Staubstürme, den rasanten Frühling voller Tulpen, bunt und kindlich; sie sah auch den schlimmen ostsibirischen Ort Alexejewo-Zwei, den schlammigen Boden dort, die höllische Arbeit mit dahinsiechenden Gefangenen, die dem Militär als zusätzliche Arbeitskraft zur Verfügung gestellt wurden.

Außerdem erzählte Iwan Leontjewitsch, wie er kurz vor der Pensionierung aus der Armee geworfen wurde und mit knapper Not dem Tribunal entgangen war. Natalja nahm dabei nicht nur die Ereignisse seines abenteuerlichen Männerlebens auf, sondern auch seine Sprache, seinen Tonfall und seine offenherzige Klage über den Stumpfsinn und die Fruchtlosigkeit des Lebens und seine eigene, wie er sich ausdrückte, »Zermürbung«.

Erstaunlich, wie sich sein Leben in den paar Stunden in Nataljas Herz einprägte und wie vertraut er ihr nun war.

Der Arme, der Arme, dachte Natalja, er steht mit leeren Händen da.

Es war weit nach Mitternacht, als Iwan Leontjewitsch zu ihr sagte:

»Zeit zum Schlafengehen, Natascha. Ich mache gleich das Bett.«

Das war so selbstverständlich, als sei es immer so gewesen. Er holte aus der Kommode ein zweites Kissen, sah ihr in die Augen und sagte:

»Natalja, ich bin alt.« Sie hatten bereits festgestellt, daß der Altersunterschied zwischen ihnen die wunderbare und bedeutungsvolle Zahl Sieben betrug. »Außerdem ein bißchen betrunken und, ehrlich gesagt, solche Spiele schon lange nicht mehr gewöhnt, ich warne dich also, erwarte von mir keine Großtaten.«

Natalja, erstaunt, wie vollkommen frei und sicher sie sich fühlte, lächelte müde und sagte:

»Wir werden sehen.«

»Als Offizier und ehrlicher Mensch muß ich dich warnen«, sagte er lachend, warf das Kissen aufs Bett und zog Natalja an sich. Seine rechte Hand umfaßte von hinten ihren Hals, und als er unter dem kleinen Ohr ihren Pulsschlag fühlte, wußte er, daß er sich um seine Manneskraft keine Sorgen machen mußte.

Iwan Leontjewitsch trank in der Küche heimlich den letzten Wein aus und sank im Morgengrauen in tiefen berauschten Schlaf. Am nächsten Morgen versuchte Natalja vergebens, ihn zu wecken. Sie strich ihm übers Haar, sprach ihn an:

»Iwan, Iwan.«

Aber er tastete nur mit der Hand übers Bett, berührte ihre Brust und wachte nicht auf.

Natalja zog sich an und wusch sich mit kaltem Wasser – das heiße war abgestellt. Sie betrachtete sich flüchtig in dem zweifach gesprungenen Spiegel und wunderte sich, daß ihr Gesicht völlig unverändert war: dieselben runden

Brauen, die nußbraun-grünen Augen, die großen Wimpern, wie bei einem Kalb, der kindlich runde Mund und der faltige Hals.

Um halb acht ging Natalja zur Bushaltestelle, die sie am Abend zuvor nicht erreicht hatte. Dieser Tag war völlig neu, etwas Besonderes in ihrem Leben, und der Pfad zwischen den Neubauten, den sie entlanglief, kam ihr vor wie die Kante, an der ihr bisheriges Leben abgebrochen war. Auch sich selbst fand Natalja verändert, als hätten die mageren Hände sie neu geformt, und zwar nicht nur an den Stellen, die sie berührt hatten, sondern ganz und gar, vom Scheitel bis zu den großen Zehen. Ihr massiger Körper war plötzlich neu und leicht, als sei er aus erstarrtem Meeresschaum.

Sie ging den Pfad entlang und versuchte sich an früher zu erinnern, an ihre Jugend: Ihr erster Bräutigam, ein lokkenköpfiger Student mit Sommersprossen, Spaziergänge, Boulevards, Küsse im Hausflur, aber irgendwie war daraus nichts geworden; ihr Mann Sergej, sein schwerer grober Körper, der nach saurem Quark roch. Alles Gewesene war verschwommen, weit weg, ein langweiliger Film, nicht einmal schwarzweiß, sondern hellgrau.

Natalja begegnete Hundehaltern beim Morgenspaziergang; ihr fiel ein, daß alle diese Hunde Bekannte von Belotschka waren. Sie lächelte und mußte daran denken, wie der Hund ihr den Kopf auf den Schoß gelegt hatte.

Der Bus fuhr lange durch gesichtslose Wohnviertel, die noch menschliche, ländliche Namen trugen wie Marjino, Borissowo und Bobrinewo. Ab und zu erkannte Natalja Stücke des gestrigen Weges, als sie mit dem Bus vom Krematorium kamen und sie Iwan noch nicht kannte, dabei hatte er, wie sich dann herausstellte, hinter ihr gesessen und ihren dunkelblonden Dutt bewundert.

Und ich, und ich, ich habe ihn gar nicht bemerkt, dachte Natalja und lächelte.

Sie fuhr zur Arbeit, dann nach Hause, wischte die Fußböden und machte den Kühlschrank sauber. Sie war voller Energie, ihr ganzer Körper war in einem Festrausch, obwohl sie im Rücken, im Kreuz und in den Beinmuskeln ein leichtes Ziehen verspürte. Doch auch das Ziehen und der leichte Schmerz waren Glück. Sie rief sich noch einmal winzige Details in Erinnerung, Worte, Berührungen und Gesten, und staunte, daß eine so gewaltige Geschichte von Anfang bis Ende Platz hatte in den Stunden eines einzigen Abends und einer Nacht.

Sie wagte nicht einmal insgeheim daran zu denken, daß sie Iwan Leontjewitsch wiedersehen, noch einmal zu ihm gehen oder ihn bei sich empfangen, seine Frau oder Geliebte sein könnte. Ihm überhaupt jemand sein könnte. Sie wußte seit langem, daß nichts dergleichen ihr vom Schicksal bestimmt war. Es war einfach irrtümlich etwas geschehen, was nicht ihr zugedacht war. Etwas, wovon sie nie geträumt hatte, wie sie auch jetzt nicht davon träumen konnte, diese unverhoffte Freude auszudehnen – das wäre, als wollte sie einen Kugelblitz in die Hand nehmen.

So verbrachte sie einen Tag, einen zweiten, einen dritten und noch ein paar Tage, und in diesen Tagen erfüllte Freude ihre Seele; ihr Brustkorb schien sich zu weiten, was ihr ein leichtes Stechen in den Rippen verursachte. Jedes Wort, das Iwan Leontjewitsch gesagt hatte, jede Geste, Gegenstände aus seiner Wohnung, selbst der Charakter seines Hundes Belotschka – das alles stand wie ein räumliches Bild vor ihren Augen; sie konnte es jederzeit zum Leben erwecken und wurde der Wiederholungen nicht überdrüssig, wie einem ja auch Wasser, Luft und Brot nie über werden.

Am Ende der Woche, am späten Abend, wenn Natalja gewöhnlich nicht mehr angerufen wurde, klingelte das Telefon, und Iwan Leontjewitsch sagte mit schlichter, alltäglicher Stimme:

»Natascha, ich konnte mich nicht entschließen, dich anzurufen. Du bist gegangen, ohne deine Nummer zu hinterlassen. Ich mußte sie mir beschaffen. Ich will dich sehen. Hörst du?«

Natalja hatte es die Sprache verschlagen. Sie hustete und sagte unerklärlicherweise sehr streng:

»Ich höre.«

»Ich will dich sehen«, fuhr er fort. »Ich bin im Moment nicht ganz«, er stockte, »comme il faut. Ich rufe dich in den nächsten Tagen an, darf ich?«

»Ob du darfst?« fragte Natalja erstaunt. »Natürlich darfst du. Ich freue mich, daß du angerufen hast. Natürlich, ja, ja.«

Schon tutete das Freizeichen, und sie hielt noch immer den Hörer in der Hand, betrachtete verständnislos das Telefon und sah keinen Zusammenhang zwischen dem simplen Apparat und der Kunde, daß ihr Leben sich noch einmal auf wunderbare Weise verändern sollte und ihre Gefühle, die ihr schon wie ein Märchen vorkamen, doch keine gläserne Zauberkugel waren, die sie nach Belieben drehte, um in schillernde Tiefen zu blicken, sondern eine ganz normale Stufe des Frauenlebens auf dem Weg zum unvorstellbaren Glück allmorgendlichen gemeinsamen Frühstücks, bei dem ein sauber rasierter Mann am Tisch saß, seinen Tee umrührte und mit dem Ellbogen die Zeitung an sich preßte.

Sie hielt den Hörer in der Hand, und das Tuten kündete von einem neuen Leben, an das sie sofort und bedingungslos glaubte.

Das stille, beschauliche Glück, das sie zuvor empfunden hatte, war dahin. Nun wartete sie auf einen Anruf. Sie ging morgens ein paar Minuten später aus dem Haus und eilte nach der Arbeit schnurstracks nach Hause. Sie sparte sich den Weg zum Bäcker und kaufte ihr Brot in der Mittagspause in der Kantine, um soviel Zeit wie möglich am Telefon verbringen zu können.

Aber er rief weder in dieser Woche an noch in der nächsten. Er rief nie mehr an. Natalja wartete vergebens.

Iwan Leontjewitsch hatte andere Sorgen: Er trank. Er ließ seine filigrane Arbeit am Reißbrett liegen und beschaffte sich auf andere Weise Geld: Er verkaufte ein altes deutsches Architektur-Lexikon und ein paar Nummern der Zeitschrift »Hauptstädte und Landsitze«, eine antiquarische Rarität. Dann trank er eine Woche lang billigen Rotwein, bis er sich vor dem Weinladen prügelte. Zwei Alkoholiker aus der Nachbarschaft brachten den heftig Lädierten nach Hause. Eine Woche lag er flach, ging nicht einmal mit dem Hund raus, sondern ließ das arme Tier nur auf den Balkon. Er trank Wasser und hungerte.

Eines Morgens wachte er auf und wollte sich rasieren. Seine Hände zitterten kaum noch. Er betrachtete sich im Spiegel mit dem zweifachen Sprung in der Ecke. Anstelle der dunkelblauen Flecke hatte er nur noch blaßgelbe Schatten im Gesicht. Die aufgeschlagene Lippe war verheilt. Einer der beiden oberen Vorderzähne fehlte. Die Augäpfel waren gelb. Er streckte die Zunge heraus und betrachtete sie. Die Zunge war weiß. Dann versuchte er ein Lächeln und sagte spöttisch:

»Sie werden weiterleben, Iwan Leontjewitsch, alter Scheißer.«

Belotschka sah ihn interessiert an. Sie war es nicht gewöhnt, daß ihr Herrchen mit sich selbst redete. Er fuhr mit der Hand über die Stoppeln, die ein Bart zu werden drohten, und sagte, nun an Belotschka gewandt:

»Ein schöner Bräutigam, was?«

Dann dachte er nicht mehr an Natalja. Schließlich gab es auf der Welt viele herrliche Paläste, Bilder und Frauen, aber was gingen die einen armen Schlucker an?

Der Herbst verging. Es wurde Winter. Natalja mußte daran denken, daß der Pfad zum Bus, den sie zweimal in ihrem Leben gegangen war, nun wohl von Schnee zugeweht war, und ihr schien, als sei auch ihr ganzes Leben zugeweht, aber nicht von Schnee, sondern von dunklem, erdigem Staub. Den Geruch dieses leicht fauligen Staubs hatte sie ständig in der Nase; sie wusch pausenlos ihre Kleider, wischte die Wohnung, aber der Geruch ging nicht weg. Einmal träumte sie von Wladimir Stepanowitsch Maslennikow. Er führte den Hund Belotschka spazieren und drohte Natalja mit dem Finger.

Nach Neujahr wurde Natalja krank. Erst war es eine Grippe, dann wurde daraus eine schwere, langwierige Lungenentzündung. Zweieinhalb Monate lag sie im Krankenhaus, dann wurde sie an eine Tuberkuloseberatungsstelle überwiesen und lange untersucht, aber man fand nichts. Sie bekam eine Kur verschrieben.

Mitte Mai kam sie in Jalta an. Abgemagert, für den hellen Frühlingstag zu warm angezogen, stieg sie aus dem Bus und stellte ihren altmodischen Koffer ab. Ein Wesen voller riesiger Büschel dunkelrosa Blüten und ohne ein einziges grünes Blatt blickte sie an. Seine Züge erinnerten an einen Baum, doch glich es anderen Bäumen auf der Welt ebenso wenig, wie Brot und Stein einander gleichen. Ganz und gar lebendig, bis zur letzten, noch geschlossenen Blüte, sprach es deutlicher als jedes menschliche Wort vom unermeßlichen, grenzenlosen Glück zu leben.

Natalja stand davor, hörte zu und begriff, daß sich seine rauschenden Worte nicht in die ungenaue, grobe menschliche Sprache übersetzen ließen.

Am Tag nach ihrer Ankunft wurde sie von einem Lungenspezialisten untersucht, der ihr mitteilte, daß sie keinerlei Behandlungen brauche; sie solle sich erholen, Kräfte sammeln und Seeluft atmen, aber nicht in der Sonne liegen.

Zum Sanatorium gehörte ein gepflegter kleiner Park. Auch hier wuchsen die rosa Bäume, aber sie waren nicht mehr so überwältigend wie jener erste. Außerdem ging ihre Blütezeit zu Ende.

Drei Wochen lang ging sie im Park spazieren, lief abends am Meer entlang, freute sich über die Wärme, die allmählich immer tiefer in ihren Körper eindrang, der in diesem Winter gleichsam vor Kälte erstarrt war. Selbst das ständige Frösteln, das seit dem Herbst wie eine kalte dunkle Schlange in ihrer Wirbelsäule saß, verging allmählich.

Wunderbare Ruhe überkam sie. Anfang Juni wurde es richtig heiß. Das Meer erwärmte sich so, daß viele schon badeten.

Natalja machte weiter ihre Strandwanderungen, bis zur Wade im Meer, und freute sich an der Kraft und Herbheit des Wassers, die sie selbst an den Fußsohlen spürte.

An einem der letzten Tage beschloß sie zu baden. Sie zog ihren alten Wollbadeanzug an, den ihr Vater ihr vor langer Zeit aus Deutschland mitgebracht hatte. Seine Farbe war verblichen, aber es war noch zu erkennen, daß er gestreift war. Sie ging bis zum Knie ins Wasser, dann bis zur Hüfte. Sie bekam eine Gänsehaut, und die Kälte in der Wirbelsäule meldete sich wieder. Dann stieß sie sich mit den Füßen vom kühlen Grund ab und schwamm.

Wie hatte sie, aufgewachsen in Saratow an der Wolga, in den langen Jahren des Erwachsenseins die kindliche Euphorie vergessen können, die das Schwimmen auslöste, dieser Liebesakt, bei dem der ganze Körper vollkommen vom starken, liebenden Wasser umfangen wird? Natalja tauchte das Gesicht ins Wasser und schwamm mit präzisen, kräftigen Zügen, die sich ganz von selbst einstellten. Sie empfand tiefe Dankbarkeit für die grünliche, schwere flüssige Masse. Das Wasser umspülte jedes Härchen ihres Körpers, wusch die ganze Erschöpfung der langen Krankheit von ihr ab, die Schwermut, das fruchtlose Warten, und mit jeder Bewegung fühlte sie sich seelisch reiner und stärker. Die ureigene Atmung des Wassers war vollkommen synchron mit Nataljas Atmung.

Natalja warf die Arme nach vorn, und das Wasser stürzte unter ihre Brust, floß unter ihrem Bauch hindurch und trug sie vorwärts und ein Stück höher. Natalja strampelte kräftig mit den Beinen wie ein Frosch, und das Wasser drückte wie eine riesige Hand gegen ihr Gesäß und schob sie vorwärts.

Natalja dachte an nichts, genoß nur den synchronen Rhythmus, und die große, gemächliche Zeit, formal in Stunden und Minuten geteilt, hörte gänzlich auf zu existieren.

Sie schwamm, das Festland blieb immer weiter und weiter zurück – nicht nur durch die rein physische Entfernung, sondern auch durch die plötzliche, vollkommene Abgeschiedenheit von allem, was Natalja mit diesem Festland verband. Dort, weit hinter ihr, lagen Moskau, ihr Elternhaus und auch die Krim mit ihren rosa Bäumen.

Der Rhythmus ihrer Bewegungen gehörte nicht mehr nur ihr allein, er gehörte auch dem Meer und dem Planeten, auf dessen Oberfläche dieses Meer gleichmäßig atmete, und dem riesigen, namenlosen Raum, in dem dieser Planet seine Ellipse beschrieb, und auch dem Gewebe aus Sternen und Sternzwischenräumen, das aus vielen einander überlagernden Rhythmen bestand. Und es war großartig zu wissen, daß der Rhythmus ihrer Bewegung, ihrer Atmung, ihres Herzschlags durch ein einfaches Gesetz zusammenhing mit all diesen gewaltigen Bewegungen, daß ihr Körper auf wunderbare Weise verbunden war mit dem Meer, der Erde und dem Himmel.

Sie empfand ihren Körper als riesenhaft, und sie schwamm nicht mehr im Wasser, sondern am grenzenlosen Himmel, ihr linkes Bein berührte das Sternbild Waage, ihre Fingerspitzen reckten sich bei jedem Schwimmstoß den in der Ferne schimmernden Fischen entgegen. Etwas störte den vollkommenen Genuß – sie streifte den engen Badeanzug ab, und er sank hinter ihr langsam auf den Grund.

Nach und nach wich die helle Sonne des Tages diffusem weißlichen Licht, das in sanftes dunkelgraues überging. Natalja schwamm und schwamm mit ausgreifenden, kräftigen Zügen zwischen den farbigen, mal gefährlich feuerroten, mal friedlich grünen Sternen. Sie schwammen an ihr vorbei, manche majestätisch, feucht und groß, andere klein, scharf und hart wie Diamanten. Einige schwammen direkt durch Natalja hindurch, ohne ihr auch nur den geringsten Schaden zuzufügen; sie hinterließen nur die sanfte Erinnerung an eine Berührung. Sie hatte sich weit von allem Gewesenen entfernt, und der Strand der Krim war nur noch etwas unbestimmt Dunkles, nicht größer als ein Mohnkorn.

Dann wurde es finster. Alles war still, es gab nur noch ein Fallen in die samtene Dunkelheit. Sie schwamm nicht mehr, sie flog, ihr Körper war noch voller Freude, aber in ihrer Kehle saß wie ein steckengebliebener Schrei die Angst.

Das dauerte unendlich lange, dann erschien unten ein Licht, klein und rund, wie ein Katzenauge. Es wurde furchtbar schnell größer, raste auf sie zu, wurde heller und schien sich plötzlich zu teilen. Immer größer werdende Scheinwerfer kamen auf Natalja zu, sie raste ihnen unaufhaltsam entgegen und fürchtete sich.

Ein Auto! durchzuckte es ihr Bewußtsein, und dann sah sie, daß es tatsächlich ein Auto war, aber ein ganz besonderes: Es war lebendig, seine Scheinwerfer waren Augen, und hinter ihm wehten nicht Wolken von Auspuffgasen, sondern zwei riesige schwarze Flügel.

Das Auto bremste und hielt vor Natalja. Auf dem Fahrersitz, Natalja zugewandt, saß Iwan Leontjewitsch, streng und rein. Er reichte ihr die Hand, Natalja berührte sie und erkannte sie wieder, die hagere, kräftige Hand.

Kurz nach zwölf brachte Iwan Leontjewitsch seine Arbeit in den Verlag, vierzehn Seiten technische Zeichnungen für ein Lehrbuch der Maschinenkunde. Der technische Redakteur betrachtete pedantisch jede Seite, stellte unprofessionelle Fragen, und Iwan Leontjewitsch verbarg seine zitternden Hände unter dem Tisch. Auf seiner Stirn standen

Schweißtropfen, sein Herz geriet abwechselnd ins Stocken oder raste wie eine tollwütige Uhr.

Der Redakteur untersuchte, ohne einmal den Blick zu heben, jede Linie der tadellosen Zeichnungen. Er war noch neu und wußte nicht, daß solche Arbeiten hier nie kontrolliert wurden.

Drei Minuten vor zwei hüstelte Iwan Leontjewitsch, faltete mit gewohnter Geste die Hände, stand auf und sagte:

»Entschuldigen Sie mich, ich bin heute ein wenig nicht comme il faut. Ich gehe für einen Moment hinaus.«

Der Redakteur fragte nicht weiter und nickte.

Iwan Leontjewitsch eilte aus dem Zimmer, lief die Treppe hinunter, stürmte aus der Kühle des alten Gebäudes auf die gemütlich warme Straße und rannte hinüber zu dem geliebten alten Weinladen, über dem in quadratischen Lettern die vier verheißungsvollen Buchstaben standen.

Die schwarze Staatskarosse erfaßte ihn drei Meter vor dem Geschäft. Es war genau zwei Uhr, die breitschultrige Verkäuferin schloß gerade die Tür auf, und die ganze Schlange der Märtyrer mit den zitternden Seelen drehte sich wie auf Kommando nach dem scheußlichen Bremsenquietschen um.

LIEBLING

Zur selben Zeit, da Humbert Humbert sich nach seiner pubertären Geliebten verzehrte und den gemeinen Plan ausbrütete, die arme Charlotte zu ehelichen, heiratete am anderen Ende der Welt ein Professor der Philosophie (oder jener Wissenschaft, die auf diesen Namen Anspruch erhob), ebenfalls Opfer einer Liebeskrankheit, die den üblichen Normen zuwiderlief, eine Dame, die selbst in ihren kühnsten Träumen nicht auf eine solche Partie hatte hoffen können. Antonina Iwanowna war eigentlich kein bißchen Dame, selbst die Anrede Frau klang übertrieben. Sie gehörte hundertprozentig zur Kategorie »Matrone« und war Wirtschaftsschwester oder, wie es früher hieß, Wäschefrau auf der kardiologischen Station, wo besagter Professor Nikolai Romanowitsch wegen seiner Angina pectoris lag.

Antonina Iwanowna, eine weiche Glucke, nein, eher eine graue Pute, deren Körper vom kleinen Köpfchen bis hinunter zu den dicken Beinen immer breiter wurde, geschieden, heimliche Trinkerin, lebte mit ihrem minderjährigen Sohn in einem Zimmer von neun Quadratmetern. Ihr Gehalt war lächerlich gering; gelegentlich stahl sie ein wenig und schämte sich dafür. Kurzum, sie war eine anständige Frau. Anfang Januar brachte sie, da Schulferien waren, ihren Jungen immer mit zur Arbeit. Der bleichhaarige

Halbwüchsige, der in der Wäschekammer saß und von dem hinter dem Rücken der Mutter nur ab und zu eine schneeweiße Stirn mit hellen borstigen Brauen aufblitzte, traf den Professor mitten ins kranke, sündige Herz.

Mögliche Erörterungen über den Zusammenhang dieser beiden Erscheinungen, Krankheit und Sünde, über ihre subtilen Berührungspunkte und Verschmelzungen, überlassen wir Psychoanalytikern und Priestern – die einen wie die anderen haben auf dieser gefährlichen Weide ausgiebig gegrast.

Nikolai Romanowitsch ging stundenlang im Krankenhausflur spazieren und sah immer wieder in die halboffene Tür der Wäschekammer, um mit gezieltem Blick mal einen spitzen Ellbogen in einem gestopften blauen Pullover zu erhaschen, der behend über den Tisch hin und her rutschte (der Junge zeichnete), mal vom ständigen Heißmangeln ganz vergilbte volkseigene Wäschestücke, die sortiert oder zusammengelegt wurden. Manchmal stand das holde blonde Wesen in voller Größe plötzlich an der Tür, ein richtiger Haremsjüngling, höchstens ein kleines bißchen zu jung, ihm fehlten noch zwei, drei Jahre. Zwölf – ein süßes Alter.

Manchmal aß der Junge im Patientenspeisesaal, an einem Ecktisch, an dem die Ärzte hastig ihr Essen hinunterschlangen. Mit steifem Rücken, ernst und verschreckt saß er da – Nikolai Romanowitsch konnte seine blaßblauen Augen erkennen, die ein wenig schielten, wenn er nach rechts blickte, und seine hellblonden Wimpern, flaumig wie Pusteblumensamen.

»Tonja! Tonja!« rief die Oberschwester, die in den Speisesaal sah, nach der Wäschefrau, und Antonina Iwanowna antwortete mit sanfter, träger Stimme:

»Jaaahaa!«

Just beim Ton dieser Stimme kam Nikolai Romanowitsch die Erleuchtung: Sollte er nicht versuchen, sein Leben umzukrempeln? Sie war bestimmt eine häusliche Person, Wirtschafterin, Krankenpflegerin. Auf der Basis eines ehrlichen Ehekontrakts: Du mir, ich dir.

Nikolai Romanowitsch wurde fünfundfünfzig, ein respektables Alter. Das halten wir vertraglich fest: Freuden im Bett sind nicht zu erwarten und zu verlangen, aber ein separates Zimmer, volle Versorgung, und natürlich Respekt. Von Ihrer Seite, verehrte Xanthippe Iwanowna: Sie führen den Haushalt und hüten den Herd, also: Waschen, Kochen, Saubermachen. Ihren Sohn werde ich adoptieren und bestens erziehen. Ich werde ihm Bildung zukommen lassen. O ja, und Musik und Gymnastik. Ein leichtfüßiger Ganymed, nach Olivenöl und jungem Schweiß duftend. Still, still, nur die wunderbare Melodie nicht verscheuchen. Mit der Zeit wächst das zarte Kind im Haus heran, wird zum Jüngling, wird Freund, Schüler, Geliebter. Und während dieser halkyonischen Tage baut er mit fleißigem Schnabel das Nest seines künftigen Glücks.

Antonina, die Wäschefrau, war zunächst verwirrt: Wieso das? Aber das Glück ist wie der Wind, es kommt und geht ohne Rechenschaft. Nun hatte sie eben Glück: Ein Zimmer von achtzehneinhalb Quadratmetern, mit Balkon, vierter Stock, Fenster zum Hof; ein schickes Haus auf der Gorkistraße, da wohnen Schauspieler, Generale und was du willst. Alles reich und gediegen. Und er ist auch nicht geizig: Mit dem Geld fürs Essen ist er großzügig, und was für Essen – Kremlversorgung, aber das soll ich keinem erzählen. Und das Wechselgeld verlangt er nie zurück. Sauber ist er, die Wäsche wechselt er dreimal die Woche, die Socken fast jeden Tag. Im Bad plätschert er rum wie eine Ente, und trotzdem ist er jeden Sonnabend den halben Tag in der Sauna. Immer sauber angezogen, seine Schuhe putzt er selber und bügelt auch seine Hosen. Sie, sagt er zu mir, kriegen das gar nicht so hin. Den Freundinnen, die es ganz genau wissen wollten, antwortete sie in aller Einfalt: Was das angeht, nein, damit ist nichts. Na, ich hab' schon so viele Jahre keinen echten ... mehr zu sehen gekriegt, was soll's, ich hab' mich dran gewöhnt. Ich weiß gar nicht, womit ich das verdient habe, mit Slawa gibt er sich ab wie ein leiblicher Vater. Obwohl, ehrlich gesagt, bei mir ist er meistens stumm wie ein Fisch. Aber worüber soll er mit mir auch reden, wenn man's recht bedenkt? Und so kultiviert ist er, mit einem Wort, ein richtiger Professor.

Mit letzterem hatte sie recht: Er war kultiviert, und er war Professor. Spezialisten für antike Philosophie gediehen bei den mageren Rationen des Sozialismus genauso schwer wie Rassehunde. Aber Nikolai Romanowitsch hatte seine Furche gefunden, die er pflügte, bewässerte und düngte, um den Strauch der marxistisch-leninistischen Ästhetik zu pflegen. Er hatte sein Studium noch vor der Revolution beendet, stand bei deren Ausbruch kurz vor der Verteidigung seiner Dissertation zum Thema »Das Wesen der Platonschen Dialektik in der Interpretation der mittelalterlichen Scholastiker«. Das Zauberwort »Dialektik« öffnete Nikolai Romanowitsch das Tor zum neuen Leben, das heißt in die Sozialistische Akademie, wo er eine Stelle als Dozent für antike Philosophie bekam. An der Akademie war er der einzige, der Latein und Altgriechisch konnte, und wurde darum ständig von höheren Natschalniks als »Zitierer« benutzt, sogar von Lunatscharski persönlich; jahrzehntelang wälzte er mal Platon und Aristoteles, mal Kant und Hegel auf der Suche nach der richtigen wissenschaftlichen Lösung ästhetischer Aufgaben, in der diese vormarxschen Gelehrten herumtappten wie blinde Welpen. Er war so beschlagen in Kunsttheorie und den Kriterien des Künstlerischen, daß kein ZK-Beschluß zu Kunst und Kultur ohne ihn zustande kam, ob es nun um Wano Muradelis Oper »Die große Freundschaft« ging oder um Schostakowitschs »Katerina Ismailowa«. Er war dabei keineswegs in einem Zwiespalt, denn die flexible Dialektik half ihm wie ein erfahrener Bergführer geschickt auch über äußerst zweifelhaftes Terrain.

Dennoch diente Nikolai Romanowitsch leider zwei Herren. Sein zweiter Herr, mächtig und geheim, war seine unglückliche Neigung zum männlichen Geschlecht. Sie bereitete ihm von früher Jugend an Kopfschmerzen, erhöhten Blutdruck und Herzflimmern. Unheilvoll drohte der Paragraph 121. Kein Volksfeind, ob zu Recht oder zu Unrecht angeklagt, kein Opportunist oder Oppositioneller stand so bodenlose Angst aus wie die, denen dieser so unscheinbar wirkende Paragraph drohte. Diese Männer, die einander auf Anhieb erkannten an der Sehnsucht in den Augen und der lauernden Wachsamkeit, bildeten einen echten, ganz realen Geheimbund, wie die Freimaurer mit ihren geheimen Zeichen und ihrem besonderen Händedruck. Das bleierne Zeitalter, das das silberne ablöste, hatte sensible Jünglinge, lasterhafte Gymnasiasten und hübsche Eleven in alle Winde zerstreut, und für Nikolai Romanowitsch und seinesgleichen blieben nur gefährliche Beziehungen mit geldgierigen, herzlosen jungen Männern, bei denen man ständig auf der Hut sein mußte, denn sie konnten einen verraten, entlarven, verleumden und ins Gefängnis bringen. Nur einmal hatte Nikolai Romanowitsch im reiferen Alter eine längere, tiefe Beziehung – einen jungen Historiker, einen Sprößling aus guter Familie. Er fiel an der Front, aber vor seinem Tod hatte er Nikolai Romanowitsch mit psychopathischen, höhnischen Briefen voller beleidigender Anspielungen gequält.

Slawa eröffnete eine neue Ära im Leben des Professors. Ein sehnlicher Wunsch versprach in Erfüllung zu gehen: Er würde sich einen Geliebten heranziehen, und die Liebe des weisen Lehrers würde dem Jungen Nutzen bringen, o ja, vernünftigen Nutzen. Er würde ihn nach seinem Bilde formen, ihn zärtlich und keusch erziehen. Nikolai Romanowitsch würde ein echter Pädagoge sein, ein Sklave, bereit, für den Schutz und die Erziehung seines Zöglings sein Leben zu geben.

Beim heiligen Jupiter! dachte Nikolai Romanowitsch, im schummrigen Licht einer großschirmigen Stehlampe über den schlafenden Jungen gebeugt, der nun bei ihm lebte, allerdings im Zimmer der Mutter, auf einer mit hellorangefarbenem Plüsch bezogenen Liege. Iacta alea est!

»Mein Liebling«, flüsterte Nikolai Romanowitsch und stopfte die Bettdecke an den Seiten fest.

Um diese Abendstunde durfte Antonina Iwanowna sich ein Gläschen genehmigen, zum Einschlafen. In Maßen, unter Nikolai Romanowitschs Aufsicht. Er war ein echter Pädagoge, kümmerte sich um alles.

Gleich im ersten Jahr ihres Familienlebens meldete Nikolai Romanowitsch den Jungen in der Musikschule an, in der Bläserklasse. Ein Flötist wurde aus ihm nicht, aber in der Musik fühlte er sich auf Anhieb zu Hause; seine Begabung bestand in einem geradezu göttlichen musikalischen Gehör. Nikolai Romanowitsch hatte also auch auf diesem edlen Gebiet in ihm einen Partner gefunden: Stiefvater und Stiefsohn gingen nun zusammen ins Konservatorium und genossen die Kunst, die am wenigsten geeignet war, vom Klassenstandpunkt aus analysiert zu werden.

Die Stammgäste des Konservatoriums gewöhnten sich an das Pärchen – den ätherischen älteren Herrn mit der großen Brille und den zartgliedrigen Knaben mit dem akkurat geschnittenen hellblonden Haar, der immer einen schwarzen Pullover mit rundem Ausschnitt und darunter ein weißes Pionierhemd trug. Die Moskauer Melohomophilen – eine unerforschte geheimnisvolle Korrelation – wurden grün vor Neid, wenn Nikolai Romanowitsch am Büfett zwei Limonaden und zwei Stück Kuchen kaufte. Aber sie denunzierten ihn nicht – zu groß war die Angst, in der sie lebten.

Das Stammpublikum des Konservatoriums bildete einen mehr oder weniger festen Insider-Zirkel, man sah immer die gleichen Gesichter. Neben heimlichen Glaubensbrüdern von Nikolai Romanowitsch und ganz gewöhnlichen Musikliebhabern gehörten dazu natürlich auch Profis und ein paar Mitschüler aus Slawas Musikschule. Zum Beispiel das Mädchen Shenja, eine junge Cellistin, die meist mit ihrem Vater oder ihrer Mutter kam. Shenja flüsterte Slawa ständig etwas ins Ohr und zog ihn am Ärmel zur Seite.

»Ein liebes Mädchen«, sagte Nikolai Romanowitsch zu seinem Zögling, »aber leider ziemlich häßlich.«

Doch das stimmte nicht. Das Mädchen sah ganz passabel aus: dunkle Augen, Löckchen, ein kariertes Haarband. Nikolai Romanowitschs Herz wurde einfach für einen Moment von finsterer Eifersucht zusammengepreßt. Was sollen wir mit diesen Mädchen! Übrigens wurde ihm zuteil, wovon Humbert Humbert nur träumen konnte: eine goldene Kindheit, die vor seinen Augen zur Jugend wurde, die respektvolle Freundschaft seines Schülers und schließlich eine vollkommene, vertrauensvolle Gegenseitigkeit, die er, ein genialer Meister sanfter Berührungen, hingehauchter Zärtlichkeiten und flüchtiger Gesten behutsam aufgebaut hatte.

Mit knapp fünfundsechzig starb Nikolai Romanowitsch im Schlaf, in seinem eigenen Bett, an Koronarthrombose, genau wie der erwähnte Herr. Er starb, gesättigt von der Liebe seines »Lieblings«, in voller Übereinstimmung mit seinem »Diamond«, ohne den mit Nabokovscher Hochspannung geladenen Roman gelesen und ohne seine tiefe Verwandtschaft mit dessen unglücklichem Helden erfahren zu haben.

Der verwaiste Slawa, der inzwischen im ersten Jahr an der Moskauer Universität Philosophie studierte, war nach dem Tod seines Erziehers zutiefst verstört. Solange das Semester noch lief, solange er im alten Gebäude der philosophischen Fakultät, aus deren Fenstern man in das Anatomiekabinett des medizinischen Instituts sehen konnte, Vorlesungen in Logik und Propädeutik des dialektischen Materialismus hörte, ging es noch, aber dann kamen die Sommerferien, die Slawa immer mit seinem Stiefvater in Pärnu verbracht hatte, und da verfiel er in Depression – er legte sich in das Arbeitszimmer des Professors, hörte dessen Lieblingsplatten und erhob sich nur mit Mühe, um eine Platte umzudrehen oder eine neue aufzulegen.

Der alte Ästhetik-Professor hatte eine ungute Rolle gespielt: Sein Liebling wußte nun nicht, wie er weiterleben sollte, ohne Führung war er hilflos. Freunde hatte er nicht. Das sorgsam gehütete Geheimnis seiner Beziehung zum Stiefvater war wie eine Mauer, die ihn von allen anderen Menschen abschirmte. Von seiner Mutter hatte er sich weit entfernt. Er ging mit ihr schon seit langem genauso um wie der Professor: korrekt und pragmatisch. Vor vier Jahren war er mit seiner orangefarbenen Liege in Nikolai Romanowitschs Arbeitszimmer gezogen – auf der Flucht vor dem Schnarchen der Mutter.

Der Stiefvater hatte eine für damalige Verhältnisse gewaltige Erbschaft hinterlassen: einen Stapel Sparbücher, teils auf den Inhaber ausgestellt, teils auf Nikolai Romanowitsch, mit einer testamentarischen Verfügung auf Slawas Namen. Eins, das bescheidenste graue Büchlein mit dreitausend Rubeln, hatte er Antonina Iwanowna vermacht. Als Slawa es seiner Mutter aushändigte, schlug sie vor Freude die Hände zusammen. Sie hatte nicht mit einem solchen Reichtum gerechnet und geriet aus dem Gleis: Statt des von Nikolai Romanowitsch erlaubten Hundertgrammgläschens genehmigte sie sich nun einen Viertelliter, und nicht nur abends. Gegen neun schlief sie ein, meist tief und fest, und Slawa ging hinaus, ein Stück laufen, benzingeschwängerte Luft atmen und auf einer staubigen Bank auf dem Twerskoi-Boulevard sitzen, ganz in der Nähe eines Schachtreffs, wo sich jeden Abend Fanatiker des Brettspiels versammelten, Rentner und verhinderte Schachgenies. Dort tauchte eines schwülen Abends auch das musikalische Mädchen Shenja auf.

Shenja stammte aus einer guten, durch und durch musikalischen Familie, die mit Musikalität geschlagen war wie andere mit einer Erbkrankheit, etwa Diabetes oder zu hohem Blutdruck. Unter ihren Vorfahren gab es eine italienische Opernsängerin, einen tschechischen Organisten und einen deutschen Kapellmeister. Aber der eigentliche Bach der Familie war Shenjas Großvater. Sein Name steht noch heute auf der Ehrentafel des Moskauer Konservatoriums, neben Skrjabin und Rubinstein.

Die Kompositionen des Großvaters waren nicht mehr als Mittelmaß, im Geist der Zeit und ihrer Kultur. Er war fasziniert von der Moderne, aber weder Debussys Kühnheit noch Mussorgskis Originalität waren ihm gegeben. Berühmtheit erlangte er als Interpret, als Cellist, als Pädagoge und Organisator – als Vorsitzender verschiedener musikalischer Gesellschaften und Vereinigungen, als Verteiler von Stipendien für begabte, mittellose Kinder und von Unterstützungen für alte Orchestermusiker. Mit einem Wort, er war ein echter russischer Intellektueller, dessen buntes Blutgemisch übrigens keinen einzigen Tropfen russischen Blutes enthielt. Die Familie war groß, alle hatten mit Musik zu tun – sein ältester Bruder war Geigenbauer, sein jüngerer Bruder, das schwarze Schaf, Notenschreiber.

Shenja kannte ihren Großvater nicht; zwischen ihnen lagen drei Jahrzehnte, zwei Weltkriege. Der Großvater starb mit zweiundvierzig, am selben Tag wie Erzherzog Ferdinand, also bei Ausbruch des Ersten Weltkriegs, und Shenja wurde am letzten Tag des Zweiten Weltkriegs geboren.

Aus Rebellion oder Eigenwilligkeit gab es in der Familie hin und wieder Abtrünnige wie Onkel Ljowa, der auf die Seite der Buchhalter übergelaufen war, oder Tante Vera, die die Musik mit der Landwirtschaft betrog. Ein Abtrünniger war auch Shenjas Vater Rudolf Petrowitsch, der eine Karriere beim Militär verlockender fand. Unter seiner Oberstenmütze quälte ihn ein Leben lang die Sehnsucht nach der Musik, machte ihn krank, aber er rührte kein Instrument an. Dafür wollte er seine Tochter auf jeden Fall zur Familientradition zurückführen; sie mußte Cello spielen. Die Wohnung voller Fotografien mit Autogrammen von großen Musikern, voller verstaubter Noten und Opern-Klavierauszüge erlebte nun wieder den lebendigen Klang von Tonleitern und Etüden. Shenja versprach eine echte Interpretin zu werden, und Daniil Schafran persönlich nahm sich ihrer an und förderte sie. Dieses Interesse verdankte sie zum einen der Berühmtheit ihres Großvaters in der Musikwelt, aber sie war zudem mit Fleiß und Ausdauer gesegnet und verbrachte schon als Halbwüchsige viele Stunden mit einem kleinen Cello, dem Schülerspielzeug, zwischen den gespreizten Beinen. Sie wuchs heran, und mit ihr wuchs das Wunder: Das Instrument erwies sich als sehr fügsam, sie brauchte es nur mit dem Bogen zu berühren, und es reagierte mit den süßesten vollen, samtigen Tönen. Was waren die trockene, kratzige Stimme der Geige, die Einfalt der Bratsche oder die eintönige Melancholie des Kontrabasses gegen die reiche, geschmeidige Stimme des Cellos?

In jenem Sommer war sie allein in der Stadt, ihre Eltern wohnten auf der Datscha, und sie bereitete ihr erstes Konzertprogramm vor. Abends ging sie spazieren.

Als sie sich zufällig auf der Bank im Twerskoi-Park trafen, freuten sie sich unbändig. Sie machten beide eine Zeit der Einsamkeit durch. Shenja nur für eine Weile, aber dafür sehr heftig, denn sie war zum erstenmal ganz allein zu Hause, und Slawa, wie ihm schien, endgültig und für immer. Aber sie sprachen nur über Musik. Und über das, was sie verband – die Musikschule, die sie beide so lange besucht hatten und von der keine Spur mehr übrig war. An ihrer Stelle ragte jetzt das häßliche »Iswestija«-Gebäude empor. Gemeinsame Gesangsstunden, der Chor, Schülerkonzerte. Sie redeten bis in die Nacht. Dann brachte er sie nach Hause, und unterwegs sagte er plötzlich zu seiner eigenen Überraschung:

»Mein Stiefvater ist gestorben.«

Er sprach diese Worte zum erstenmal aus und war über ihre Wirkung verblüfft. Sie schienen etwas zu verändern, als sei Nikolai Romanowitsch nun, nachdem es ausgesprochen war, endgültig tot.

Shenja, die etwas davon spürte, zuckte zusammen und fragte:

»Du hast ihn sehr geliebt?«

»Er war für mich mehr als ein Vater.«

Das klang so traurig und vornehm, daß Nikolai Romanowitsch seine Freude gehabt hätte.

»Du Armer! Ich würde verrückt, wenn mit Papa so etwas passierte.« Sie war mit ihren achtzehn Jahren dem Tod so fern, daß sie das Wort »sterben« nicht einmal aussprechen konnte.

Sie schüttelte den Kopf, um den Schatten des Todes zu verscheuchen, verzog den Mund vor Mitleid und sagte kindlich naiv:

»Komm, wir essen Eis! Ganz viel!«

»Wo willst du denn um die Zeit welches herkriegen?« fragte Slawa lächelnd, gerührt von so totalem Mitgefühl.

»Bei mir im Kühlschrank. Meine Eltern sind auf der Datscha, und ich kaufe gar nichts anderes.«

Das Eis war hervorragend, mit gefrorenen Erdbeerstückchen und schwarzen Johannisbeeren darin. Die Nachbarin einen Stock tiefer war Kellnerin im Café »Sewer« und brachte es in einem Topf mit Trockeneis immer von der Arbeit mit. Jeder stahl, wenn er die Gelegenheit dazu hatte.

Nach dem Eis holte Shenja aus dem Zimmer ihres Vaters eine sehr feierliche Schallplatte mit schwarzweißer Hülle.

»Karajan. Aus Deutschland mitgebracht. So einen Wagner hast du noch nie gehört.«

Ehrfürchtig legte sie die funkelnde Platte auf. Eine Orchesterfassung von »Tristan und Isolde«. Das Orchester klang, als spielten nicht Menschen, sondern Dämonen. Sie hörten die Platte zweimal hintereinander, und bei dieser aufwühlenden Musik, irgendwo um den Tod Isoldes herum, verliebte Shenja sich in Slawa. Mit niemandem, nicht einmal mit ihrem Vater, konnte sie so gut, so einträchtig Musik hören. Auch Slawa strebte mit ganzer Seele zu ihr: Sie war so lieb, so zärtlich, hatte so kluge schwarze Augen, so lebendige Löckchen über der Stirn.

»Was für eine männliche, kraftvolle Musik«, bemerkte Shenja, als Karajan fertig war.

»Oh, ja«, bestätigte Slawa und wunderte sich im stillen, daß sie etwas davon verstand.

Der Erdbeereisgeschmack blieb noch lange im Mund, im Gaumen pikten noch die Johannisbeerkerne, und auch die Seele bewahrte den Geschmack des gemeinsamen Erlebnisses der ungestümen, farbenprächtigen Musik.

Den ganzen August besuchte er sie. Spätabends, wenn die Hitze nachließ und sich die nächtlichen Schachspieler auf dem Twerskoi-Boulevard trafen, lief er gutgelaunt nach Hause – seine Depression verging allmählich. Dieses Gemisch von Empfindungen – der nächtliche Boulevard, Wagner und schmelzendes Eis – hing untrennbar mit Shenja zusammen.

Als der Herbst kam und Shenjas Eltern in die Stadt zurückkehrten, begann das Studium wieder, und sie sahen sich seltener. Dafür telefonierten sie jeden Tag lange – über ein Richter-Konzert oder über einen wunderbaren Somow-Bildband, den Slawa im Antiquariat auf dem Arbat gekauft hatte, getreu der Gewohnheit seines Stiefvaters, mit Geld in der Tasche durch Antiquariate und Antiquitätenläden zu streifen. Nikolai Romanowitsch war nie ein richtiger Sammler, aber er verstand ein wenig von den Dingen der materiellen Welt, schließlich war er nicht umsonst überzeugter Materialist.

Am Ende des Sommers hatte Shenja den Eindruck, daß für sie nun endlich eine richtige Romanze beginne, aber alles verharrte auf einem freundschaftlichen Ton und ging nicht weiter, obwohl Shenja sich mehr wünschte als gefrorene Erdbeerstückchen oder eiskalte Johannisbeeren.

Slawa spürte Shenjas ständige Erwartung und war ein wenig nervös. Ihm lag sehr viel an ihrem Verhältnis, an der guten Familie, in die er aufgenommen wurde, und auch an Shenja selbst mit ihrem Gefühl für Literatur, für Musik und für ihn, Slawa. Aber Begehren weckte sie in ihm nicht mehr als ein Laternenpfahl. Und dagegen war offenbar nichts zu machen.

Mit seinen neunzehn Jahren wußte er mit Sicherheit,

daß er zu der besonderen, seltenen Art von Menschen gehörte, die dazu verdammt sind, sich zu verstellen und zu verstecken, denn die in Stoffhüllen verpackten weichen weiblichen Auswüchse erweckten in ihm Widerwillen und die Vorstellung von einem großen weißen Schwein, an dessen Bauch saugende Ferkel hingen, und der Körperbau der Frau mit dem behaarten Nest und dem vertikalen Schlitz an so unpassender Stelle erschien ihm furchtbar unästhetisch. Ob er selbst zu diesem Schluß gekommen war oder ob der Ästhetik-Professor Nikolai Romanowitsch ihm das dezent eingeredet hatte, spielte jetzt keine Rolle mehr. Shenja gefiel ihm sehr, und sie rettete ihn vor der Einsamkeit, aber seine physische Sehnsucht verging nicht, sondern wurde nur größer.

Wenn er sich von Shenja verabschiedet hatte, setzte er sich gewöhnlich auf dem Twerskoi-Boulevard auf immer dieselbe Bank, beobachtete die seltenen Passanten und fragte sich in Gedanken schüchtern: Er? Oder nicht? Einmal sah ein gutaussehender großer Blonder ihn aufmerksam an, und Slawa war voller Spannung, denn dieser Blick kam ihm ganz besonders vor. Aber der andere ging vorüber, und Slawa blieb zurück, mit klopfendem Herzen und von süßem Schweiß überströmt. Seltsam, sein Herz war wie ein Echo jenes kranken Herzens, das an Beklemmungen gelitten hatte.

Auch darin sind wir uns ähnlich, konstatierte Slawa, Melomanen, herzkrank, Ästheten.

Er irrte, in Wirklichkeit war alles bedeutend komplizierter, aber dieser Irrtum ist durchaus verständlich: Die Zeit der Supermänner in Lederkleidung und mit Metallketten, der muskelbepackten Homosexuellen, die hochmütig und voller Verachtung auf die »Normalos« herabblicken, war noch nicht angebrochen, Cowboys sah man noch als Sexsymbole für die weibliche Hälfte der Menschheit, die gierigen Wesen mit dem Schlitz, und nicht als Kuhjungen, Hirten mit wundgerittenem Hintern, die der gleichgeschlechtlichen Liebe frönten, weil es weit und breit keine Frauen gab.

Slawa war ganz in der Antike befangen, in dem romantischen Bild, das von den oberflächlichen Gelehrten des neunzehnten Jahrhunderts vermittelt wurde – selbst Marx murmelte ja etwas von der »goldenen Kindheit der Menschheit«.

Wahrscheinlich hat sich aus einer Distanz von mehreren tausend Jahren das Bild verzerrt: Blutigstes, ungezügeltes Heidentum, schillernder Polytheismus, der in allem Götter sah, die sich fröhlicher Ausschweifung hingaben – Nymphen, Najaden, Satyren, kleinste Götter von Pfützen und Straßengräben sowie Schwäne, Kühe und Adler, Hirten und Hirtinnen feierten eine ununterbrochene Orgie hemmungsloser Vereinigungen – das alles wurde verklärt und antiker Materialismus genannt. Diesem Irrglauben hing auch Nikolai Romanowitsch an, und er gab ihn in vollem Umfang an seinen Zögling weiter, zusammen mit seiner ganz persönlichen Vorliebe, die er ihm mit erfahrenen Händen, sanfter, kundiger Zunge und welkem alten Speer einpflanzte.

Der geniale Lehrer hatte einen genialen Schüler, und nun wurde dessen hochsensibler Körper von unauslöschlicher Einsamkeit gepeinigt, alles empfand Sehnsucht: das dichte helle Haar, der Mund, Brust und Bauch, Hüften und Gesäß. Der Paradiesgarten und die Rose von Sodom, wie Nikolai Romanowitsch immer sagte. Ja, ja. Die Forelle bricht das Eis.

Anfang Oktober, an einem dunklen, aber noch warmen Abend des ausgedehnten Altweibersommers fand Slawa durch geduldiges Ausharren auf dem Twerskoi-Boulevard einen neuen Lehrer. Aus einer Gruppe dunkler Gestalten unter einer Lampe, die die Schachbretter beleuchtete, löste sich ein etwa vierzigjähriger Mann mit schönem Gesicht, das jüdisch sein mochte. Er trug ein altmodisches kariertes Cowboyhemd und eine Leinenmütze. Er nahm die Mütze von seinem zwiebelförmigen Kopf und setzte sich auf den Rand der ausladenden Bank. Er sah aus, als stünde er unter Überdruck: Seine Augen quollen leicht hervor, der Bart sprießte heftig und dicht, nur auf der Nase war eine Lichtung. Nikolai Romanowitsch dagegen hatte gewirkt wie ein schlaffer Luftballon. Der Fremde stützte die behaarten Fäuste auf die Bank und wandte sich freimütig an Slawa:

»Ihr Gesicht kommt mir bekannt vor. Entschuldigen Sie, spielen Sie vielleicht Schach?«

Das Herz schlug unregelmäßig, hüpfte zu einer albernen Musik. Er?

»Ein bißchen.«

Der Mann lachte.

»Ein bißchen hat auch meine Großmutter gespielt. Dachte sie jedenfalls. Na, mal sehen.«

Der Mann holte ein kleines Lederkästchen aus der Tasche und öffnete es. Die Figuren waren schon aufgestellt; sie steckten in kleinen Löchern in dem ledernen Spielbrett.

»Sie sind dran.«

Slawas Hände zitterten so, daß er die Schachfigur kaum greifen konnte. Er machte den ersten Zug: e2-e4. Und beruhigte sich. Kein Zweifel: Das war er. Der Schachspieler zog mit leichter Hand einen spitzfüßigen schwarzen Bauern heraus, hielt ihn zwischen Daumen und Mittelfinger, murmelte:

»Es wird schon so früh dunkel« und rammte den Bauern in ein weißes Feld.

An jenem Abend kamen Slawas Augen dem Schachspieler schwarz vor, wie die gerade modernen verspiegelten Sonnenbrillen, aber das täuschte; Slawas Pupillen waren so geweitet, daß die blaue Iris nur noch einen schmalen Rand bildete.

»Spielen wir doch die Partie bei mir zu Hause zu Ende. Es ist einfach zu dunkel.«

Der Schachspieler klappte das Spiel zusammen, stülpte sich die Mütze wieder auf, und sie gingen zum O-Bus. Slawa fragte nicht, ob sie weit fahren müßten. Er bebte vor Aufregung, und der Schachspieler legte ihm die Hand mal auf die Schulter, mal aufs Knie. Sie fuhren bis zum Zwetnoi-Boulevard, stiegen aus und bogen in eine Sackgasse. Sie betraten das verwahrloste Treppenhaus eines zweistöckigen Gebäudes, und während sie hinaufgingen, sagte der Schachspieler, er lebe mit seiner Mutter zusammen, sie sei früher einmal sehr schön gewesen und Schauspielerin, nun aber fast blind und geistig völlig verwirrt.

Die Wohnung war klein und sehr schmutzig. Ab und zu gab die Mutter hinter der Wand unzufrieden Laut, dann sang sie eine Romanze. Die Schachpartie spielten sie nicht zu Ende. Die Liebe war wichtiger. Kraftvolle männliche Liebe, von der Slawa bislang nur vage Ahnungen hatte. Es roch nach Vaseline und Blut. Es war genau das, was Slawa wollte und was Nikolai Romanowitsch ihm nicht geben konnte. Eine Hochzeitsnacht, eine

Nacht der Weihe und solchen Genusses, wie keine Musik ihn auch nur im Traum kannte. Für Slawa begann ein neues Leben.

Valita wurde auf Staatskosten beerdigt. Niemand weiß mit Sicherheit, ob es überhaupt ein Begräbnis gegeben hat. Vielleicht wurden alle Organe entnommen, in Formalin eingelegt und zum Zerschnippeln den Studenten übergeben, die aus ihren Fenstern die Philosophen beobachten können. Oder anderen. Aber das ist wenig wahrscheinlich. Im Gutachten stand, der Körper habe fünfzehn bis siebzehn Tage in dem stillen Winkel im Ismailowo-Park gelegen, bevor er von einem sportlich aussehenden Bürger, der seinen Foxterrier ausführte, entdeckt wurde.

Warum Shenja eine Vermißtenanzeige erstattete, ist schwer zu sagen. In den über vierzig Jahren ihrer Bekanntschaft war er schon oft verschwunden, für unterschiedlich lange Zeit. Besonders lange beim erstenmal. Erst hatte er fünf Jahre bekommen, dann noch ein paar obendrauf, so daß er fast zehn Jahre weg war. Nicht aus freien Stücken. Als er wiederauftauchte, hieß er nicht mehr Slawa, sondern Valita. Unter dem Namen war er bekannt. Er erzählte Shenja einiges, aber nichts, was sie erschreckt oder verlegen gemacht hätte. In gewissem Sinne schonte er sie.

Nicht, daß sie Slawa liebte, nein, aber sie liebte ihre Jugenderinnerungen, sie erinnerte sich, wie verliebt sie damals in den zarten feingeistigen Jungen war, wie sie zusammen Musik gehört hatten und wie er unter der Unvollkommenheit der damaligen Tonaufnahmen litt: Karajan hat sechs Abstufungen von piano und acht forte, aber davon war nichts zu hören, alles ein Brei. Er tat ihr leid, der arme Paria, der alles verloren hatte, was man nur verlieren konnte: seine Habe, seine Zähne, sein helles Haar und den Moskauer Wohnsitz, den er übrigens dem Leben aus den Klauen riß, indem er eine verwahrlosende Trinkerin heiratete und sich bei ihr polizeilich anmeldete, in einer Straße mit dem zärtlichen Namen Hirschwall. Geblieben waren ihm von all seinen Reichtümern nur die seltene Gabe seines musikalischen Gehörs und die edlen Hände mit den ovalen Fingernägeln.

Seit vielen Jahren besuchte er Shenja regelmäßig im Theater, in ihrem geräumigen Zimmer mit der Messingtafel »Mus. Leiter« an der schweren Tür. Alle Mitarbeiter kannten ihn, alle Garderobieren ließen ihn herein. Gewöhnlich gab sie ihm etwas Geld, kochte ihm einen Kaffee und holte aus einer hinteren Ecke ihres Schrankes Schokoladenkonfekt. Er war eine Naschkatze. Manchmal, wenn sie Zeit hatten, legte sie ihm Musik auf. Irgendwann gestand er ihr, daß er Musik seit langem nicht mehr mochte, daß er nur noch Töne liebe. Sie verstand nicht ganz, was er meinte. Auf diesem Gebiet war er beschlagener als sie, die musikalische Leiterin eines berühmten Moskauer Theaters. Zweifellos. Und das wußte sie sehr gut.

Er saß nie lange bei ihr, er genierte sich seiner selbst, wie sich einst seine verstorbene Mutter Antonina Iwanowna geniert hatte.

Zwei Monate kam er nicht, und Shenja dachte nicht an ihn. Eines Sonnabends ging sie ins Konservatorium. Es gab das Klarinettenquintett Opus 115 von Brahms, ungeheuer schwer zu spielen. Im Schlußteil, der so unerträglich schön ist, daß die Seele sich in die Lüfte erhebt, dachte sie an Slawa. Wie er in dem kleinen Eckzimmer der Schule auf seiner Blockflöte spielte, unterrichtet von Xenija Feofanowna, einer dicken, rotgesichtigen groben Dame im Seidenkittel, und sie, Shenja, in den Klassenraum gestürmt kam und, erschrocken von der eigenen Dreistigkeit, wie angewurzelt stehenblieb. Vor vierzig Jahren, in der Musikschule, von der kein Stein mehr stand. Der Brahms verklang, und bei den letzten Tönen spürte sie, daß Slawa nicht mehr lebte.

Sie erfragte bei der Auskunft seine Adresse. Slawa war weder auf dem Hirschwall noch woanders, da rief sie bei der Miliz an. Dort wurde sie grob abgefertigt, nach zwei Tagen aber zur Identifizierung vorgeladen. Zu identifizieren gab es nichts mehr. Eine Art schwarze Lumpen, fast schon Erde, grausige Erde. Und eine Hand mit edlen ovalen Fingernägeln.

Dann sprach sie mit dem Kriminalisten. Er war nicht mehr jung, aufgedunsen und wußte so viel, daß etwas weniger ihr auch genügt hätte. Von Shenja erfuhr er nichts Interessantes. Das Verbrechen war eines von denen, die nicht schwer aufzuklären sind, aber Homosexuellenmorde interessierten die Miliz nicht sonderlich. Sie blieben liegen, wurden gesammelt und schließlich dem erstbesten gefaßten Triebtäter in die Schuhe geschoben. Und wer außer einem Triebtäter hätte auch Valita töten sollen, einen Menschen, der nichts besaß als die wahnsinnige Gier, geliebt zu werden, geliebt als Mann, geliebt von einem Mann.

Zu Hause kramte Shenja lange in ihren Kinderfotos, bis sie endlich fand, was sie suchte. Auf den meisten Fotos war das Mädchen Shenja mit dem Cello. Aber hier hatte ihr Vater bei einem Schulkonzert die Zuschauer fotografiert. In der zweiten Reihe waren die beiden gut zu erkennen – Nikolai Romanowitsch im grauen Anzug und mit einer gestreiften Krawatte und der zwölfjährige Slawa im weißen Pionierhemd, den obersten Knopf offen. Ein so liebes, zartes Gesicht, und er war so blond, so süß. Und wie Nikolai Romanowitsch ihn liebte! Wie er ihn liebte!

LJUDMILA ULITZKAJA

1943 im Ural geboren, wuchs Ljudmila Ulitzkaja in Moskau auf. Dort arbeitet sie seit Anfang der achtziger Jahre als freischaffende Autorin und Publizistin. Mit der Erzählung »Sonetschka« gelang ihr 1992 international der Durchbruch – im November 1996 erhielt sie dafür den »Prix Médicis«.
»Diese Autorin ist eine Offenbarung. Sie ist der Tschechow eines um hundert Jahre älter gewordenen Rußlands.«
Le Nouvel Observateur

MEDEA UND IHRE KINDER

Ende April beginnt für Medea Mendez, geborene Sinopli, die »Familiensaison«. Von überall her kommen die Nachfahren des alten Griechen Sinopli auf die Krim. Medea, seit langem verwitwet und kinderlos, ist zur Urmutter des Familienclans geworden, die im stillen über das wilde Treiben der jungen Menschen wacht. Und auch in jenem Sommer wird Medeas Haus zum Schauplatz der Leidenschaften.

»Das Buch ist großherzig, tragisch, durchtrieben und amüsant, ... die Kritik wird es als Erzählwunder preisen.«
DIE ZEIT

Nr. 92001

BLT

Mit der Welt auf Buchfühlung

SONETSCHKA
und andere Erzählungen

Ljudmila Ulitzkaja erzählt vom Leben und vom Alltag einiger bemerkenswerter russischer Frauen und Mädchen: von der großen Leserin Sonetschka, der jungen Bronka mit ihrem geheimnisvollen Liebhaber, von den »zarten und grausamen Mädchen« der gleichnamigen Geschichten. Einfühlsam und poetisch schildert die Autorin ungemein lebendige Menschen – Menschen, die mit erstaunlicher Kraft den Widrigkeiten des Lebens begegnen und sich in einer unglücklichen Welt Augenblicke des Glücks erkämpfen.

Nr. 92016

EIN FRÖHLICHES BEGRÄBNIS

Ein Atelier in New York, in der brütenden Hitze des Großstadtsommers. Der russische Maler Alik leidet an Muskelschwund, er liegt im Sterben. Um ihn herum hat sich eine bunte Menschenmenge versammelt: die Frauen, die er geliebt hat, alte Freunde aus Rußland, viele neue Freunde aus Amerika. Sie alle lieben und verehren den charismatischen Künstler und begleiten geduldig seine letzten Tage – Tage, die durch Ljudmila Ulitzkajas Erzählkunst zum großen Fest der Charaktere, der Geschichten und des Lebens werden.

»Was für eine Erzählerin!«
Eva Demski/Die Woche

Nr. 92035

Nr. 92136

Tom Gilling

JENSEITS DER WOLKEN

Australien 1856: Miles McGinty und Isabel Dowling werden am selben Tag geboren, doch ihre Lebensumstände könnten kaum unterschiedlicher sein. Miles ist der uneheliche Sohn einer berühmten Schauspielerin, Isabel die dickköpfige Tochter einer Frau, die ihr Kind möglichst schnell unter die Haube bringen möchte. Was die beiden aber verbindet, ist ihr Traum vom Fliegen, der Wunsch, sich in die Lüfte zu erheben. Und als die eines Tages möglich wird, zögern Miles und Isabel nicht eine Sekunde ...

BLT

Mit der Welt auf Buchfühlung